講談社文庫

キネマの天使

メロドラマの日

赤川次郎

JN019173

講談社

目次

東風《こち》亜矢子《あやこ》　スクリプター（記録係）
正木《まさき》悠介《ゆうすけ》　映画監督
大村《おおむら》健一《けんいち》　録音技師
市原《いちはら》靖之《やすゆき》　カメラマン
葛西《かさい》哲次《てつじ》　チーフ助監督
水原《みずはら》アリサ　女優
倉田《くらた》亮一《りょういち》　警視庁捜査一課の刑事
東風　茜《あかね》　亜矢子の母
大和田《おおわだ》広吉《ひろきち》　資産家
長谷倉《はせくら》ひとみ　映画監督志望の女性
叶《かのう》連之介《れんのすけ》　俳優志望の男性

本間《ほんま》ルミ　会社経営者
戸畑《とばた》弥生《やよい》　脚本家志望の女性
戸畑佳世子《かよこ》　弥生の娘
戸畑進也《しんや》　弥生の夫
丸山《まるやま》和貴《かずき》　〈N映画〉プロデューサー
黒田《くろだ》あかり　戸畑進也の元恋人
大山《おおやま》啓子《けいこ》　戸畑進也の元同僚
有田《ありた》京一《きょういち》　ヤクザまがいの男
五十嵐《いがらし》真愛《まな》　女優
五十嵐礼子《れいこ》　真愛の娘
三崎《みさき》　治《おさむ》　真愛の内縁の夫

相沢邦子《あいざわくにこ》　五年前に殺された女性
相沢《あいざわ》　努《つとむ》　邦子の夫。行方不明
落合今日子《おちあいきょうこ》　邦子の娘
落合喜作《おちあいきさく》　邦子の父
橋田浩吉《はしだこうきち》　俳優
安井真衣《やすいまい》　スクリプター見習い

登場人物紹介

キネマの天使

メロドラマの日

プロローグ

「まさか……」

と、彼が言った。

「だって――」

と、彼女が言いかけると、

「そんなこと、あるわけないよな」

と、彼は自分に言い聞かせるように、「そうだろ？」

「だって、あ<ruby>っ</ruby>、たんだもの！」

と、彼女が彼の腕をつかんで、「そうでしょ？　あったっていいじゃないの。世の中、何が起るか分らないわよ」

「それはまあ……」

「ちゃんと現実を見てよ！　確かに今、ここに私とあなたがいるのよ。幻でも何でもない、生身の私たちが」

「うん……。そうだね」

と、彼は肯《うなず》いたが、

「何だかはっきりしないわね！　何が気に入らないの？」

「いや、別に……。もちろん嬉《うれ》しいんだよ、こうして君に会えて。でも……僕はこれまでずっと悪い巡り合せばかり経験して来たんだ。だから、幸運なんてものは、この世に存在しないと……。少なくとも僕にとっては、あり得ないと思い込んでいた。期待しなけりゃ、失望することも絶望することもないだろ？　うまくいかなくても、『やっぱりね』と思って、過ぎたことを振り返らずに生きて行こうと……」

「私も『過去』の断片なの？」

「いや、まだ……。だって、昨日会ったときも初めてだって思ってたわけだから……」

「それでいいのよ」

「そうかね……」

「そうよ！」

と、彼女は力強く言った。「二度なら偶然ってこともあるでしょ。でも、三度なら、これはもう運命。運命的な出会いってものよ」

そう言われると、そんな気もしてくる。

うん。――彼女の言うことを信じていればいいのかもしれない。何といっても、彼女は僕と違ってこの世界でちゃんと生きて来たんだからな……。

――ほんの数十人しか集まらない、映画サークルのイベントで、たまたま隣の席にいたのが彼女だった。

映画そのものは期待していたほどでもなかったが、彼は「まあ、ほどほどかな」という気分で席を立った。

しかし、いきなり隣の席にいた女性にグイと腕をつかまれ、

「ひどいわね、こんなの！」

と、不満をぶちまけられたのだ。

そのまま二人は表の喫茶店に入って、今見た映画について語り合った。――といっても、九十九パーセントは、彼女の方がしゃべっていたのだが。

で、ひとしきり、映画をけなし終ると、

「あなた、名前は？」

と、彼女が言った。「私、長谷倉《はせくら》ひとみ」

「あ……。僕、変った名前でね。叶……。願いが叶うの〈叶《かのう》〉で、名前が〈連之介《れんのすけ》〉って……。ね、変な名だろ？」

しかし、彼女は笑う代りにまじまじと彼の顔を見つめて、

「――信じられない」

と言った。「あなた、〈連ちゃん〉？」

「え？」

「私、三軒隣にいた〈ひとみ〉よ。小さいころ、〈連ちゃん〉の家によく遊びに行った……」

「あ……」

さすがに、そこまで言われると、彼にも分った。「ひとみちゃんか！」

「そう！――まあ、こんな所で会うなんてね！」

二人は、その後、安上りな定食屋で一緒に食事をした。

ここでも、話はもっぱら彼女の方からで……。小さいころからそうだったということを、彼は思い出すことになった。

そして、

「また会おうね！」

と、二人は握手して別れた。

別れてから、彼は、ひとみの連絡先を、何一つ聞いていなかったことに気が付いた。

これじゃ、会うに会えないよな、と思って、しかし、「これで良かったんだ」とも思ったのだった。

そして——翌日、彼は下町の倉庫に出かけて行った。

倉庫は今、演劇の稽古場になっており、この日は、ある映画のためのオーディション会場に使われていた。

オーディションといっても、マスコミが取材に来るような華やかなものではなく、新作映画の脇役——はっきり言えば、「その他大勢」を何人か選ぶということだった。

そんな地味なオーディションでも、定刻には、控室に三十人近い男たちが集まっていた。

募集の条件が「三十代から五十代の男性」と、幅広かったので、中にはどう見ても七十過ぎという高齢者も混っていた。

「——時間になりましたので、オーディションを始めたいと思います」

と、ジーンズ姿の女性が説明に現われた。

「皆さん、経歴を書いたものは提出していただきましたね？　では受付番号順にお呼びしますので、一人ずつ、次の部屋へ入って下さい」

と、ドアを指した。

「終ったら、ここへ戻って、全員の面接が終るまで待機して下さい。採用は数名ということで、人数は確定していません」

「あの……」

と、一人がちょっと手を上げて、「以前、他のエキストラで出たときに、お見かけしたような……。スクリプターさん、ですよね」

「ええ。よく憶《おぼ》えてますね」

と、笑顔になって、「スクリプターの東風亜矢子《こちあやこ》です。では、五分ほどしたら、始めます」

正確に五分後からオーディションは始まった。叶連之介は〈16〉だったので、少し待ちくたびれた。

「〈16〉の方、どうぞ」

呼ばれて、次の部屋へ入ると、

「叶連之介と申します」

と、一礼して、「よろしくお願いします」

ポツンと置かれた折りたたみ椅子に腰をおろして、目の前に並んだ顔ぶれをザッと眺めると――。

「まあ」

と、言ったのは、長谷倉ひとみだったのである。「連ちゃん！」

子供のころを一回目と数えれば、昨日が二回目。そして今日は三回目の、「運命の出会い」であった。

1　地味なお話

「どうもね……」

さっきから、同じ言葉を何度聞かされていることか。

東風亜矢子はハラハラしながら、正木《まさき》がいつ「キレる」か見守っていた。

しかし、今のところ正木はいつになく我慢強く、

「今は、いいものなら、ＤＶＤや、ネット配信で見られます。決して損はないと思いますがね」

と、同じ説明をくり返している。

「まあ、おっしゃることは分るんですが……。どうもね……」

その中途半端な「芸術を愛する企業経営者」は、また「どうもね……」と呟《つぶや》くように言って、その先を言おうとしなかった。

その社長にしてみれば、「言わなくたって分るだろう」ということだったに違いない。

つまり、「映画製作に出資する」のは、もちろん「優れた日本映画を世に送り出すことに貢献し、企業イメージをアップさせる」ためだということ。――しかし、本音では「損するようなものに金は出せない」と言いたかったのである。

監督の正木悠介《ゆうすけ》は「実力派映画監督」と言われている。それはつまり、

「なかなかいいものを作るが、大ヒットは望めない」

という意味なのである。

「要するに……」

と、正木は息をついて、「どういう点がご不満なのですか?」

亜矢子は、うまくない、と思った。

そろそろ正木の辛抱に限界が訪れようとしている。正木の下でスクリプターをつと

めて来ている亜矢子には、正木の心の動きが手に取るように分るのだ。

「コーヒー、冷めてしまいましたね」

と、亜矢子はさりげなく、「熱いのに換えてもらいましょう」

ホテルのラウンジなので、おかわりは自由にできる。

しかし、亜矢子が、こっちを見ているウェイトレスを探している間に、その社長は口を開いていた。

「要は、内容が地味過ぎませんか、ということですわ」

と、スポーツ新聞の話題でも持ち出すかのような口調で、「出資するなら、こう……パッと人目をひいて、話題になるようなもんでないと……。AKなんとかいうグループの女の子でも主役にするとか。わしはいいと思っとるんですがな」

終りだ！　亜矢子は一瞬目を閉じてしまった。

しかし、正木はここではキレず、

「なるほど」

と肯いて見せたのである。

「なあ、監督さんだって、どんなにいい映画をこさえたって客が入らなかったらしょうがない。次の映画が作れなくなるでしょ？　本音で話しましょうや。こんな地味な恋愛もんでなく、若い女の子がパーッと並んで、ビキニの水着で浜辺を走る！　いいですなあ！　全国のおっさんたちが見に行きますぜ」

その社長は、自分で監督でもやりかねない様子で大笑いした。

そもそもの正木の企画は、「生活感のある大人同士の男女の恋愛映画」。

昔のメロドラマは、主人公たちが一体どうやって食べているのかよく分らない、生活感の欠けたものが多かった。

恋人を追って突然パリに行ってしまったりする。飛行機代はどこから出るのか？　仕事を勝手に休んで大丈夫なのか？

正木は、現実生活を無視しないメロドラマを撮りたいと思っているのだ。当然、主役は女子高校生なんかではない。

生活に追われ、世のしがらみに縛られた中年の男女だ。話が地味になるのは当然のことだった……。

社長の笑いがおさまるのを待って、亜矢子は、

「すみません！」

と、大声でウェイトレスを呼んだ。「コーヒーをいれかえて下さい」

「いや、それはやめた方がいいだろう」

と、正木が言った。

「監督——」

「こちらの社長さんが、熱いコーヒーでやけどをするといけない。コーヒーはぬるいに越したことはない」

その社長、正木の言うことを真に受けて、

「いや、口の中をやけどするような熱いのは出さんでしょう。いくら何でもホテルですからな」

と言った。

「口の中は大丈夫でしょうが」

と、正木は社長の禿《は》げ上った頭へ目をやって、「頭髪のない頭はやはり危いと思いますよ」

正木の言葉に、さすがに社長の顔から笑いが消えて、

「——そういうことでしたら、この話はなかったことに。それでよろしいですな」

「それがお互いのためでしょうな」

フン、と鼻を鳴らして、社長はさっさと立ち上って行ってしまった……。

「——コーヒー代、払わせましょうか」

と、亜矢子は言った。

「まあいい。コーヒー一杯ぐらいはおごってやろう」

と、正木は肩をすくめた。

「一杯、千五百円ですが」

「なに！」

と、目を丸くして、ウーンと唸《うな》ったが、「まあいい。今さら追いかけるのも、みっともない」

「私、払ってきます」

三人でコーヒー代、四千五百円、プラス税金とサービス料で五千円を超える。

お母さんに払わせてやろう、と亜矢子は考えていた。

「でも、難しそうですね、資金調達は」

「今に始まったことじゃないさ」

と言って正木はテーブルに置いた〈企画案〉のファイルをパラパラとめくった。

「おい、亜矢子」

「何ですか？　私、お金持ってませんよ、何億円も」

「スクリプターで大金持になった奴《やつ》なんか、聞いたことがない」

「そうですね」

「いや、この企画、当分は宙に浮いていそうだ。お前、他の組について稼いだらどうだ」

亜矢子は絶句した。正木がこんなことを言うのを聞いたことがない。

「でも、もう予定空けちゃってるんで」

と、亜矢子は言った。「スポンサー、他を当ってみますか」

「といってもな……」

正木は四十代半ば。映画監督として、脂ののり切ったところである。

しかし、企画だけが無情に流れていく。もともと、映画やTVドラマの企画は九十九パーセント流れるものだが、そうと分っていても、流れればがっかりするのは当然だ。

「じゃ、今回は諦めますか」

と、亜矢子はわざと言ってみた。

こう言えば、まず「誰が諦めるもんか！」と言い返してくる。しかし――。

「そうだな……」

と、ポツリと呟いたので、亜矢子はびっくりした。

「監督、しっかりして下さいよ！」

つい、声が大きくなって、ラウンジの他の客がみんな振り返った。あわてて、

「いえ、何でも……」

と、口の中でモゴモゴ言って、冷たい水をガブ飲みした。

「お前、この間、どこかのオーディションに行ってたじゃないか」

と、正木が思い出して言った。

「ああ、あれは頼まれて手伝いに行っただけです。——長谷倉ひとみって、高校のときの友達が、今度映画を撮るっていうんで」

「新人か」

「ええ。第一作です。オーディションのやり方も分らないんで、仕切ってあげたんですよ」

「いい役者は見付かったのか」

「オーディションっていっても、主役クラスじゃなくて、職場の同僚って役どころです。でも、年齢を大まかにしか出さなかったんで、十八歳から七十歳まで来ちゃいましたよ」

亜矢子の話に、正木はちょっと笑った。その笑顔を見て、亜矢子は少しホッとし

た。

何しろ、現場では偉そうにしている（本当に偉いのだが）監督だが、実は傷つきやすく繊細なのだ。正木のことはよく分っている。

「そのオーディションで、偶然の出会いがあって」

「何だ、それは？」

「それこそメロドラマみたいなんです。幼なじみの男の子と、ひとみが前の日に出会ってたんですけど、その彼がオーディションに来たんですよ！　お互いびっくりして……。オーディションと関係なく、恋に落ちたみたいです」

「現実ならそれもいいな」

と、正木が言った。「映画でやったら笑われる」

「そうですね」

「こんなラウンジで、初恋の人と巡り合うなんてシーンを撮ってみたいもんだな」

と、正木は言った。「おい、亜矢子」

「はい」

「やっぱり千五百円で一杯じゃもったいない。コーヒー、おかわりもらおう」

「分りました！　――お願いします」

二杯飲めば、一杯七百五十円になる。実際はそうじゃないのだが、気持の問題だろう。

熱いコーヒーをゆっくり飲んで、

「うん。確かに旨《うま》いな」

コーヒーにはうるさい正木である。「旨いと思わなきゃ、やり切れん」

すると、

「失礼ですけど……」

と、見るからに高級ブランドのスーツを着た女性がそばへやって来て、「もしかして、正木さん？　正木悠介さんじゃ」

「正木ですが、どなた……」

と、その女性を見上げる。

「やっぱり！　映画監督ですよね、今は」

と、その女性は言った。

「ええ、まあ……」

と言いかけて、正木の方にも、「まさか」という表情が浮かぶ。

「懐しいわ！　高校で一緒だった、ルミ。門田《かどた》ルミ。憶えてる？」

「もちろん！　君じゃないかと思ってた。——よかったら、かけないか？」

「じゃ、連れが来るまでね」

と、同じテーブルを囲むと、「私、今は本間というの。本間《ほんま》ルミ」

「いや……。今、ちょうどこいつと偶然の出会いの話をしていて」

と、正木は言った。「あ、これはスクリプターの東風亜矢子」

「〈こち〉？」

亜矢子が名刺を渡す。

「じゃ、撮影現場のお仕事？　てっきり私、正木さんの彼女だと思ってた」

「違います」

と、亜矢子はきっぱりと言った。

「あ、こっちへ持って来て」

と、本間ルミは、コーヒーを持って来たウェイトレスに声をかけた。

亜矢子はそれを聞いて、

「本間さん、演劇をやられてました？」

「ええ。よく分るわね」

「声がとてもよく通ります」

「まあ、ありがとう！　嬉しいわ」

「そうだ。君は演劇部のスターだったね」

「恥ずかしいわ。素人芝居《しろうと》よ」

と、本間ルミはコーヒーを飲んで、「でも、情熱だけはあったわね、あのころ」

「うん、そうだ」

正木は肯いて、「僕は演劇部の連中が羨《うらやま》しかったよ。文化祭で、オリジナルの劇を上演するのに、連日夜中まで稽古していたじゃないか。僕はといえば、自主映画と言えば聞こえはいいが、およそ作品の態《てい》を成していないわけの分らない映像を撮って、誰からもほめてもらえなかった」

「へえ、監督にもそんなころがあったんですか」

と、亜矢子が言うと、正木は「しまった」という様子で、

「おい、誰にも言うんじゃないぞ」

と、しかめっつらをして見せた。

ルミが笑って、

「恋人同士じゃないかもしれないけど、とても息が合ってらっしゃるわね」

と言った。

「漫才やってるようなもんです」

と、亜矢子は真顔で言った。

「それで今日は、次回作の打合せ？」

と、ルミが言った。「この間の〈闇が泣いてる〉、良かったわね」

「見てくれたのか」

「あなたの映画は全部見てるわよ。頑張ってるな、って嬉しくて」

「それは……ありがとう」

正木は思いがけず胸に迫って、目頭を熱くしたようだった。亜矢子はちょっと安堵《あんど》した。

〈闇が泣いてる〉は主演の水原《みずはら》アリサが好評で、作品は大ヒットとはいかなかったが、そこそこの成績だった。水原アリサは今、ＴＶの連続ドラマに主演が決って多忙な日々である。

「次はどんな作品になるの？」

と、ルミが訊《き》いた。

正木が詰って、

「まあ……企画は色々あるんだが……」

と、口ごもる。

「メロドラマです」

と、亜矢子が言った。

「まあ、懐しい言葉ね」

と、ルミがちょっと眉を上げて、「最近あんまり聞かないけど」

「現実離れしたメロドラマじゃなくて、リアルな、生活感のある、中年の男女のメロドラマを目指してるんです」

亜矢子が企画説明をすると、正木の方は却《かえ》って照れてしまうようで、

「いや、まあ……狙いとしてはね。しかし、今どきそんな話ははやらないと言われてしまうのでね」

「はやらなくたっていいじゃないの」

と、ルミが力づけるように、「はやりすたりなんか、追いかけちゃだめよ」

「うん。ありがとう」

と、正木が肯く。

亜矢子は、本間ルミのひと言で正木が何だか急に生気を取り戻した様子なのにびっくりした。

正木が「怖い監督」と言われながら、その実、ナイーブな人間だということは知っていた。でも、これほどとは……。

本間ルミという女性が、正木の心の中で、特別な場所を占めているのかもしれない、という気がした。

しかし、いかに正木が流行におもねらない作品を作ろうと思っても、資金なしでは不可能なのだ。それこそ学生の作る自主映画ではない。

最低限の製作費は必要だ。

正木はちょっと咳払《せきばら》いして、

「君——今は何か仕事してるのかい？」

と訊いた。

「そう見える？」

「うん……。立派な雰囲気だからね」

と、正木は妙な表現をした。

「名刺、お渡しするわね」

ルミがバッグから名刺を取り出す。正木はそれを見て、

「社長？　君、経営者なのか」

と、目を丸くした。

「夫が亡くなって、後を継いだの。——未亡人なのよ、私」

「そうか。しかし……堂々としてるね」

「何とかやってるわ。——あ、ごめんなさい」

ラウンジに入って来た長身の外国人を見て、

「待ち合せてた人なの。それじゃ、頑張ってね！」

サッと立ち上って、その外国人の方へと足早に向う。二人は軽くハグして、近くの席に落ちついた。

「颯爽《さっそう》としてますね」

と、亜矢子は言った。「相手と英語で話してますよ」

「言われなくたって分る！」

正木は、面白《おもしろ》くなさそうに、「俺だって、英語で話すぐらいのこと……。天気がいい、ぐらいは言える」

——実のところ、正木の次回作については、出資してくれる人物がいたのである。

亜矢子の母、東風茜《あかね》と親しい実業家で、九州にスーパーのチェーンなどを持つ、大《お》和《わ》田《だ》広吉《ひろきち》だ。前作〈闇が泣いてる〉の撮影のときに知り合って、正木の次回作の製作費を出してくれることになっていたのだが……。

娘みたいな、十七歳の新人女優、貝原《かいばら》エリに大和田が惚《ほ》れてしまった。エリが十八歳になると結婚。

するとそのタイミングで、貝原エリを主役にしたSFファンタジー映画の企画が持ち上った。若い新妻にメロメロの大和田は、CGや特撮を使ったその大作に出資することになって、正木の方の話は、「なかったこと」になってしまったのだ……。

「――引きあげるか」

と、正木は言った。

「そうですね。でも、監督、良かったですね」

「何が良かったんだ？」

「昔の、憧れの人に再会できて」

「人をからかうな」

と言いながら、正木は満更でもない表情だった。

「それじゃ――」

と立ち上った亜矢子は、「あれ？」

「どうした」

「このテーブルの伝票……。今の本間ルミさんが持ってってしまったんですね」

「彼女が？」

正木は少しの間、外国人と談笑しているルミを見ていたが、「――確かに、そういう人だったな、彼女は」

と、ひとり言のように言った……。

2　通知

いつもなら、舌つづみを打つお気に入りの定食も、全く味が分らなかった。口へ入れても、しっかりかんでも、味がしない。――こんなことって、あるのかしら？

もちろん、原因は分っている。

連絡が来ない。待っているのだ。もう何日も。

戸畑弥生《とばたやよい》は、食堂の中を見回した。

もしかして、偶然、そこに彼がやって来るかもしれない、と……。いや、彼は弥生がここでよく夕食をとることを知っている。

その気なら、この時間、ここにいるかもしれない、と思ってやって来てもいいのだ。でも——そんなことは起らないだろう。

定食の盆のすぐそばに、ケータイが置いてある。いつ鳴っても、すぐに出られるように。

しかし、ケータイは沈黙しているばかりだった。

「そんなこと……」

と、弥生は呟いた。

あれほどしっかり約束してくれたのだ。

「百パーセント、いや百二十パーセント確実ですよ」

と、彼は言ってくれた。

あのときの胸のときめき……。

弥生の体中の血がわき立つようだった。

しかし——この一週間、彼、丸山《まるやま》とは全く連絡が取れていない。

むろん、ケータイには何度もかけている。ほとんど一時間ごとに。

しかし、つながらない。そして、メールも送っている。返事はない。

彼の会社へ電話しても、

「出かけております」

と、女性社員が面倒くさそうに言うばかりだ。

「いつ戻られますか？」

と訊いても、

「さあ、分りません」

「じゃ、伝えて下さい。戸畑弥生ですけど、連絡して下さい、と」

何度も、同じことを頼んだ。しかし、連絡は来ない。

五回も六回も伝言を頼むので、

「いい加減にして下さい」

と、切られてしまった。

これは、どう考えてもいい状況とは言えない。

でも――そうよ。このバッグの中には、もう印刷して製本されたシナリオが入っている。

映画化が決定して、主演のスターも「押えてある」のだ。

今さら……。決定が覆るなんてこと、あるわけがない。

戸畑弥生は今、四十八歳。――この十年余り、シナリオ教室に通い、真剣に勉強して来た。

課題をこなし、講師からは、

「戸畑さんはプロまであと一歩だよ」

と言われた。

そして、ついに、一本の電話が――。

「〈N映画〉のプロデューサーで、丸山と申します」

人当りのいい、穏やかな紳士だった。

丸山和貴《かずき》。――弥生とほぼ同世代で、雑談していても話がすぐ通じた。

「シナリオコンクールに佳作入選した作品が面白いと思いましてね」

と、丸山は言った。「いくつか直していただければ……」

むろん、弥生は数日で手直しして丸山に渡した。

手直しは三度くり返されたが、

「これで話を進めてみます」

と言われた弥生は、胸がときめいた。

それまでは、「あてにするまい」と自分へ言い聞かせていたのだ。

だめになったとき、がっかりしたくない。だから、無理に「きっと、話は立ち消えになる」と思い込もうとしていた。

そして一ヵ月。丸山からケータイへ、

「企画が通りました」

と、連絡が入ったのだ。

信じられない思いで、弥生は、

「あの――確かなんでしょうか？」

と訊いた。

「百パーセント、いや百二十パーセント、確実ですよ」

丸山は即座にそう言った……。

ケータイを持つ手が震えた。

とうとう……。私のシナリオが映画になる！

弥生は本当にその場で飛び上って喜んだ。

それから、何度も丸山と会って、打ち合せた。

ロケ地をどこにするか、映画の時代設定をどうするか、主演女優の衣裳《いしょう》のデザイナーまで相談を受けた。

夢のような日々が、ひと月余り続いた。そして、突然の沈黙。

丸山が病気でもしたのかと心配した。しかし、会社へ電話すると、「出勤している」が「出かけていて」と言われる。

――定食を食べ終えていた。いつの間にか。

もう夜十時近い。

ここにいても仕方ない。――弥生は支払いをしようと、テーブルの伝票へ手を伸した。

そのとき、メールの着信があった。

素早く手に取る。――丸山からだ！

ドキドキしながら、メールを読む。いや、読むほどでもない一行。

〈企画、流れました〉

いつ、店を出たのか。

気が付くと、弥生は見覚えのない団地の中を歩いていた。

腕時計を見ると、十一時半になろうとしている。どれくらい歩いて来たのだろう？

風が冷たかった。そう感じたのも、あのメールの後、初めてだった。

団地の中は、誰もいなかった。こんな時間だ。もうどこも眠りについているのだろう……。

高層の建物に囲まれて、公園やベンチ、子供の遊び場がある。砂場、ブランコ……。

そう。――佳世子《かよこ》を、こういう所で遊ばせたかった。

でも、佳世子が小さいころ、家は貧しくて、古いアパートの一室で暮していた。近くに公園などなかった。

「――何を考えてるの」

と、弥生は呟いた。

佳世子はもう二十歳で、家を出て一人暮しをしている。

そして――夫は、外に女を作って、今はほとんど帰って来ない。

自分の力で。自分で生きていく。

それが、弥生の願いだった。切実な。

映画化される。私のシナリオが。

その希望が、弥生を支えていたのだ。しかし、結局、泡のように弾《はじ》けて消えてしまった……。

「呆《あき》れたもんね」

と、自分を笑ってみる。

丸山にとっては、素人の書いたシナリオ一本、没にすることなど、日常のささいなことに過ぎないのだろう。

それを、本気にして、真に受けて、夢をかけていた……。

団地の中をぶらぶらと歩いて行くと、車の音がした。

タクシーが一台、団地の入口に停《と》まった。

中のスペースには入って来られないのだ。

「高いな、畜生……」

深夜料金で、相当取られたらしい。コートをはおったその男は、真直《まつす》ぐ歩けないほど酔っているようだった。

弥生は酔っ払いが嫌いだった。やり過ごそうとして、建物の暗がりに入ったが——。

「誰だ?」

と、その男は弥生に気付いて、「何だよ、そんな所に隠れて……」

フラフラと寄って来そうにしたので、弥生はさっさと男のそばを抜けて出て行こうとした。

「おい、ちょっと待てよ」

男が手を伸して、弥生の腕をつかんだ。

「やめて下さい」

と、弥生は振り放そうとしたが、男は逆に面白がったのか、しっかりと弥生をつかんで、

「逃げなくたって、いいだろ……。何かやましいことでもあんのか？」

「ここの者じゃないんです。放っといて」

と、弥生は言った。

「ここの者じゃない？　じゃ、どうしてこんな夜中にここにいるんだ？」

「あなたに関係ないでしょ」

「そうはいかねえ……。俺はね、この団地の役員なんだ。怪しい奴がいたら調べなきゃな。そうだろ？」

酒くさい息に苛々《いらいら》して、

「放して！　失礼でしょ！」

「へへ……。そうヒステリー起すなよ。俺の女房とそっくりだな。女ってどうして似てんだ？」

「酔っ払いだって似てますよ」

と言い返した。

「違《ちげ》えねえ……。おい、もしかして、男を捜しに来たのか？」

「何ですって？」

「ここんとこ、何人か出没してるんだ。この団地も、単身赴任の男が結構いるからな、女を呼んだりしてさ……」

「馬鹿にしないで！」

カッとなって、男を突き放すと、弥生は駆け出した。夢中で、団地の外へと走って行く。

男は追って来なかった。その代り、団地の中に笑い声が響いた。弥生を頭から馬鹿にし切った笑い声が、どこまでも弥生を追いかけて来るようだった。

お前にシナリオなんて書けるもんか。

そう言って笑った夫の顔を、弥生ははっきり憶えている。そんな夫を見返してやりたい。

その思いが、弥生を突き動かす力の一つになった。だから、丸山から確実に映画化

されると聞いたとき、弥生は多少の危うさを覚えながらも、夫に、

「映画になるのよ、私のシナリオが！」

と、叩《たた》きつけるように言ったのだった。「私に謝ってちょうだい！」

それが……。

「やっぱりだめだった」

と、どんな顔で言えばいいのだろう。

夫が何と言うか。夫の嘲り笑う顔が目に浮んだ。――何と言われても、弥生には言い返すすべがない。

ゴーッという地響きのような音。

夜中も絶えることのない車の流れ。それも大型トラックがひっきりなしに行き交う、広い国道へ出た。

国道をまたぐ歩道橋を、どこへ行くというあてもなく、弥生は上って行った。

そして、ちょうど歩道橋の真中辺りで、下を駆け抜ける車の巻き起す風を感じながら、じっと見下ろしていた。

ここから……。そう、飛び下りたら、アッと思う間もなく、トラックにひかれてしまう。痛いとか苦しいと感じる暇もないだろう。

いい。

そうだわ。——夫に馬鹿にされ、笑われるくらいなら、ここで死んでしまった方が
これ以上生きていたって、何もいいことなんか、ありはしない。

手すりは胸まであって、乗り越えるのはちょっと大変だが、できないことはない。

大して迷うことも、ためらうこともなく、弥生はバッグを足下へ落とし、手すりに
両手をかけた。

すると、「カット!」と、声がして、

「はい、そこまで!」

何だろう?　弥生はそこに立っている女性が幻かしらと思った。

「いけませんよ」

と、その女性は言った。「あなただけじゃなくて、あなたをひいた運転手さんも苦しみます。急ブレーキをかけて、そのせいで追突する車が出るでしょう。大事故になったら、あなたは人を何人も殺すことになります」

弥生は呆然《ぼうぜん》として、

「そこまでは……考えませんでした」

と言った。

「そりゃそうですよね」

と、その女性は軽い口調で言って、「死にたいって思いつめてる人に、他の人のことまで考えてる余裕はない。よく分ります。でも、ちょっと考えたら。――今、言ったみたいに、何人も死者が出るかもしれません」

「ええ……。そうですね」

と、弥生は肯いた。「考えが足りませんでした」

そして、弥生はふと、

「今、『カット!』っておっしゃいました?」

と訊いた。

「ええ、ついくせで」

と、その女性は笑って、「仕事柄、いつもそれを聞いてるもんですからね」

「お仕事って……」

「映画の現場で働いてます」

「まあ。――どんなお仕事を?」

「私、スクリプターです。東風亜矢子といいます」

「〈こち〉って、東の風と書く……」

「よくご存知ですね」

「私……シナリオを書いてて」

「あら。──そんな人がどうして死のうと？」

「それが……シナリオのせいなんです」

「それじゃ、いかがですか？　近くでコーヒーでも？」

「そんなこと……」

「紅茶でもいいですよ。ココアでも。アルコール以外ならね」

弥生は、ついつられて微笑《ほほえ》むと、

「じゃ、カフェ・オ・レで」

と言った。

3　生死の問題

「そういうことですか」

と、亜矢子はコーヒーを飲みながら言った。「珍しい話じゃありませんね」

「そうなんでしょうね」

と、弥生は肯いて、「信じてしまってた自分が馬鹿だったんだって、今になれば……」

「それは違いますよ」

と、亜矢子が言った。

弥生は戸惑って、

「え？　でも……」

「よくあることです。それは事実です。でも、よくあるからって、正しいわけじゃありません」

「はあ……」

「そこまで断言して、あなたに期待させておいて、どんな事情にせよ、それがだめになったら、人間としてあなたに詫《わ》びるべきです。あなたは少しも悪くありませんし、馬鹿でもありません。馬鹿は、そのプロデューサーの方です」

弥生はしばらく黙っていた。亜矢子の言葉を、じっとかみしめていたが……。

「――ありがとう」

と、ひと言、大粒の涙が頬を伝った。「映画の世界におられる方から、そう言われたら……。本当に救われた気がします」

そしてハンカチを取り出して、涙を拭いた。

「私は、もちろん映画好きですよ」

と、亜矢子は言った。「でも、映画の世界が、ときどきそういういやな顔を見せるときがあって、そのときは、腹が立ちます。映画を汚されてる気がして」

「東風さん……」

「亜矢子で結構です」

「亜矢子さん。私を救って下さって、ありがとう」

「いいえ。私はちょっと手を貸しただけ。救ったのは、あなた自身ですよ」

「私……やっぱり諦めないで、シナリオを書こうと思います」

と、弥生は言った。

「そうですよ」

弥生は、何だかとても愉快な気分になって、笑ってしまった。

そして、亜矢子から、現場での色々なエピソードを聞いて、目を輝かせたのである。

「——じゃ、正木悠介監督についておられるんですか」

「ええ。もちろん、他の現場につくこともありますけど」

「いいお仕事されてますよね、正木監督」

「伝えときます。喜びますよ」

と、亜矢子は言って、「ところで、そのシナリオって、今お持ちですか？」

「え？　――ええ、ここに」

と、バッグから取り出す。

「見せていただいても？　――〈決定稿〉まで印刷してあるんですね。これなら信用しますよ」

亜矢子は、シナリオの初めの数ページを読んで、「このシナリオ、お借りしてもいいですか？」

と訊いた。

「ええ、もちろん」

「正木監督に読んでみてもらいます。何かアドバイスができるかもしれないし」

「まあ！　もし目を通して下さるのなら、それだけで光栄ですわ」

弥生は声を弾ませた。「どんなにけなされても構いません。亜矢子さんのご意見も聞かせていただければ嬉しいです」

「スクリプターはシナリオなんか分りませんよ。――これって、多少は謙遜ですけど」

二人は一緒に笑った。

弥生はすっかり晴れ晴れとした気分になっていた。ついさっき、死のうとしたことが嘘《うそ》のようだ。

「そうですね、ただ……」

と、亜矢子はシナリオの表紙を見て、「この〈別れに涙はいらない〉っていうタイトルはちょっと……。どこかで聞いたような気がしません？　演歌にでもありそうな」

「そうですよね。私もいやだったんですけど、プロデューサーの丸山さんがつけたんです」

「センス、ゼロ」

と、亜矢子はひと言で片付けて、「映画、実現しなくて良かったかもしれませんよ」

「私も、何だかそんな気がして来ました」

「私、明日、別の打ち合せで撮影所に行くんですけど、良かったら来ませんか？　現場を覗《のぞ》くのも面白いでしょ」

「いいんですか？」

弥生の胸は、まるで女学生のようにときめいていた……。

やっぱり、帰ってない。

暗いわが家の玄関を入りながら、弥生は思った。

夫は、今夜も若い彼女の所に泊っているのだろう。――しかし、弥生は今、ふしぎと腹が立たなかった。

あの、何だか妙に元気で明るい人――東風亜矢子との出会いが、弥生の中に重苦しく沈んでいたものを取り払ってくれたのだ。

今、弥生は夫に向って、

「あの映画の企画、ポシャっちゃったのよ」

と、平気で言える気がした。

それ見ろ、と言われても、笑って受け流せる自分がいた。

残念だわ、言ってやれなくて。

居間の明りを点《つ》けて、弥生は、

「キャッ！」

と、叫び声を上げた。

ソファに、夫、戸畑進也《しんや》が座っていたのだ。

「――びっくりした！」

と、胸に手を当てて、「どうしたの？　真暗な中で」

戸畑は、初めて弥生に気付いたように、

「お前か」

と言った。

「他に帰ってくる人なんかいないでしょ。佳世子はアパートだし」

夫は、背広にネクタイのままだった。――弥生の見たことのないネクタイだ。大方、彼女が選んでくれたのだろう。

「こんな時間まで……。もう寝たら？」

と、弥生は言った。「お風呂は？」

戸畑は、妻の言っていることが聞こえていないかのように、

「明日は会社へ行かない」

と言った。

「お休み？　どこか具合悪いの？」

五十五歳の今まで、めったに平日に休んだことはない。

「いや……。もう寝る」

立ち上って、戸畑はフラッとよろけた。

「あなた！　大丈夫？」

弥生はあわてて夫を支えた。

「うん……。ずっと座ってたんで、めまいがしただけだ」

ひどく疲れて見えた。こんな夫を見たことがない気がした。

「少し休むといいわ。休暇なんかいくらでも余ってるでしょ」

よろけるように歩き出した戸畑は、足を止めると、弥生に背を向けたまま、

「もう会社には行かない」

と言った。

「――どういうこと？」

「リストラされた」

戸畑はそう言って、「黙っててすまん」

「まあ……。あと五年なのに」

「ともかく……終ったんだ」

張りのない声には、支えを失った人間の心細さがにじんでいた。

「そう。――ね、あなた」

と、弥生は言った。「私の方もね、私のシナリオの映画化の話、流れちゃったの。

だめになったのよ。悪いことって、一緒に起るのね」

夫への同情か、ついそう言っていた。

「そうか。――残念だったな」

そう言うと、戸畑は居間を出て行った。

上着がスルッと脱げて、床に落ちる。戸畑は全く気付いていなかった。

弥生は上着を拾って、それ以上何も言わなかった。

「どうなるのかしら……」

多少の貯金はある。しばらくは何とかなるだろう。

弥生は、夫の上着を、玄関のコート掛けに引っかけて、居間へ戻ったが――。

「あら……」

右手がベタつくと思って見ると、赤く汚れている。これって……。

「まさか。――血？」

玄関の明りを点けて、夫の上着を手に取る。右手の袖口が赤黒く汚れていた。

どう見ても血のようだが。

しかし、夫にけがした様子はなかった。

「何なの、一体……」

弥生は台所へ行って、石鹸《せっけん》で手についた血らしいものを洗い落とした。

「――何があったの？」

そばにいない夫へ、弥生は訊いていた。


翌朝、戸畑弥生が目を覚ましたのは、十時を少し過ぎていた。

「寝過しちゃった……」

と、つい急いで起き上って、「あなた――」

そう言いかけて思い出した。ゆうべ、あの人は何と言ってただろう？

リストラされた。もう会社には行かない……。

夢だったのかしら？

弥生はベッドから出て、隣の部屋を覗いた。

娘の佳世子が家を出て、弥生はその佳世子の部屋で寝ている。夫は夫婦の寝室を使っていた。

「あなた？」

と、寝室を覗くと、ベッドは起き出したままで空になっている。

出かけたのかしら？　――弥生は居間へ入って行った。

ダイニングキッチンのテーブルに、走り書きのメモが置かれていた。

〈出かける。遅くなると思う〉

「はいはい……」

弥生は、呟くと、ともかく自分も目を覚まそうと、シャワーを浴びた。

バスタオルで体を拭きながら、バスルームを出ると、

「お母さん」

目の前に、娘の佳世子が立っていて、弥生はびっくりして飛び上りそうになった。

「――何よ！　びっくりさせないで！」

と、大きく息をつく。

「だって、シャワーの音がしてたから……」

佳世子は今、大学の三年生である。大学の近くに一人でアパートを借りていて、めったに帰って来ない。

「どうしたの？」

服を着て、弥生はキッチンへやって来た。

佳世子が冷蔵庫に入っていたおにぎりを食べている。

「お父さんのこと」

と、佳世子が言った。「何かあったの？」

「それは……。聞いたの？　リストラされたって」

「やっぱりね」

と、佳世子は肯いた。「そんなことじゃないかと思った」

「佳世子、あんた、どこでそのこと――」

「お父さんがね、ゆうべ突然アパートに来たの」

「まあ。――よく知ってたわね、場所」

「引越しのとき、荷物、車で運んでくれたもの」

「そうだっけ。忘れちゃったわ」

と、弥生は言った。

もうそのころ、夫とはほとんど口もきかないようになっていたのだ。

「でも、佳世子、お父さんと会ったんでしょ？　直接聞かなかったの？」

「うん、それが……」

と、佳世子はちょっと口ごもって、「私、一人じゃなかったから、お父さんが来たとき」

「え？」

「彼がいたの、一緒に」

弥生は面食らって、

「つまり……あんたの彼氏ってこと？」

「うん」

と、佳世子は肯いて、「それも遅い時間だったから、二人で布団に入ってた」

弥生はしばし言葉を失っていたが、

「あんた、いつの間に……」

「お母さん、私、もう二十歳だよ。恋人いたって当り前でしょ」

「そう……かしらね。じゃ、お父さんもショックだったでしょ」

「裸の上にパジャマの上だけ着て出てったら、お父さん、ポカンと口開けてた」

「それで――」

「何も言わないで、帰っちゃった。だから、リストラのことも聞けなかった」

夫にとっては、リストラに加えて、娘が男と寝ているところを見て、二重のショックだったわけだ。

「これからどうするの？」

と、佳世子は訊いた。「大学の方は、私、自分で稼いで何とかするけど、お父さんとお母さん、養うのは無理よ」

「まさか、そんなこと」

と、弥生は苦笑して、「あんたの財布をあてにはしてないわよ。お父さんだって、何か仕事を探すでしょ」

「でも、五十五でしょ？　難しいと思うけど……」

「それはそうでしょうけど、でも――リストラっていっても、昨日突然言われて、その日で終りってわけないわよね。たぶん少し前に言われて、でも、うちでは話しにくくって黙ってたのね、きっと」

「お父さん、相変らず……」

「女性がいるのは分ってる。けど、もう今さら、どんな女か後を尾《つ》け回したり、調べたりする元気ないわよ」

そう言ってから、「じゃ、お父さん、彼女の所に行ったのかしら」

と、弥生は呟いた。

佳世子は冷蔵庫からもう一つおにぎりを出して、食べ始めていた。

「まさか、お父さん、自殺したりしないよね？」

と、佳世子が言って、弥生は反射的に、

「まさか！」

と打ち消していた……。

「そうだよね」

と、佳世子も肯いて、「お父さん、そんな度胸ないよ」

弥生はふと、ゆうべ夫の上着に、血らしい汚れが付いていたことを思い出した。急いで上着を掛けた所へ行ってみたが、上着はなかった。

あれを着て行ったのかしら？

「――どうしたの、お母さん？　何あわててるの？」

佳世子に訊かれて、弥生は、

「いいえ、何でもないの」

と、あわてて首を振った。

「また……。お母さんは隠しごとのできない人だって、自分でも分ってるでしょ？今の様子、ただごとじゃなかったよ」

「はっきり分らないのよ……。ゆうべ、お父さんの上着を拾ってここに掛けたんだけど……」

と、弥生はためらいながら、娘に白状していた。

「血が付いてたって……。お母さん！　どうしてお父さんを問い詰めなかったの？　もしかしたら、リストラされて、お父さん、彼女に振られたのかもしれないわ。カッとなって、彼女を……」

と、佳世子は言いながら、「でも、どこの誰だか分らないんじゃ、調べようもないわね」

「いくら何でも、お父さん、そんなことしないわよ」

と、弥生は言った。「鼻血でも出したのかもしれないし」

そう。佳世子の言う通り、夫の彼女が、どこの誰か分らないのでは……。

「――そうだ。お母さん、出かけるんだった」

「どこへ？　買物なら付合うけど」

「違うの。撮影所」

「何、それ？」

思ってもみない答えに、佳世子は面食らった。

4 紙一重

確かに、戸畑進也は彼女を殺してはいなかった。――まだ。

「あかり。――俺だ」

戸畑はケータイで、黒田《くろだ》あかりへかけた。

「ちょっと……」

と、向うは声をひそめて、「困るわよ、仕事中なのに」

「すまん。今日、時間取れないか？　一時間でも三十分でも――」

切れてしまった。

戸畑は手にしたケータイをじっと見ていたが、やがて諦めて、ため息をついた。

小さな公園だった。

オフィスビルの谷間で、そのせいでいわゆる「ビル風」がいつも吹いている。

戸畑がこの公園を知っているのは、彼がリストラされた会社もこの近くだからだ。

もちろん、今は、恋人だった黒田あかりの会社のそばへやって来ていたのだが。

昼休みにはまだ少し時間がある。

戸畑は、ベンチに腰をおろすと、諦め切れずに、黒田あかりのケータイへメールを入れた。

〈仕事中に電話してすまん。今日、帰りに会えないか？　いつでも連絡してくれ〉

送信して、しばらく返信が来ないか、じっとケータイを見ていたが、やがて首を振ってケータイをポケットに入れた。

時間的に、そう風は強くなかったが、それでもコートの襟から入ってくる北風は冷たかった。

ここにいても仕方ない。

といって——どこに行こう？

「戸畑さん？」

と、女性の声がした。

顔を上げると、勤めていた会社の庶務にいた子である。

「やあ……」

「やっぱり！　あの辺から見てて、何だか戸畑さんみたいだな、って……。会社に用事？」

「いや、そういうわけじゃ……。もう会社の方で、『用はない』って言ってるからね」

「ひどいわよね、本当に」

と、彼女は言った。

大山啓子《おおやまけいこ》。――確かまだ二十五、六のはずだが、年齢の割に落ちついている。

「外出かい？」

と、戸畑は訊いた。

「おつかいに出て、早く終ったんで、ちょっとサボろうかと思って」

と、大山啓子はいたずらっぽく笑って、「戸畑さん、お茶、付合って下さいよ」

「ああ……」

一人でここに座っていても仕方ない。戸畑は、大山啓子について行くことにした。

ティールームに入った二人だったが……。

「――戸畑さん、お腹空《なかす》いてる？」

と、啓子が紅茶を飲みながら言った。

「え？　どうして？」

と、コーヒーを飲んでいた戸畑は訊き返した。

うん、と言っているのと同じだ。

そして戸畑は、このティールームがランチタイムに限って出しているカレーライスを、他の客が頼んでいるのをじっと見ていたことに気付いた。

「実は――朝から何も食べてないんだ」

と、正直に言った。

「じゃ、食べて！　十一時だから、もうカレーが出るのね。すみません！」

啓子が注文してくれて、戸畑は食事にありつくことができた。

ついせかせかと食べてしまって、戸畑はちょっと照れくさそうに、

「ガキみたいな食い方だな」

と笑った。

啓子は少し頭をかしげて戸畑を眺めていたが、

「戸畑さん。――彼女に会いに来たの？」

と訊いた。

「何だって？」

「この近くなんでしょ？　私、夜、帰りに戸畑さんが彼女と腕組んで歩いてるの、見たことがある。この辺に勤めてて、待ち合わせてたんでしょ」

「ああ……。まあな」

と、戸畑は肩をすくめて、「会社へ電話したが、迷惑そうに切られた。たぶん――

リストラされた俺になんか、用がないんだ」

「そう……。袖口に血がついてるわ」

「やけになって歩いてて、電柱にぶつかって鼻血が……。会社も、彼女も、女房も、誰も俺になんか用がないのさ」

戸畑は冷めたコーヒーを飲んだ。

「でも……」

と、啓子が少しして言った。「リストラと関係なく、その彼女は別れてたと思いますよ」

「――何のことだ?」

「他のときに、見たことあるんです。戸畑さんと腕組んでた彼女が、どこかの社長さんみたいな、でっぷりした、禿げたおじさんと車に乗ってくの」

と、啓子は言った。「見間違いじゃないと思う。派手で、目立つ人ですよね」

戸畑は眉を寄せて、

「放っといてくれ。俺だって、女にもてるとは思ってやしない」

と、ついきつい口調で言った。

「ごめんなさい。大きなお世話よね」

「いや……。すまん」

戸畑は目を伏せて、「せっかく、俺なんかに声をかけてくれたのに……」

「そんなこと……。でも、そんな風に、自分のこと、だめだ、だめだって言ってたら、本当にだめになっちゃう」

啓子の言葉に、戸畑は自分を恥じた。

「ありがとう。嬉しいよ。俺のことを本気で心配してくれるのか」

「だって、戸畑さん、いい人じゃないですか」

啓子の言葉は、戸畑の胸を突いた。――「いい人」か。前にそんなことを言われたのは、いつのことだろう？

「――やだ、私、何か悪いこと言った？」

と、啓子は少しあわてたように言った。

そう言われてから、戸畑は初めて気が付いた。自分が泣いていることに。

「あの……戸畑と申しますが、東風亜矢子さんに……」

撮影所の入口で、戸畑弥生はおずおずと声をかけた。

遊びに来て下さい、とは言われたが、何しろ忙しいだろう。弥生のことを憶えていてくれるかどうか……。

しかし、入口のガードマンは、

「ああ、亜矢子さんから聞いてます！」

と、すぐに肯いて、「戸畑弥生さん……ですね」

と、メモを見て言った。

「そうです。あの――これは娘で」

佳世子まで、

「一緒に行く！」

と言い出して、連れて来たのである。

「どうぞ、どうぞ。――ここ真直ぐ行くと、〈4〉って大きく書いたスタジオがあります。そこへ行って下さい。中へ入って構いませんから」

「ありがとうございます」

弥生は礼を言って、撮影所の中へ入って行った。

「――ちゃんとした人なんだね、その人」

と、一緒に歩きながら佳世子が言った。

「そうね」

と、弥生は肯いた。

そして、あの入口のガードマンも亜矢子のことを「仲良し」と思っているのが、様子で分った。そういう人は多くないだろう。

色々な扮装《ふんそう》をした人がすれ違って、佳世子は面白がって、その都度立ち止っていた。

〈4〉の数字のある大きな建物の前で足を止めると、

「そっと入りましょ」

と、弥生は言って、小さなドアを静かに開けた。

「もっと左！　左だ！　右も左も分らないのか！」

と怒鳴る声が響いた。

天井の高い、広い空間に、一軒家のセットが組まれている。いくつものライトが、その家の庭を照らしていた。

眺めていると、

「あ、弥生さん」

と、亜矢子の方からやって来た。

「ゆうべはどうも……。あの――これ、娘です」

「佳世子です。母がお世話に……」

「いらっしゃい。——後輩の仕事を見に来たんです。こちらへ」

亜矢子はスタジオの中を通って、奥の方へ二人を連れて行った。

パイプ椅子を並べて、数人が紙コップのコーヒーを飲んでいた。

「監督」

と、亜矢子が声をかける。

「おい、このコーヒーはひどいぞ。まるでコーヒーの香りがしない」

「仕方ないですよ。よその組なんですから」

と、亜矢子は言った。「こちら、今朝お話しした、シナリオライターの戸畑弥生さんです。——正木監督です」

弥生はびっくりして立ちすくんだ。

〈シナリオライター〉だなんて！

「あの……お目にかかれて光栄です」

挨拶《あいさつ》する声が震えていた。

「やあ、いらっしゃい」

正木は明るく言って、「亜矢子の奴から話は聞いたよ。そっちのお嬢さんは、ニューフェイスかな？」

　と、佳世子の方を見て言った。

「監督、〈ニューフェイス〉は古いです」

　と、亜矢子が言った。

「娘の佳世子です。こちらへ伺うと言ったら、ついて来てしまって」

「なかなか華のある娘さんだ。役者に興味はない？」

「え……。私なんかとても……」

　と、佳世子が真赤になっている。

「それより――。そうそう、戸畑さんと言ったかな？　亜矢子からあんたのシナリオを渡されたよ」

　と、正木は言った。

「恐れ入ります。お忙しいのに――」

「いや、あんたも色々あったようだが、こっちも今の企画がなかなかうまく行かなくてね」

「監督、グチは内輪だけにして下さい」

　と、亜矢子が言った。

実際、「これをやりたいと思ってるんだ」とか、「あれは難しそうだ」とか軽い気持で口にしただけで、いい企画を先に他でやられてしまったり、「あの監督はもう撮れないらしい」といった噂《うわさ》がアッという間に広がる世界だ。

「お作にはいつも感激しています」

と、弥生が言うと、

「嬉しいね。亜矢子はいつも厳しいことばっかり言ってるんでね」

こっちを悪者にして！　亜矢子は苦笑したが、それで監督の機嫌が良くなるのなら、スクリプターとしては結構なことなのである。

「あんたのホンを読んだ」

と、正木は言った。「ひどいタイトルは別として、中身はね、うん、悪くなかったよ」

弥生は思わず上ずった声で、

「本当でしょうか！　ありがとうございます」

と言って、深々と頭を下げた。

「まあ、もちろん、あのままでは撮れない。むだなところもある。しかし、一番肝心なところは、映画的にできていて、良かった」

「ありがとうございます……」

弥生は目を潤ませた。「そんな風におっしゃっていただけると……。今後の励みになります」

「映画に関しちゃ、俺はお世辞は言わない。亜矢子もよく知ってる。な？」

「いやというほど知ってます」

「素直じゃないぞ」

と、正木は笑った。「どうだ」

と、弥生の方を見て、

「あのホンを直して使えるかもしれんと思うんだ。やる気はあるかね」

弥生は息を呑《の》んだ。

「はい！　──もちろんです！」

「そうか。いや、ちょうど考えていた企画にも合う話なんだ。ただ、もう少し、こう──普遍的な広がりがほしい」

「はい」

「監督」

と、亜矢子が言った。「具体的なことは、ここでは……」

「ああ、分ってる。今日は、亜矢子について、撮影を覗いていくといい。俺もいつものカメラマンと話をすることになってる。夜にでも会おう」

「よろしくお願いします」

正木が他のスタッフと話を始めたので、弥生は亜矢子に促されて、スタジオを出た。

「――亜矢子さん、正木監督のおっしゃってたこと……」

と、恐る恐る言った。

「監督も言った通り、映画に関して、ただの社交辞令は言いません」

「じゃ、本当に私のシナリオを……」

「テーマについては、また後で説明します」

と、亜矢子は言った。「ただ、この企画には、正直言って、目下スポンサーが見付かってないんです。もちろん、努力はしていますし、スポンサー捜しのためにも、ちゃんといいホンが出来ていた方がいいので、それを承知で、ということなら、ぜひやってみて下さい」

「はい！」

弥生は力強く答えた。

「お母さん、良かったね」

と、佳世子が言った。

「人生がバラ色に見えて来たわ」

と、弥生は言って笑った。

「他のスタジオを覗きましょう」

と、亜矢子は言った。「どこにでも知った顔がいるので、大丈夫です。――あ、ごめんなさい」

亜矢子のケータイが鳴ったのである。

「はい、亜矢子です」

「お仕事中？」

と、女性の声がした。

「あ、本間さんですね」

正木の旧友、本間ルミだ。ホテルのラウンジで会ったとき、名刺を渡していた。

「今、撮影所ですが、外を歩いています」

と、亜矢子は言った。「正木監督にご用でしょうか？」

「まあ、そうなんだけど、まずあなたに、と思って」

「どんなご用件でしょうか」

　と、亜矢子は足を止めて言った。

「次回作のスポンサーを捜してるのね」

「はい、そうです」

「私にも少し出資させていただけない？」

　と、本間ルミは言った。

「それはもう……。監督も喜びます」

「だといいけど。一応、あなたから正木さんに話してみてくれる？」

「はい、もちろんです。この番号にご連絡してもよろしいのでしょうか？」

　本間ルミはケータイからかけて来ていたのだ。

「ええ。これはビジネス用なの。夜遅くなると出ないかもしれない」

「かしこまりました。監督に話した上で、ご連絡します。監督からお電話さし上げてもよろしいでしょうか」

「ええ、もちろん。夜十時ごろまでなら、たいてい出ます」

　本間ルミの話し方は、ビジネスライクでありながら、暖かく、といって必要以上に親しげにしない。人との節度のある距離というものを分っている人だ、と亜矢子は思った。

「――もしかすると、今度の話、うまく行くかもしれませんね」

と、ケータイをしまって、亜矢子が言った。

「私、張り切らなくちゃ！」

と、弥生が言った。

そこは夫婦というものか、同じころ、戸畑進也の方も張り切っていた。

もっとも、張り切り方は少し違っていたが。

「――大山君」

戸畑は息を弾ませて、「良かったのか、こんなこと……」

「今さら言わないで」

と、大山啓子はちょっと笑って言った。

「それもそうだな」

――今、戸畑は、大山啓子のアパートの部屋で、可愛《かわい》いシングルベッドに入って啓子と肌を寄せ合っていた。

啓子が一旦会社へ戻って、早退して来たのだ。

そして、戸惑っている戸畑を自分のアパートへ連れて来た……。

「でも、やっぱり彼女の方が良かった？」

と、啓子が訊いた。

「え？　――ああ、いや、もうどうでもいいよ」

戸畑は、改めて部屋の中を見回すと、「よく片付いてるな。几帳面《きちようめん》なんだね、君は」

「一人暮しは、きちんとしてないと、どんどんだらしなくなっちゃうから」

「そうだろうな……。俺も片付けるのが苦手だよ」

「奥さんがきれい好き？」

「そう……だろうな、きっと。いつでも気付かない内に片付いてて、同じ物はいつも同じ所に入ってる」

「シナリオ書いてる、っていつか言わなかった？」

「うん。話したことあったかな？　シナリオ教室に通って、せっせと書いてたよ。まだ、ものになってないようだったが」

戸畑は啓子を抱き寄せると、「どうしてこんなにやさしくしてくれるんだ」

と言った。

「だって、放っとくと、戸畑さん、死んじゃいそうだったから。違う？」

そう言われてドキッとした。

自分でも気付いていなかったが、あのまま黒田あかりを待ち続けていたら……。

「そうかもしれない」

と言って、戸畑は啓子をしっかり抱きしめた。「君のおかげで……」

5 不安の影

待ち合せたラウンジに現われた正木は上機嫌だった。

「やあ！　待たせてすまん！」

と、大きな声で言いつつ、少しも「すまなく」思っていない様子で、「おい、コーヒーだ！」

亜矢子は苦笑した。

よく仕事の打合せで使う店だが、正木はいつも、

「ここのコーヒーは飲めたもんじゃない」

と、文句を言っていたからである。

「本間さんとお話できましたか？」

むろん、できたから、こんなに上機嫌だということは分っている。

「ああ。彼女が、今度の製作費、全額出してくれることになった！」

「全額？　四億円もですか？」

大まかな金額ではあるが、今回の作品は、大がかりなロケやセットは必要ないので、それくらいで収まるだろうと計算していた。

「うん。彼女の会社は、大したものなんだな。もう今じゃ企業グループができていて、彼女はそのトップなんだ」

「良かったですね」

ラウンジには、戸畑弥生と娘の佳世子も来ていた。

昼間、ずっと撮影所を見て歩いて、弥生は興奮していた。

「だから、戸畑君だったか、早速シナリオの改訂にかかってくれ」

と、正木は言った。

「監督、どこをどうしたいのか、おっしゃらないと」

「そうだったな！」

と、正木は笑って、「ともかく、まず全体のコンセプトからだ」

弥生は、「リアルな生活感のあるメロドラマ」という正木の狙いを聞いて、手元の手帳にせっせとメモした。

もちろん、亜矢子も聞いているが、同時に、スクリプターとして――というより、正木の女房役として、やっておく必要のあることを、自分でメモしていた。

まず、「流れた」という企画だが、その実態がどうなのか、知る必要がある。〈N映画〉の丸山というプロデューサーのことは全く聞いたことがない。何か裏がないか、当っておこう。

「――まあ、ザッとこんなところだ」

と、正木は言った。「後はあんたのイメージで、ふくらませてみてくれ」

「かしこまりました」

と、弥生は言った。「頑張ります」

「しかし、何度も書き直してもらうことになるぞ。覚悟しておいてくれ」

「はい。承知しています」

弥生の目は輝いていた。

そのとき、亜矢子の脇を通って行く数人のグループがあった。

「あれ？　ひとみ？」

と、つい声をかけていた。

「──あ、亜矢子」

オーディションを手伝った、長谷倉ひとみだったのである。

「打合せ？　頑張ってね」

と、亜矢子は手を振って見せた。

「うん。ありがとう」

ひとみは、他のメンバーを急いで追いかけて行った。

亜矢子は、ちょっと不安になった。

通って行ったグループが、何だか映画作りのプロたちに見えなかったのだ。

「──おい、亜矢子、どうかしたのか」

と、正木に言われて、

「いえ、何でもありません」

と、亜矢子は言った。「じゃ、もうスタッフ、集めてもいいですね」

「もちろんだ！　この前のチームでやろう」

正木は、昨日までとは別人のように活《い》き活《い》きしていた。

正木監督の前作〈闇が泣いてる〉で、チーフ助監督をつとめたのが、葛西哲次《かさいてつじ》である。

亜矢子がまず連絡したのが葛西だった。

今、スタッフとして一番見付けるのが大変なのはチーフ助監督なのだ。

「――もしもし、葛西さん？　亜矢子ですけど」

「やあ、我らのスタントガールか」

「もう！　やめて下さい、その呼び方」

と、亜矢子は文句をつけた。

亜矢子を〈スタントガール〉と呼んでいるのは、〈闇が泣いてる〉で、主演女優の代りに、断崖から落ちそうになる、という危険なシーンを亜矢子がふき替えたせいなのである。

でも、亜矢子は正木の頼みだから断り切れなくてやったので、「好きでやったわけじゃない！」と言いたかったのだ。

亜矢子はラウンジを出たロビーの隅の所で電話していた。ラウンジの中が見えて、正木が上機嫌で戸畑母娘《おやこ》を相手にしゃべっているのが目に入っていた。

「葛西さん、次の仕事、もう入ってるんですか？」

と、亜矢子は訊いた。

「いや、ちょっと企画が遅れてるんだ」

「それじゃ、正木さんの次回作について下さい！」

と、亜矢子は強い口調で言った。

「え？　でも、スポンサーが見付からなくて正木さん、諦めたって聞いたぜ」

こういう出所不明の噂話が勝手に駆け回るのが怖いところだ。

「急に具体化したんです」

と、亜矢子は、いきさつを手短に説明して、

「ですから、ぜひ葛西さんに」

「へえ、正木さんの『初恋の人』？」

「初恋かどうか知りませんよ」

「でも、そんな製作費を出すって、ただごとじゃないね」

「それより、大丈夫ですよね？　葛西さん、ＯＫって監督に言いますよ」

「相変らず強引だね」

と、葛西は笑って、「亜矢子ちゃんにはかなわないよ」

「じゃ、ＯＫですね！　明日にでもスケジュール出しますから」

それ以上何か言われない内に、と、切ってしまった。

「これでよし、と……」

カメラマン、録音、美術……。主要なスタッフに次々に連絡して行く。

映画もデジタル収録が普通になって、昔ながらのフィルムで仕事をして来たベテランはあまり声がかからなくなっている。

カメラマンの市原靖之《いちはらやすゆき》、録音の大村健一《おおむらけんいち》も、「手が空いている」というので、亜矢子の誘いに、「喜んでやるよ!」

と言ってくれた。「正木組は亜矢子ちゃんでもってるね」

そこまで言われると、亜矢子もちょっと照れる。

「――とりあえず、主要スタッフはOK、と」

亜矢子はケータイを手に戻ろうとしたが……。

「ひとみ……」

同じラウンジで打合せしていたはずの長谷倉ひとみが、男に手を引張られるようにして、出て来るところだった。

奥にいた亜矢子には気付かずに、ラウンジを出た所で、

「やめて下さい」

と、ひとみがその中年男の手を振り切ろうとした。「こんなこと、聞いてません」

「何言ってるんだ」

と、どこかヤクザのような雰囲気の男は、ひとみの手を離そうとせずに、「誰がお前みたいな素人に金を出すと思ってるんだ？　俺の他に、もの好きはいないだろ。製作費を出してもらいたきゃ、言うことを聞け」

「そんな……。私はただ――」

「つべこべ言うな。もうこのホテルに部屋が取ってあるんだ。言うことを聞かなきゃ、話は流れるぞ」

「ひどい！　そんなこと――」

「もう金を使ってるじゃないか。いやなら、その金を返せ」

ひとみが目を伏せる。――男は、

「さっさと来い」

と、強引にひとみの手を引いて、エレベーターの方へと連れて行く。

「あの野郎……」

と、亜矢子は呟いた。

ラウンジには二人残っていた。おそらくあの男の子分だろう。

一瞬考えて、亜矢子はひとみと男を追いかけた。

エレベーターの扉が開いて、男がひとみを押しやろうとした。そこへ、

「ひとみ！」

と、大声で言って、亜矢子は駆け寄った。

走って来た、というようにハアハアと喘《あえ》ぎながら、

「良かった！　ここにいたの！」

と、せき込むように、「お父さんが倒れたって！」

「え？」

「ついさっき連絡が。救急車で運ばれたって。すぐ行って」

ひとみは、亜矢子に合せて、

「分った。お父さん——危いって？」

「分んない。ともかく病院に。S医大病院だから！」

話を聞いていた男は、さすがに渋々という様子で、ひとみの手を離した。

「じゃ、失礼します」

と、ひとみは男へ言って、「亜矢子——」

「タクシーで。ね、ホテルの前に停ってるから」

「うん」

二人はロビーを小走りに駆け抜けて、正面玄関から外へ出た。

「――ありがとう、亜矢子！」

と、ひとみが言った。

「用心しないと。ともかく、黙って見てられなかったの」

「ごめん。私、調子のいい話だな、って思ったんだけど、製作費をこしらえるあてがなくて……」

「後で考えよう。ともかく今はタクシーで帰りなさい」

と、亜矢子は言った。「この辺でウロウロしてて見付かると、嘘がばれるよ」

「うん。分った」

「もうお金使った、とか言ってたけど、いくらぐらい使ったの？」

「スタジオの予約とロケハンで……三百万くらい」

「三百万ね」

亜矢子は肯いて、「今夜でも電話して。相談しよ」

「うん。それじゃ……」

ひとみは客待ちしていたタクシーに乗り込むと、亜矢子の方へ手を振った。

「――可哀《かわい》そうに」

と、亜矢子は呟いた。

初めてシナリオが採用されるかも、と思った戸畑弥生と同様、監督になるのが夢だった長谷倉ひとみにとって、「製作費を出してやる」という話は、魅力的だったに違いない。

少しぐらい「怪しげな話」と思っても、あえてそういう思いにふたをしてしまうのも分るというものだ。

あの男は、おそらく映画製作のことなど全く分っていないし、たぶんお金を出す気もあるまい。ひとみを好きなようにしておいて、「事情が変った」とでも言い出すに違いない。

亜矢子はホテルのロビーへ入って行ったが、ラウンジからあの男が他の二人を連れて出て来るのが見えて、急いでロビーのソファのかげに姿を隠した。

「――もう少しだったのに！」

と、男が腹を立てているのが聞こえて来る。

「どうします、社長？」

「三百万、すぐ返せと言ってやる。できなきゃ言うことを聞け、とな。あんな小娘に馬鹿にされてたまるか！　おい、車だ」

「すぐ表につけます」

と、子分が駆け出して行く。

その男たちがいなくなると、亜矢子はロビーへ出て行って、

「ぶっとばしてやる！」

と、拳を固めて、あの男のいた辺りにパンチを食らわせた。

——ラウンジに戻ると、

「何だ、どこへ行ってた？」

と、正木が訊いた。

「いえ、ちょっと」

と、亜矢子は冷めたコーヒーを飲んで、「監督、葛西さん、市原さん、大村さん、OKです」

「そうか」

正木は別にホッとした風でもなく、「では、シナリオを待ってるぞ」

と言った。

「はい！　今夜から取りかかります」

と、戸畑弥生は頰を紅潮させている。

「でも、お母さん……」

と、娘の佳世子が心配そうに、「お父さん、リストラされたんでしょ？　生活、大丈夫なの？」

「あ、忘れてたわ」

「呑気《のんき》なんだから」

「だって……もう興奮しちゃって」

と、弥生は言った。「大丈夫よ、すぐに食べるのに困ることはないでしょう」

正木が笑って、

「いや、そのいい加減なところが、映画向きかもしれん」

「監督」

と、亜矢子は座り直して、「私はいい加減じゃないつもりですけど、映画に向いてませんか？」

「何を言ってる」

と、正木は肩をすくめて、「スクリプターは別の生きものだ」

「人をエイリアン扱いして」

と、亜矢子は正木をにらんだ。

「今夜は泊ってく？」

帰宅すると、弥生は佳世子に訊いた。

「うん……。そうね。たまにはいいか」

と、佳世子は伸びをして、「でも、お母さん、寝てんでしょ、私のベッドに」

「いいわよ。一晩くらいお父さんの隣でも」

「ハハ、嫌われたもんだ」

と、佳世子は笑った。「だったら、いいよ、私、ソファで寝る。平気よ、若いんだから」

「それもいいわね。お風呂入るでしょ？」

「うん」

弥生がお湯を入れに行くと、佳世子はソファに身を沈めて、大欠伸《おおあくび》した。

母について歩いて、少々くたびれていた。しかし――母があんなに活き活きしているところを見たのは、久しぶりだ。

「映画の話、うまく行くといいけど……」

と呟く。

すると、ケータイが鳴った。

「はい」

と出ると、

「やあ、正木だ」

「え？　あ——どうも！」

正木監督からいきなりかかって来るとは思わないので、びっくりした。

「亜矢子から君の番号を聞いた。迷惑か？」

「いえ、とんでもない！　あの——母にご用でしょうか？」

「いや、君に話があって」

「何でしょう？」

「今度の映画に出てみないか？」

佳世子は絶句した。冗談でそう言われたか——。

「いや、君は美人とは言えん。しかし、魅力的な笑顔をしている。これは本当だ」

「はあ……」

「どうだ？　興味があれば、考えてみてくれんか」

「はい……。よく考えます」

としか言えない。

「うん。急がなくていいから」

「分りました」

「今週中に、亜矢子の方へ返事してくれ。頼むぞ」

「は……」

急がなくていい、って……。切れてしまった。

「せっかちな世界なのね」

と、思わず佳世子は呟いた。

またケータイが鳴って、びっくりする。

今度は父からだった。

「――もしもし？」

「佳世子か。今、どこだ？」

「家よ。お母さんと一緒だったから」

「そうか。じゃ、弥生は――」

「今、お風呂にお湯入れてる。呼ぼうか」

「いや、いいんだ」

と、父はあわてたように、「お前から言っといてほしい」

「何を？」

「今日は帰らない」

「また……」

と、佳世子はため息をついて、「例の彼女なの？」

「いや、まあ……」

「お母さんのこと、少しは考えなよ。それに仕事、リストラされたんでしょ？　この先、どうするの？」

「それはこれから考える。うん、お前たちに苦労はかけない」

「もうかけてるよ」

と言って、「分った。じゃ、今夜は帰って来ないのね。お母さんに言っとく」

「あ、それと――」

「他にも何かあるの？」

「たぶん……明日も帰らない」

「え？」

「その次の日も、たぶん……」

「お父さん、それって——」

「そういうことだ。よろしく言っといてくれ！」

「お父さん——」

切れてしまった。

「何よ……」

今日も明日もその次も、って……。

「お湯、入ったわよ」

と、弥生が戻って来て、佳世子がケータイを手にしているのを見ると、「電話？　お父さん？」

「うん、お父さんからも……。今夜帰って来ないって」

「また、女の所ね。いいわ、放っとけば。リストラされたあの人のことなんか、見限るわよ」

「あ……。うん、正木さん」

と、弥生は言って、「今、『お父さんからも』って言った？　他の人からも？」

「監督から？　呼んでくれればいいのに！」

「でも——私に用で」

「佳世子に？　何だって？」

「映画に出ないか、って」

「まあ」

弥生はポカンとしていたが、「──で、何てご返事したの？」

「うん……。考えますって」

「じゃあ……考えて」

「考える」

何だか間の抜けたやりとりをして、二人は笑ってしまった。

「じゃ、私、ソファで寝なくていいわけだ」

と、佳世子は言った。

「でも──佳世子。あんた、彼氏の方は大丈夫なの？」

「え？　ああ、別に一緒に暮してるわけじゃないの。ときどき泊ってくだけで。心配しないで」

「心配するわよ」

と、弥生は苦笑して、「そう。──心配っていえば……。お父さんの上着の血……」

「あ、そうだね。訊いてみりゃ良かった」

「いいわよ。きっと、どうってことないのよ」

と、弥生は言って、「さ、今夜からシナリオに取りかかるぞ！」

と、宣言したのだった……。

6　新人

「あ、葛西さん」

亜矢子は打合せのために借りた会議室へ入ると、チーフ助監督の葛西に会釈した。

「やあ、またよろしく頼むよ」

と言って、「じゃ、監督――」

「うん、今の予定で頼む」

「シナリオが上るのを待つばかりですね」

「楽しみにしてていいと思う」

「そうですか」

葛西は立ち上って、「じゃ、連絡します」

と、足早に出て行った。

「順調ですか」

と、亜矢子は訊いた。

「まあな。あの戸畑弥生からは、シナリオの新しい部分について、何度もメールが来ている。新人作家らしい情熱が感じられていいな」

「スクリプターが中古品ですみません」

と言って、亜矢子は手にさげた大きな袋から、ポットを取り出した。

「誰もそんなこと、言っとらんじゃないか。——何だ、それは？」

「コーヒーです」

と、紙コップを出して、「気に入りの店で特別にいれてもらいました。監督のお気に召すか分りませんが」

「紙コップというのは……。まあいい、飲んでみよう」

「まだ充分熱いと思います」

と、亜矢子が紙コップに注《つ》ぐと、正木はそっと一口飲んで、それからゆっくりと飲みながら、

「うん！　これは旨い！」

「そうですか。良かったです」

と、ホッとしたように言って、「監督のご機嫌を取っておかないといけないので」

「何だ、それは？」

するると、亜矢子はやおら床にペタッと正座して、両手をつき、

「監督、一生のお願いがあります」

と言ったのである。

正木もさすがに面食らって、

「どうしたっていうんだ？」

と、目を丸くしている。

「私の願いを聞いて下さったら、私は一生、監督の〈影の女〉として生きて行きます」

「何だ、それは？」

と、正木は呆れて、「願いって何なんだ？」

「三百万円、貸して下さい！」

「金の話か。――何に使うんだ？」

と、正木が訊く。

そのとき、会議室のドアが開いて、

「遅くなってごめんなさい！」

と入って来たのは、今回の出資者、本間ルミだった。

そして、亜矢子を見ると、

「まあ！　正木さん、あなたこんなパワハラを？」

「違う！　こいつが勝手にやり出したんだ！」

と、正木はあわてて、「亜矢子、ともかく立て！」

「はい」

「三百万、何に使うんだ？」

「友人を救いたいのです」

本間ルミは椅子にかけて、

「私も聞きたいわ。どういうわけなの？」

と、興味津々という様子。

亜矢子は、友人の長谷倉ひとみが、「製作費を出してやる」と言って来たヤクザまがいの男に脅されている事情を説明した。

「——ともかく、使ってしまった三百万円を返せと言って来ているのです。調べてみると、相手は有田京一《ありたきよういち》という男でした」

「聞いたことがないな」

「映画のことなど何の関心もない男です。ただ、ひとみを気に入って、強引に……」

「許せないわ！」

と、本間ルミが憤然として、「亜矢子さん、その三百万、私が出してあげるわ」

「そういうわけには……。これは私の個人的な問題ですから」

「誰が出してもお金に変りはないわ。正木さんだって、即座にポンと三百万は大変でしょ？」

「まあ……出せないこともないが……」

「じゃ、私が正木さんに貸すから、亜矢子さんは正木さんから借りなさい。それでいいでしょ？」

「ありがとうございます！」

と、亜矢子は深々と頭を下げた。

「あなたはいい人ね」

と、ルミは微笑んで、「正木さんが気に入ってるのも分るわ」

「恐れ入ります」

「びっくりさせるな」

と、正木が苦笑して、「俺の〈影の女〉になるってのはどういう意味だ?」

「ずっとスクリプターを続けるってことです」

「じゃ、今までとちっとも違わないじゃないか」

「そうですね」

「全く……。大体、お前みたいな〈日なたの塊〉みたいな女に〈影の女〉なんてできるわけがない」

「何ですか、それ?」

と言って、「ともかく、ひとみに『お金ができた』と教えてやります。大喜びすると思います」

亜矢子はドアを開けると、

「ひとみ、出て来ていいよ」

「そこにいるのか」

と、正木は笑い出してしまった。「お前にゃかなわん」

「いい知らせは直接言うに限ります」

と、亜矢子は言った。「長谷倉ひとみです」

おずおずと入って来ると、

「色々ご心配をかけまして……」

と、ひとみは小声で言った。

「こちらの本間ルミさんが、三百万円、貸して下さることになったから」

「すみません！　私が世間知らずなばっかりに」

「そうやって人間は成長していくのよ」

と、ルミは言った。「三百万、現金がいいわね。その男に叩き返してやりなさい」

「わざわざ喧嘩《けんか》しなくてもいいよ」

と、亜矢子はあわてて言った。

「ちょっと待ってね」

ルミはケータイを取り出すと、「秘書へかけるの。――あ、もしもし、あのね、急いで三百万、現金で持って来てくれる？――そう。場所は言ってある所。――よろしく」

ルミは通話を切って、

「たぶん三十分もすれば持って来るわ」

「はあ……」

あまりの手早さに、誰もが呆気《あっけ》に取られていた。

「ひとみ君といったか」

と、正木が言った。

「はい」

「自分で監督してみたいと思うのは誰しも同じだ。しかし、焦るといいことはない」

「身にしみました」

「どうだ。これから新作に入るところだが、君、助監督としてついてみないか」

「でも──いいんでしょうか」

「現場を知ることだ。必ず役に立つ」

「はい！　劇場映画の仕事を手伝えるのはありがたいです」

ひとみの言葉に、正木はニコニコしている。ひとみが、あえて「劇場映画」と言ったことが嬉しいのだ。ひとみはさらに、

「あの──もしかして、フィルムで撮るんでしょうか」

と訊いた。

「もちろんだ！　フィルムこそ映画そのものだ」

まだ、その件は決めてないですよ、と言いたいのを、亜矢子はこらえた。

今は映画もほとんどがハイビジョンのビデオ撮りだ。フィルムで撮ると、相当高く

つく。

しかし、フィルムの持つ表現力を正木が愛していることは、亜矢子もよく知っていたし、映画ファンとしては、フィルム上映を見たいのも確かである。

まあ、本間ルミが、かなり気前よくお金を出してくれそうなので、フィルムでいけるかもしれない……。

「じゃ、私の方のプランは中止して、必要な所へ連絡します」

と、ひとみは言った。

「私が手伝うよ」

と、亜矢子は言った。「あの有田って人と、きちんと切れておかないと」

「悪いね、忙しいのに」

「どういたしまして。助監督なんかについたら、『忙しい』なんて言ってるヒマもないよ」

と、亜矢子は言って、「それで、監督、主演の女優をともかく押えないと」

「うん、分ってる。心当りには二、三電話してある」

脇役はともかく、主役クラスの役者のスケジュールをまず押えなければ、予定が立たない。

「一つ、お願いがあるの」

と、本間ルミが言った。

「何でも言ってくれ」

「私を出演させて」

そのひと言は、さすがに正木も予測していなかった。

一瞬、固まった感じで、ポカンとしていたが——。すぐに、彼女が次作の事実上のスポンサーであることを思い出した。

「ああ、もちろんだ」

と、正木は笑顔になって、「そうだった。君は演劇部のスターだったな」

「お願いね」

と、ルミはニッコリ笑って、「一度、自分の姿をスクリーンで見たかったの」

「任せてくれ」

と、正木は肯いた。

あんまり安請合いしない方が、と亜矢子は思ったが、正木としては断れない立場であることも分っていた。

「それで——」

と、ルミは出資者の顔に戻って、「製作費って、どこへ振り込めばいいの？」

ルミの言葉通り、三十分しない内に、三百万円の現金が届き、亜矢子はひとみと一緒に会議室を後にした。

「有田に連絡して、どこかで会うようにしましょ」

と、亜矢子は言った。「人が大勢いる所にするのよ」

「うん、分った」

と、ひとみは肯いた。「ね、亜矢子、大丈夫なの？」

「何が？」

「あの本間さんって、女優じゃないのに……」

「ああ、そうね。監督としては、ちょっと微妙だろうけど、何といっても製作費丸ごと出してくれる人だもの。いやとは言えないわよ」

「そういう妥協は必要なのね」

「珍しくないわ。よその監督だけど、まるきり素人の自分の恋人を主演にしちゃったこともあるしね」

「へえ！　で、結果は？」

「それがそこその出来だったの。ともかく、主演の女の子のボロが出ないように、監督が涙ぐましい努力をしたからね。評論家から、斬新だってほめられた」

何があるか分らない世界なのだ。

しかし、正木の新作は、まだこれからシナリオの準備稿が上ってくるのだ。どうせ、何度も内容についてのやりとりがある。どこかで、本間ルミに合ったイメージのキャラクターを登場させることは難しくないだろう。

「――もしもし」

ひとみがケータイを手にして言った。「長谷倉ひとみです。お目にかかりたいんですが」

聞きながら、亜矢子は三百万円の包みをしっかり抱きしめていた。

7　恩返し

「で、どうだったんだ？」

と、正木が訊いた。

「三百万、ポンと目の前に置いてやったら、その有田って男、目を丸くしてました」

と、亜矢子は言った。「残りのお金は全部有田の口座に振り込んでありましたし、向うがポカンとしている間に、私とひとみはさっさと失礼して来ました」

「面白かったろうな」

と、正木は笑って、「しかし、そういう奴はしつこく絡んでくることがある。気を付けた方がいいぞ」

「はい、承知してます」

亜矢子の隣で、長谷倉ひとみが肯いた。「もう、あんな手合とは係り合いません」

正木と亜矢子、それにひとみの三人は、夜遅く、六本木《ろっぽんぎ》のレストランに入っていた。

新作にかかる前には、正木はいつもこの店のワインを飲む。ちょっとした「おまじない」みたいなものである。

夜、十二時近くになると、こういうレストランには芸能界やTV局の人間がよく出入りする。まあ、普通のサラリーマンが、こんな店には来ないだろうが。

「監督」

と、亜矢子が言った。「主演の二人のあて、はついたんですか?」

「うん……。まあ、話はしてあるが……」

と、正木は言葉を濁した。

亜矢子も、正木の持っているイメージから、おおよその見当はついていた。

男優の方は、いわゆるアイドルの年齢の役ではないので、多少地味でも、演技の達者な役者ということになる。

舞台を中心に活動している役者から一人選ぶのは、そう難しくない。スケジュールがびっしり詰っている役者は、そういないからだ。

問題は女優。——ヒロイン役を誰にするかである。

劇場で公開する映画である以上、ある程度集客の見こめる女優の必要がある。

しかし、作品のコンセプトからいって、あまり若くない——少なくとも四十を過ぎた女優でないと、男優とのバランスが取れない。

しかし、映画の主役がこなせて、それもただ「普通の芝居ができる」以上のものを求めようという正木の希望に適《かな》う女優となると……。

いないわけではないが、数は決して多くないし、人気のある女優は、たいていTVの連ドラの仕事で、スケジュールが詰っているのだ。

亜矢子も、正木が悩んでいることはよく分った。しかし、スクリプターが口を出すことではない。

ただ——前の作品で、水原アリサが印象的な演技をして、TVドラマの主役に決ったようなことは、実は今の正木にとって、珍しいことだった。

実力のある監督といっても、一本でも「客の入らない」映画を撮ると、次の作品が何年も撮れなくなるのが、情ないけれど日本映画の現状だ。

たとえ忙しくても、

「あの監督の映画なら、ぜひ!」

という女優は——。

いや、正しくは女優の所属する事務所が、正木だからといって、特別扱いはしてくれない。

作品そのものに、よほど話題性があればともかく、今度の「リアルなメロドラマ」には、ホラーの要素もアクションもない。

むろん、正木はあえて地味な大人のメロドラマを狙っているのだが、それに喜んで参加しようという女優を見付けることは、容易ではないのだ。

思い切って、少し若手の女優を使うか、初めのプランに忠実にやって、「客の入り」はあえて狙わないか……。

正木が悩んでいることは、亜矢子にも察しがついていた……。

「――いらっしゃいませ！」

レストランのマネージャーが出迎えている方へ目をやって、亜矢子は、

「監督」

「何だ？」

「アリサさんです」

正木は入口の方へ目をやった。

水原アリサが、四、五人の男性と入って来るところだった。

「TVの連中だな」

と、正木はちょっと苦々しげに、「派手なことの好きな奴らだ」

アリサたちは一番奥のテーブルについた。

「でも、アリサさん、堂々としてますね」

と、亜矢子は言った。

確かに、以前は多少自信なげで、目立たない印象だったのだが、今のアリサは、レストランの客の視線を集めるだけの輝きを放っていた。

「正木さんの映画の水原アリサ、良かったですね」

と、ひとみが言った。

「うん、あの子はいいものを持ってた。それを引出す人間がいなかったんだ」

正木の言葉には、「自分がそれを引出してやった」というプライドが溢《あふ》れていた。

「次の映画、水原アリサじゃいけないんですか？」

と、ひとみが訊いた。

亜矢子はチラッとひとみを見た。

もちろん、正木の頭にもアリサのことは浮んでいるだろう。しかし、アリサはまだ三十そこそこで、若い。

四十代の役もやれるだろうが、ＴＶの連ドラの主役をやりながらでは、とても無理だ。

「まあ、また見逃していた宝石を探し当てるさ」

と、正木は言って、「おい！　赤ワインをくれ！」

食事しながら、正木は何杯目かのワインを頼んだ。

よく通る正木の声が、アリサの耳に入った。

亜矢子は、アリサが立って、こっちへやって来るのを見た。

「監督！」

と、アリサが嬉しそうに、「ごぶさたしてます」

「どうだ」

正木は、知らなかったふりをして、

「何だ、来てたのか」

「今、TVのお仕事で」

「うん、聞いてる。収録に入ってるのか？」

「来週からです。でも——」

と、アリサはちょっと首を振って、「収録以外の、PRの仕事が多くて」

「TVはそういう世界だからな。しかし、本番の芝居をきちんとやればそれでいい」

「はい」

と、アリサは肯いて、「監督、次の映画は？」

「ああ。——今、準備中だ」

「楽しみです。——亜矢子さん、どうもその節はお世話になって」

「どういたしまして。次も正木監督につくんです。腐れ縁ですね」

「そんな。羨しいわ。ワンシーンでも、出演させて下さい」

「嬉しいよ。憶えとこう」

「はい、ぜひ」

話していると、アリサと一緒のTV局の人間らしい男性がやって来て、

「アリサちゃん、向うで乾杯するから」

と言った。

「ええ、すぐ行くわ。こちら正木監督」

と、アリサが言ったが、男の方は関心ない様子で、

「ああ、どうも」

と、おざなりに会釈して、「さ、行こう」

「ええ。——じゃ、監督」

「うん、元気で」

アリサと戻って行く男が、

「あんな時代遅れの監督に係るなよ」

と言うのが、はっきり聞こえた。

わざと聞こえるように言っているのが分る言い方だった。

すると、アリサが足を止め、

「もう一度言ってごらんなさい！」

と、激しい口調で言ったのである。

「何だよ、本当のことだぜ」

と、男が言い返す。

次の瞬間、アリサが男を平手打ちした。

むろん、アリサも、男が正木たちに聞こえるように言ったことを分っているのだ。

「失礼でしょ！　謝りなさい！」

アリサは凄《すご》い剣幕だった。

店内はシンと静まり返った。

誰もが息をつめて、成り行きを見守っている。

すると──正木が立ち上って、アリサと男の方へと歩いて行き、

「アリサ、ありがとう」

と、アリサの肩を軽く叩いた。

そして、顔を真赤にしている男の方へ、

「アリサは、今が大切な時なんだ。上手に使ってやってくれ」

と、穏やかに言った。

正木が席に戻ると、店内にホッとした空気が流れ──誰からともなく、拍手が起って、それが店の中に広がって行った。

正木は新しく注がれたワインのグラスを手にすると、店内を見回し、グラスを上げ

た……。

「あら」

と、声がした。「こんな所で」

戸畑進也は、飲みかけていたコーヒーを、小さなテーブルに置くと、

「あかりか。――昼休みか？」

と言った。

「仕事で外出よ」

と、黒田あかりは言った。

表のテーブル席。――あまり風がないので、日が当っていると、そう寒くはない。

「どうしてるの？」

と、あかりは椅子にかけて言った。

「うん。――まあ、何とか」

黒田あかりとは、かなり長く付合って来た。しかし、戸畑がリストラされたことをどこかから聞いたのだろう。連絡しても、全く返事が来なくなった。

「私も忙しくてね」

と、あかりは言った。

「うん、そうだろうな」

少し間があって、あかりがちょっと笑うと、

「失業中なんでしょ？　私、あなたを養うなんて余裕ないの」

「分ってるよ」

「実はね。プロポーズされてるの」

「へえ」

「会社の取締役の息子でね。今、三十歳」

「元から付合ってたのか？」

「ここ一年くらいよ」

「結婚するのか？　おめでとう」

「どうも」

あかりは何か言いたげにしていた。

「心配するな。俺は何も言わない」

と、戸畑は言った。「もう五十五だ。今さら、やきもちでもない」

戸畑の淡々とした様子に、あかりはちょっと不審な面持ちで、

「それならいいけど……。じゃ、もうお互い赤の他人ね」

「そういうことだな」

と、戸畑は肯いて、「幸せになってくれ」

「そのつもりよ」

あかりは立ち上って、「それじゃ――お元気で」

「ありがとう。君も」

戸畑は、足早に立ち去るあかりの後ろ姿を眺めていた。

コーヒーをゆっくり飲み干すと、

「――戸畑さん」

やって来たのは、大山啓子だった。

「やあ、今日はもう帰れるのかい？」

「一つ寄る所があるの。この書類、届けるんで。一緒に来てくれる？」

「いいとも。どこなんだ？」

「地下鉄で三十分かな。――アパートに帰る途中で、何か食べましょう」

「うん。――いつもすまんね」

「そういうことは言わないで」

と、啓子は微笑んだ。

「じゃ、行くか」

と、戸畑は立ち上った。

戸畑は、大山啓子のアパートにずっと泊っている。――もちろん、啓子がそうしていいと言ってくれているからだ。

しかし、戸畑だって分っている。

いつまでも、娘のように若い啓子の世話になっているわけにはいかない。

しかし、仕事を探しても、まず相手にされない。

妻の弥生は、今シナリオ書きに夢中で、夫の浮気など気にもしていないようだ。

こんな毎日は、いつまでも続かない。――続かない、と分ってはいるのだが……。

黒田あかりは、戸畑が若いOLらしい女と一緒で、笑顔を見せているのを、遠くから眺めていた。

「あんな彼女がね……」

くたびれた戸畑のどこがいいんだろう？

「何よ、あんな女……」

ちっとも美人でもないし、可愛くもない。

あかりとしては、戸畑と切れたいと思っていたので、都合がいいのだが。

しかし、戸畑が別の女と楽しそうにしているのを見ると、何かもやもやとした、ふっ切れない思いになるのだった……。

8　決断

「私につとまるでしょうか……」

と、自信なげに言う表情を見て、

「それがいい！」

と、正木は言った。「その頼りなげな表情に、健気《けなげ》な感じがある。今どきの、がっついた女の子にはない古風な顔だ」

何だか、喜んでいいのかどうか、という様子で、それでも、

「もし、お役に立てるようでしたら、やってみたいと思います」

と言ったのは、戸畑佳世子。

シナリオを書いている戸畑弥生の娘の二十歳。女子大生だ。

「あの……ただ、私……」

映画に出ないか、と正木に言われて、今日撮影所へやって来ていた。

「分っとる。大学生だな、今。大学のテストとか、色々考えるようにする」

「ありがとうございます。それだけじゃなくて……」

「何だね？」

二人の話を聞いていた東風亜矢子が、

「お父さん、リストラされたんだよね」

と言った。「あなたも大学の費用だけじゃなくて、アルバイトして稼がないと」

「そうなんです」

と、佳世子はちょっとため息をついて、「父は今、若い女性の所にいるみたいです。前からのことなので、別に驚きませんが」

「でも、その彼女も、お父さんがリストラされたこと、承知してるのよね」

「たぶん……。一緒に暮してれば、いやでも分ると思うんです」

「それはそうね」

「男なんて弱いものだ」

と、正木は考え深げに、「どこかの組織に属していないと、心細くていられない。

世の中に、まるで裸で放り出されたような気がするんだろうな」

「いいですね、監督のような芸術家は」

と、亜矢子が言った。

「おい、それは皮肉か？」

正木と亜矢子のやり取りに、佳世子はつい笑ってしまった。

「お二人、とってもいいコンビですね」

「そうね。漫才やらせたら、かなりのレベルよ」

と、亜矢子は言った。

「私――しっかり演技したいです」

と、佳世子は言った。「セリフが一つしかなくても、出て良かった、って思えるに違いないからです」

「その気持が大切だ」

と、正木は肯いた。「ときに、お母さんのシナリオの方はどうだ？」

「あれ？　まだ届いてませんか？」

と、佳世子は言った。「ゆうべ電話で話したときは、『今夜中に仕上げる』って言ってたんですけど」

三人がいるのは、撮影所の食堂だったが、

「佳世子！」

と、ちょうどそこへ当の母親が入って来た。

「お母さん、よく分ったね」

「スタッフルームで聞いて来ました」

と、弥生は言った。「遅くなってすみません！」

正木の前にバサッと紙の束が置かれる。

「できたか」

「お目を通して下さい。もちろん、ご指示の通りに書き直します」

「まあ待て。シナリオライターの意志も尊重しないとな。――スタッフルームに寄ったのか。誰かいたか？」

「はい、水原アリサさんがお一人で」

それを聞いて、正木が目を丸くした。

「アリサが来てる？　おい、亜矢子――」

「知りませんよ、私」

「ともかく――ちょっと行ってみてくれ。いたらここへ連れて来い」

ご自分でどうぞ、と言いたかったが、亜矢子は何とか思いとどまり、

「分りました」

と立ち上って、食堂を小走りに出た。

スクリプターとは、たいてい走っている職業なのである。

スタッフルームのドアを開けると、本当に（！）水原アリサがちょこんとソファに座っている。

「あら、亜矢子さん」

「どうしたんですか？　食堂にいるって知ってるのなら、来て下さればいいのに」

「やっぱり食堂？　私、あてずっぽうで言っちゃったの」

と、アリサはちょっと笑って、「さっきの人、あなたの言ってた、シナリオライターさんね？」

「そうです。シナリオの第一稿が上って来たので。――アリサさん、食堂で監督が待ってます」

「でも、打ち合せの邪魔しちゃ悪いわ」

「スターをこんな所に待たせとく方が、よっぽど悪いですよ」

亜矢子は、アリサの手を取って、無理やり立たせるようにしてスタッフルームから

連れ出した。

「——どうしたんだ」

正木は、アリサを見ると、「忙しいんだろう、TVの方で」

「今日はお休みです」

と、アリサは言って、正木の前に立つと、

「この間はすみませんでした」

と、きっちり頭を下げた。

「おい、お前が謝ってどうする。あの場合、悪いのはTV局の奴だ」

「それはそうですけど……」

二人の話を聞いていた戸畑弥生が、

「何があったんですか？」

と訊いた。

「いや、どうってことないんだ」

と、正木は肩をすくめたが、

「実はですね……」

亜矢子が、あのレストランでの一部始終を話してやると、

「――すばらしいわ！」

と、弥生がすっかり感服の様子で、「映画のワンシーンみたいですね」

「現実はそう甘くない」

と、正木は言った。「アリサ、あの後大丈夫だったか？」

「ええ。あの男性はむくれてましたけど、文句なんか言わせませんよ」

亜矢子は、前の映画に主演したときは心細げだったアリサが、すっかり強くなっているのを見て、嬉しかった。

「おい、アリサ、新人の戸畑佳世子君だ」

いきなりそう言われて焦ったのは佳世子もだが、母親の方も、

「そんなこと！　正木さん、本当に……」

と、目を丸くしている。

「若くていいわね」

と、アリサは佳世子を見て、「大学生？」

「はい。今、二十歳です」

「おい、アリサ、お前だって二十代だろ」

「でも二十九です。二十歳とは……」

「あら、それじゃ……」

と、弥生が言った。「佳世子のやれるような役がシナリオにありません」

「エキストラでいいんです」

と、佳世子は言った。「私、何の経験もないんですもの」

「いや、使うからには、しっかり役を演じてもらう」

と、正木は言った。「おい、亜矢子」

「はい」

「お前、この第一稿を読んで、この子の役を考えてくれ」

「え……。私、スクリプターですけど」

「分ってる。お前を信頼してるから言ってるんだ」

「監督……。分りました。すぐコピー取って、今日持って帰ります」

「それと、佳世子にできるバイトがないか、この現場で捜してみてくれ」

「アルバイトのことまで……」

「出演しながら、出番のないときはバイトをする。一番能率がいいだろ」

「ありがとうございます！」

と、佳世子は頰を紅潮させて言った。

亜矢子には分っている。佳世子は正木の好きなタイプなのだ。きっと、今度の映画で、有望な新人に育てたいと思っている。

しかし、そのために動くのは亜矢子なのだから……。

「それで監督」

と、アリサが言った。「私の役は？」

「おい、困るじゃないか。お前を出すとなったら、〈ウェイトレスその1〉ってわけにゃいかないんだぞ」

と、苦笑しながら、もちろん正木は嬉しくてたまらないのだった。

そして、「うーん……」と考えていたが、

「――おい、亜矢子」

「分りました」

と、亜矢子はため息をついて、「アリサさんにいい役を考えます」

全く、シナリオの手伝いまでさせられるんじゃたまんないわよ！

と、心の中でグチりながらも、正木にあてにされているのを喜んでいる自分に気付く。

どこまでも損な性分の亜矢子だった……。

ことが多い。


「で、監督――」

「うん、分ってる」

と、正木は肯いて、「この第一稿を読んで、大幅な手直しが必要ならそう言うし、
基本的にこれで行くとなれば、すぐロケハンやセットのデザインにかかる」

「でも、今回はできるだけ普通の家を使いましょう」

今はカメラの性能も上っているので、セットを作らず、本当の家屋の中でも撮れることが多い。

しかし、本当に大変なのは、主演女優を早く決めなくてはならないことだった。

そのスケジュールが出なければ、撮影の予定も立たない。

「――おい、亜矢子」

スタッフルームに、正木と亜矢子は戻って来ていた。

「何ですか?」

「考えたんだが、本間ルミから製作費が出るとなると……」

「あんまり危いことは――」

「分ってる。彼女に損はかけたくない」

と、正木は肯いて、「しかし、考えていたどの女優も、もう一つ、ピンと来ないいん

だ」

「でも――」

正木の言い方に、亜矢子は一瞬ゾッとした。「今からオーディションなんて言わないで下さいね」

「いくら俺でも、そんな無茶はしない」

「それならいいですけど……」

と、ホッとしたのも束の間、

「芝居のできる、ぴったりの女優がいないか、劇団を回ってみてくれ」

「は……」

一口に「劇団」といっても、文学座や俳優座、民藝という大手の新劇団の他にも、とんでもない数の劇団がひしめき合っているのが東京である。

「監督、時間が――」

「分ってる。やみくもに当れと言ってるわけじゃない」

「じゃ、どうやって見当をつけるんですか？」

「新聞社に知り合いがいるだろう、芸能欄担当の。演劇担当の記者に訊いてもらえ。今、有望な女優はいないか、ってな」

亜矢子は言い返そうとしたが、諦めて、

「分りました」

「そう情ない顔をするな。とんでもない掘り出し物にぶつかるかもしれんぞ」

言う方は気楽である。

「じゃ、早速……」

仕方ない。一刻を争うのだ。

新聞記者といっても、芸能ページの担当者なら付合いがあるが、演劇を実際に見て、記事を書くのはまた別の記者である。

「ええと……」

ともかく、近くの喫茶店の奥の席に陣取って、記憶を頼りに、気心の知れた記者を捜してみる。亜矢子が頼みごとをするにも、決して無茶は言わないこと、ちゃんと礼はすることを分ってくれている記者もいるのだ。

「――あ、もしもし？　――徹《とおる》ちゃん？　東風亜矢子です。――どうも。元気にしてる？　――え？　そりゃいけないわね。飲み過ぎよ、間違いなく。前から私がそう言ってたでしょ。――うん、それでね、ちょっと相談があって。今、時間ある？」

幸い、亜矢子はたいていの記者に好かれている。といっても、もちろん「仕事上でのこと」だが。

「――誰か、最近よく聞く名前、ない？　女優で、四十前後。――うん、美女とは限らない。主役じゃないけど、出れば必ず印象に残るとか……」

難しい頼みごとなのは承知の上で、

「――うん、もし誰かパッと閃《ひらめ》いたら、連絡してくれる？　――よろしく。――そうね、その内、一度飲みましょう」

と、通話を切る。

相手は三秒以内に亜矢子から頼まれたことを忘れているだろう。

「ええと……。M新聞は確か、あのインテリぶってる奴だ。あいつと話すと長くなるからな。後回しにしよう……」

ブツブツひとり言を言いながら、二人、三人とかけて行って、五人目が終ったところで、大きく息を吐くと、

「コーヒー、もう一杯！」

と、オーダーする。

今目の前にあるコーヒーも、ほとんど飲んでいないので、冷めてしまっている。しかし、これ一杯で居座っては、店に迷惑だ。

二杯目が来ると、さすがに一口飲んで、

「おいしい。——いい豆ね」

店のマスターが、

「どうも」

と返事をした。

亜矢子がちょくちょく来るので、顔なじみである。

「大変ですね、仕事」

と、マスターが言った。

「人間を選ぶって、難しいわ」

「そうだ。今夜のお芝居のチケットがあるんだけど、行けないでしょうね」

「何のお芝居？」

「よく分らないんだけど。——知り合いに頼まれてね。一枚買ったけど、店を閉めるわけにいかないしね」

「どこでやってるの？」

「この表通りから一本入った所に小さな劇場があってね。一度行ったことがあるけど、七、八十人も入ったら一杯って……。いや、いいんですよ。忘れて下さい」

亜矢子はケータイを再び手にしたが、

「——マスター、そのお芝居、何時から？」

「ええと……。ああ、あと十分で始まるって。間に合わないことないでしょうけど」

亜矢子は、これも「運だめし」と、思った。もちろん、役に立つとは思えないが、そこで誰かに会うかもしれない。

「そのチケット、売って！」

と、亜矢子は声をかけた。


亜矢子がその劇場に駆け込んだとき、もう場内は暗くなっていた。

足下が見えなくて、危うく転びそうになりながら、何とか手探り状態で、空いた席に座る。——ホッと息をついて、汗を拭った。

何しろどこが劇場なのかさっぱり分らず、この辺りをウロウロしてしまったのだ。

狭い階段を地下へ下りたところが、目指す劇場と分ったのは、スタッフの若い女性が、

「もしかして……」

と、声をかけてくれたからだった。

ああ、やれやれ……。

チケット代は、あのマスターが受け取らなかったので、タダで見られることにはなったのだが、果してどんなお芝居なのやら、全く見当がつかない。

舞台が明るくなった。といっても客席とそのままつながっている、せいぜい六畳間くらいの空間。そこに、机が一つと、椅子が二脚あるだけだ。

しかし、舞台が明るくなって、客席の様子が見えるようになると、亜矢子はちょっとびっくりした。

狭いながらも、ほとんど客席は埋っているのだ。そして客が若い。

さては、ひとりよがりの、わけの分らない芝居か？　いやな予感がしたが……。

男が一人、舞台に出て来た。

サラリーマンという設定か。白ワイシャツにネクタイ。新聞を手にして、椅子の一方にかけると、のんびり新聞を広げる。

「あなた、卵はどうする？」

と、エプロンを付けた女性がフライパンを手に出て来た。

「スクランブル」

と、男は女の方を見もせずに答える。

「はい」

女が奥へ入って、少しすると、「ハムでいいのよね」

「おい！　今朝はベーコンの気分なんだ。ちゃんと訊けよ」

「ごめんなさい。それじゃ、すぐ――」

「まあ、いいよ。それより、塩とコショウ」

「はい、すぐ」

女が奥と舞台を行き来して、

「コーヒー、アメリカンにしておいたわ」

「トーストが、すぐ焼けるから」

「ミルクは多めに使うわね」

と、朝食の仕度をする。

しかし、男の方は、ろくに返事もせずに、新聞を見ながら黙々と食べ、飲んでいる。

「――もういい」

と言うと、「上着」

「はい」

「鞄《かばん》」

「はい」

「おい！　靴の汚れが落ちてないぞ！」

「ごめんなさい。落としたつもりだったんだけど、暗くて……」

男が奥へ入る。女は、

「行ってらっしゃい！——お帰りは早い？」

返事はなく、女が中途半端に手を振ろうとして、止める。

女は一人残って、机の上の皿を力なく重ねると——椅子にやっと腰をおろす。

亜矢子は、いつしか、この単純な舞台に引き込まれていた。

女は——生活に疲れている。しかし、朝食の仕度をするのを、何一つ現物なしでやってのけていた。

フライパン一つだけは持っていたが、後は皿もスクランブルエッグも、コーヒーカップもトーストもない。それでいて、彼女の手の先に、朝食が見えていた。

客席には、快い緊張を共有しているという空気があった。

おそらく、ここにいる客の大部分は、この女優のことを知っているのだ。そして、彼女の演技に見とれているのである。

——亜矢子は入口で渡された、コピー一枚の〈解説〉へ目をやった。

〈主演　五十嵐真愛《いがらしまな》〉

と、そこにはあった。

9　発見

「あちこち訊いてみました」

と、亜矢子は言った。「〈五十嵐真愛、三十九歳。二十八歳で劇団の養成所へ入り、その後、《S》という小さな劇団で活動〉ということです」

「そうか」

正木は肯いて、「芝居は確かなんだな」

訊いているのではない。亜矢子の目には信頼を置いている。

「その舞台は——」

「今日までです」

と、亜矢子は言った。「六時開演ですから、充分間に合います」

「分った」

「チケット二枚、買って来ました」

もちろん、そこまでやってあることは、正木も承知している。

写真も何もないが、生で見るのが一番である。

スタッフルームで話していると、カメラマンの市原がやって来た。

「監督、メインのレンズはどうしますか」

と、いきなり訊く。

「標準でいい。できるだけ、現実の感じで行く」

「分りました。照明も……」

「うん。——おい市原、お前も見てくれ」

亜矢子が見て来た女優の話をすると、

「見たいですね。顔立ちとか、ライティングを工夫しますから」

「じゃ、一緒に来い」

三人で、昨日亜矢子が足を運んだ小さな劇場へと向う。

「チケット、二枚しかないんだろ」

と、タクシーの中で正木が言った。

「一枚ぐらい、たぶん。——取れなければ、私、立ち見でも、階段にでも座ってますよ」

誰よりも、監督とカメラマンの「眼」にどう映るか、である。

着いてみると、最終日ということもあってか、当日券を求める客が十人以上並んでいた。

「おい、亜矢子――」

「何とかします。お二人、入って下さい」

結局、立ち見になったが、何とか入れてもらうことはできた。

舞台は一時間半で、休憩はなし。お尻の痛くなりそうな椅子だが、アッという間だった。

拍手がなかなか止《や》まず、二人の役者はくり返し舞台に出て来た。

先に出た亜矢子は、少し冷たい風の中、正木たちが出て来るのを待った。

ほとんど最後に出て来た正木と市原は、亜矢子を見て、黙って肯いた。

その表情で、亜矢子には二人が満足しているのが分った。

「監督、どうします？」

「できれば話したいな」

「分りました。待ってて下さい」

亜矢子は劇場の中へ戻って行った。

「お疲れさま」

チラシを並べていたテーブルを片付けているのは、今出演していた主演女優だった。

「失礼します」

と、亜矢子は声をかけた。「五十嵐真愛さんですね」

「ええ」

「お疲れのところ、すみません。少しお時間をいただけないでしょうか」

無名の女優を相手にしても、正木は必ず敬意を払って、決して無理は言わない。亜矢子も正木のそういうところが気の合うところなのである。

「――正木監督ですか」

「ご存知ですか」

「ええ、もちろん。――じゃ、少し待っていただけますか?」

「はい。表は少し寒いので、どこかこの近くに……」

「それじゃ、いつもスタッフの行くお店が、出て右のすぐの所に。小さな居酒屋ですけど」

「分りました。そこでお待ちしています」

亜矢子は外へ出た。

カウンターだけの小さな店に、二十分ほどして、五十嵐真愛はやって来た。

「舞台をご覧いただいて、どうも」

と、正木に礼を言うと、「小さな劇団なので」

「いや、立派な芝居だった」

と、正木は言った。

「ありがとうございます」

「仕事の話をしてもいいかな？」

と、正木は訊いた。

「はい、もちろん」

と、女優は肯いて、「ただ、私、映像のお仕事には慣れていません」

「何か出演したことが？」

「端役です。刑事物のドラマとか、単発の二時間ものとか。ほとんどワンシーンだけで……」

「ともかく、何か頼みましょう」

と、亜矢子が言った。「話が長くなるかもしれませんよ」

サラリーマンらしい客が何人かやって来たので、亜矢子たちは店を出ることにした。

仕事の話を女優とするのだから、五十嵐真愛も分っていよう。

「帰りは急ぐのか?」

と、正木が確かめる。

「子供は母が見てくれています」

と、真愛は言った。

「今いくつだ」

「七歳になったところです」

正木は肯いて、

「あまり遅くならない方がいいな。亜矢子――」

「この近くなら、〈R〉が早いでしょう」

手早く食べられるパスタの店である。

「よし、そこにしよう」

亜矢子は素早くタクシーを停めて、自分は助手席に座り、車から店の席を取った。

「――お話は分りました」

と、五十嵐真愛はパスタを食べながら、正木の説明を聞いていた。「〈闇が泣いてる〉拝見しました。水原アリサさん、とても良かったですね」

「ありがとう」

「それで、私は今のお話の、何の役を？」

と訊かれて、正木はちょっと意外そうに、

「もちろん主役だ」

と言った。「君しかいないと思った」

しかし、真愛の方はもっとびっくりしたようで、

「え？」

と、食事の手を止めて、「主役？　私がですか」

と訊き返した。

「ああ。ぜひやってほしい」

正木の言葉に、しばし黙っていた真愛は、

「でも――映画といったら、私たちのように、小さな劇場を一杯にすればいいわけではないでしょう。私みたいな無名の人間を使うなんて……。お金を出す人たちが承知

しませんよ」

と言った。

「いや、心配してもらってありがたいが」

と、正木は微笑んで、「今回、その点は心配いらないんだ。もちろん、作るからには、大勢に観《み》てもらいたい。そういう作品に仕上げるつもりだ。その責任は私にある」

「監督……。お話は本当に、本当にありがたいのですけど、私には無理です。申し訳ありません！」

早口にそう言って、真愛は頭を下げると、

「すみません。もう行かないと」

せかせかと立ち上り、正木たちが呆気に取られている間に、逃げるようにレストランから出て行ってしまった。

「――亜矢子」

「私にも分りません」

と、首を振って、「何かよほどの事情が……」

「うん。ともかく諦めないぞ。亜矢子、お前に任せる。あの女に、何としても承知させろ」

「監督。もちろん、できる限りのことはしますが、どうしてもいやだと言われたときのために、誰か他に——」

「いかん！　もうあの五十嵐何とかのイメージで、俺の中には絵ができている」

正木がここまで言い出したら、引っ込むことはない。

「分りました……」

と、ため息と共に言った。「でも、せめて五十嵐真愛って名前ぐらいは憶えて下さいよ」


「朗読のお仕事ですか」

と、五十嵐真愛はケータイに出て言った。

「——はい、もちろんです、喜んで。——ええ、承知しています。交通費だけ払っていただければ。——十二月十日ですね」

メモを取って、通話を切る。

「さて……」

と、一人きりのアパートで呟く。「何かアルバイトを見付けないと……」

公立の養護施設での朗読会だ。ギャラは期待できない。交通費といっても、赤字になりかねない。

時計に目をやる。午後一時を回ったところで、礼子《れいこ》が小学校から帰るまでまだ少しある。

近くのスーパーでのバイトを訊いてみようか。前にも何度か使ってもらっている。でも、最近はその手のパートの仕事も減っていて、なかなか見付からない。

冷めたお茶を飲んでいると、玄関のチャイムが鳴って、

「はい」

と立って行く。

ドアを開けて驚いた。正木監督が立っていたのだ。

「突然申し訳ない」

と、正木が言うと、後ろに立っていた亜矢子が、

「私が調べたんです。すみません」

と言った。「監督が、どうしてももう一度お話ししたいと言って聞かないので」

「どうぞ」

と、真愛は言った。「スリッパもなくてすみません。来客がほとんどないので」

「いや、構わないでくれ」

正木は部屋へ上ると、「この東風亜矢子は私のかけがえのない相棒でな」

「ただのスクリプターです」

と、亜矢子が訂正した。

「事情は分った」

と、正木は言った。「あなたの夫は三崎《みさき》治《おさむ》さんというのだな」

「結婚してはいませんが、娘の父親です」

「今、殺人罪で刑務所にいる」

「はい」

と、真愛は肯いた。「刑期はあと十年あります。せっかくのお話をお断りしたわけがお分りでしょう。無名の女優が突然主役となったら、マスコミが必ず私の身辺を調べます。夫が殺人犯と分ったら、製作の方々も——」

「それはこちらの問題だ」

「でも、礼子が……。娘はまだ七歳で、父親は遠くの国で働いていると思っています。映画に出て騒がれたら、礼子も傷つくでしょう」

真愛は頭を下げて、「申し訳ありません」

正木は肯いて、

「あなたの気持はよく分る」

と言った。「しかし、映画は大勢のスタッフ、キャストを抱えていて、いつまでも待ってはいられない。私は、ともかくあなたを主役にして撮りたい」

「でも……」

「心配することはない」

と、正木は言った。「ここにいる亜矢子が、何かいい方法を考える」

「監督――」

「スクリプターといっても、こいつはただのスクリプターではない。いわば〈スーパースクリプター〉だ」

勝手な名前、つけるな！　亜矢子は心の中だけで正木に文句をつけた。

「正木さん。正直言って、夢のようなお話です。いきなり映画で主役なんて。でも――」

「ともかく、シナリオの第一稿を置いていく」

正木が亜矢子を見ると、亜矢子は分厚い大判の封筒を置いた。

「読んでおいてくれ」

「はあ……」

「亜矢子から連絡する。それと――」

正木は上着の内ポケットから封筒を取り出して、真愛の前に置いた。

「撮影の準備に多少の時間が必要だ。その間の生活費はこちらで負担する。これを取りあえず受け取ってくれ」

「そんなこと……」

「万一、断られたとしても、返す必要はない。あなたがシナリオを読んで検討する時間の分のギャラだ」

真愛は少しの間黙っていたが、

「――分りました」

と言った。

舞台で聞くような、力のこもった声だった。

「お役に立てるかどうか分りませんが、せっかくのお気持です。シナリオをよく読み込んでみます」

「うむ。頼みますぞ」

正木はニッコリ笑った……。

「どうだ、俺の説得力は」

「それって、日本語としておかしいですよ」

と、亜矢子は言った。

撮影所へのタクシーの中である。

「後はお前の腕にかかっている」

「何でも屋だからって、できないものはできませんよ」

「お前なら大丈夫だ。あの崖でのスタントを見ていて、俺は確信した。こいつには幸運の女神がついてるってな」

亜矢子は、聞いていないふりをして、窓の外へ目をやった。

——問題は明らかだった。

五十嵐真愛と、三崎治との関係は、亜矢子でも調べられたのだ。じきに知れる。

だから、最悪なのは、彼女の身許《みもと》を隠すこと。いずれ必ず発覚すると思わなければならない。

ひと昔前なら、架空の出生地や生い立ちをでっち上げても通用したが、情報社会の現代ではとても無理だ。

ということは――真愛には辛《つら》いことになるだろうが、初めからすべてを明らかにするのが一番いい、という結論になる。

ただ、それにもやり方というものがある。

「そうか……」

と、亜矢子は呟いた。「もしかすると……」

ある考えが浮んだ。しかし、そのためにはもっと調べなくては……。

「監督」

と、亜矢子は言った。「どうでしょうね。今、思い付いたんですけど――」

見ると、正木は少し口を開けて眠ってしまっていた……。

10　アルバイト

「ごめんね、連ちゃん」

と、長谷倉ひとみは言った。「私が甘かったんだわ」

「君のせいじゃないよ」

と、「連ちゃん」こと叶連之介は元気付けるように、「良かったじゃないか。正木監督について学べるなんて」

「それはそうなんだけど……」

——今日も、ひとみは撮影所に来ていた。

心はすでに「正木組」の一員で、用があろうがなかろうが、毎日のようにスタッフルームに顔を出し、他の助監督と会ったり、手伝ったりしていた。

今は、撮影所のすぐ向いの喫茶店で、叶連之介と会っていた。

自分が撮るはずだった映画に、連之介を出演させる約束をしていたのだが、結局実現しなかったわけで……。

「それに、その有田って奴、君をオモチャにしておいて、三百万出しただけで、製作費なんか出さなかったよ、きっと。そんなことにならなくて良かったよ」

と、連之介は腹立たしげに言った。

「うん。——いざとなったら、ぶん殴ってでも逃げるつもりだった。連ちゃんを裏切るなんて、とんでもないもの」

テーブルの上で、二人はしっかり手を取り合った。そこへ、咳払いして、

「お邪魔してごめんなさい」

と、いつの間にか亜矢子がテーブルのそばに立っていた。

「あ、亜矢子！　気が付かなくて」

「仕方ないけどね、彼と一緒じゃ」

と、亜矢子は言った。「ちょっと相談があるの」

「じゃ、僕はこれで――」

と、連之介が腰を浮かすと、

「あなたに相談なの」

と、亜矢子が彼の肩を叩く。

「僕に、ですか？」

「そう。席を移りましょ。ここは映画の関係者が年中出入りしてるから」

念のため、と店を出て、五分ほど歩いたファストフードの店に入る。

「こういう所の方が、内緒の話には向いてるの」

と、亜矢子は言った。

セルフサービスで飲物を持って来ると、

「叶君だっけ。今、アルバイトする時間、ある？」

「ええ、時間ならいくらでも」

「亜矢子、何の話？」

と、ひとみがふしぎそうに言った。

「これは極秘」

と、前置きして、亜矢子は五十嵐真愛のことを打ち明けた。

「そんな女優さんが……」

「それでね」

と、亜矢子は続けて、「今刑務所に入ってる三崎治って人のこと、叶君に調べてほしいの」

「調べるって……」

「殺人犯ってことだけど、どういう事件だったのか。裁判ではどうだったのか。そして、できれば関係者に話を聞いたりして、その事情を、できるだけ詳しく調べて」

「分りました」

「今は私、忙しくて、そこまでとても手が回らないの。やってくれる？　もちろん、ちゃんとバイト代は出すわ」

「やりますよ。今度の映画のためなんでしょ？」

「ええ」

と、亜矢子は肯いて、「五十嵐真愛さんを抜擢《ばってき》すれば、必ずその三崎って人のことも知れる。そのとき、どういうわけで人を殺したのか、被害者はどういう人だったのか、分っているようにしたい」

「分ります。できるだけ詳しく――」

「でも、時間もないの。一週間で、できるだけ調べてちょうだい」

「一週間ですね」

「途中、何か分ったらその都度、私にメールで知らせて」

「承知しました」

「ただし」

と、亜矢子は言った。「正木監督の名前を出さないで。今度の新作についてもね」

「はい」

聞いていたひとみが、

「亜矢子、もし連ちゃんがお役に立てたら、今度の映画のお手伝いさせてあげて」

「売り込むわね」

と、亜矢子は笑って、「もちろんよ！　任せて」

「お願いね！」

と、ひとみは頭を下げた。

「ただね、叶君」

と、亜矢子は言った。「私もその手の事件に巻き込まれたことがあるけど、調べるのは殺人事件のことなの。だから、もしかすると危険なことに出くわすかもしれない」

「そうですね」

「危いと思ったら、無理しないで。あなたは刑事でも私立探偵でもないんだから。もし不安になったら、すぐ私に連絡して」

「そうします。大丈夫ですよ、僕は用心深いんで」

「気を付けてよ」

と、ひとみが連之介の手を握る。

「何かあったら、私がひとみに恨まれそうね」

と、亜矢子は微笑んだ。

「ご心配なく。任せて下さい」

連之介は、亜矢子からもらったメモを手に立ち上ると、「早速取りかかります!」

と言って、足早に店を出て行った。

「せっかちね」

「元々はのんびりなんだけど、嬉しいんだと思うわ。直接でなくても、正木監督の新作に係れて」

と、ひとみが言った。

「彼の調査結果次第では、『直接』係ることになるかもしれないわよ」

亜矢子の言葉に、ひとみは身をのり出して、

「本当に？　それって……」

「今は内緒。――ひとみは、スタッフルームで、色々用があるから」

「分ってる。正木監督と亜矢子に恩返しするわよ！」

と、ひとみは張り切って言った。

良かったわ、と亜矢子は思った。ひとみが、元気な自分を取り戻したこと。その力になれたことが、素直に嬉しい。

「そういえば、報告しようと思って忘れてたわ」

と、ひとみが言った。「三百万円、貸して下さった本間ルミさんの所に、お礼に行ったの。連ちゃんと一緒に」

「ああ、それは良かったわね」

「凄いビルの中でね。〈社長室〉が、また広いの！　連ちゃんなんか、『俺のアパート

の何倍あるかな』って言ってた」

「ちゃんとけじめはつけないとね。一応、正木監督が貸した形になってるから」

「うん、分ってる。アルバイトで稼いだ分、返済にあてるつもり」

「無理しないのよ。ひとみだって、食べてかなきゃいけないんだからね」

「撮影所のカレーが当分主食になりそう」

と、ひとみは笑って言った。「そういえば、あの方……」

「本間さん？」

「そう。今、四十代半ば？」

「そうね。監督と同世代だから」

「連ちゃんと一緒に行ったら、何だか、じっと連ちゃんを見つめてたわ。まだまだ色気があるのね」

「そう。——あなたの『連ちゃん』は大丈夫？」

「平気。私たち、愛し合ってるもの」

「あ、そう」

まだ独身で決った彼氏もいない亜矢子としては、そう言うしかない。

すると、そこへ、

「亜矢子、何をサボってるの？」

と、思いがけない声がした。

「──お母さん！　ここで何してるの？」

亜矢子は目を丸くした。

亜矢子の母、東風茜は福岡に住む実業家である。度々仕事で東京へやって来るが、どっちも忙しいので、娘と顔を合せることはめったにない。

「車でこの前を通りかかったら、あんたが見えたのよ。目がいいでしょ」

「何を自慢してるの」

と、亜矢子は苦笑した。「憶えてる？　高校で一緒だった、長谷倉ひとみ」

そう言われて、茜は、

「ああ！　よくうちに遊びに来てたわね。あのころからきれいだったわ」

と言った。「ここで何の打ち合せ？」

「ひとみ、次の正木監督の映画で、助監督の見習い」

「あら、亜矢子に引きずり込まれたの？　映画なんてヤクザな世界、やめときなさい」

「お母さん！　失礼でしょ。娘が頑張ってるっていうのに」

「まあ、確かに……」

と、飲物を持って来てテーブルに加わると、茜は言った。「映画作りって、ふしぎな魅力があるみたいね。あの大和田さんも……」

「貝原エリちゃんが映画に出るって聞いたよ」

「そうなの！　大和田さん、すっかり映画にはまっちゃって。本業放ったらかしで、社員が困ってるそうよ」

「はまるって言っても、大和田さんはお金出してるだけでしょ」

大和田広吉は六十五歳。前述の如《ごと》く、九州で手広く商売をしていて、亜矢子もよく知っている。

ひとみは、大和田と貝原エリの話を聞くとびっくりして、

「凄いわね！　十八歳か！」

「初めはお金出すだけのはずだったのよ」

と、茜が言った。「ところが、若い奥さんをスターにするんだって、あれこれ口を出し始めて。監督が降りるんじゃないかって話よ」

「そこまで……。まあ、結果が良ければいいんだけどね」

亜矢子は、いささか不安になった。

まさか、本間ルミはそんなことになるまいが……。

いくら、まだ色気があっても、素人なのだ。

「どうしたの？」

と、茜に訊かれ、

「別に。何でもない。お母さん、いつ九州に帰るの？」

「今夜、と思ってたけど、あんた、今夜は時間あるの？」

「ある！」

と、亜矢子は即座に言った。「ね、ひとみと一緒に、フレンチおごって。新しいお店、知ってるの」

「あんたは食い気ばっかりね」

と、茜は苦笑した。

「でも、亜矢子さんには本当に感謝してるんです。助けてもらって」

「へえ。亜矢子、また崖からぶら下ったの？」

「違うわよ！」

「私が騙《だま》されたんです」

と、ひとみが事情を話すと、

「亜矢子も人助けすることがあるの。——でも、あんたどうして私にお金貸してって言って来なかったの？」

「考えたけど……時間もなかったし」

「どっちにしろ、自分じゃ出せなかったわね」

「そんな余裕ないわよ」

「私も、もう有田みたいな男に騙されないようにしないと」

と、ひとみが言うと、茜が、

「——有田？　もしかして、有田京一っていうの、その男？」

「そうです」

「お母さん、知ってるの？」

「まあね。——直接は知らない。でも、親しくしてた旅館の経営者の女性がね、ひどい目にあったのよ」

「へえ。じゃ、九州で？」

「もともとは小倉《こくら》の小さな興行屋だったの。有田が、相変らずそんなことしてるのね……」

茜の声に、俄然《がぜん》凄みが加わって、亜矢子とひとみは思わず顔を見合せた……。

11　勢いの力

映画は人が創る。

当り前のことではあるが、今どきは、ＣＧだのＡＩだのが映画の出来を決めると思う人も少なくない。

あくまで映画は「手作り」の作業、と信じる正木や亜矢子は、今や「過去の人」かもしれない。

それでも、実際の現場は、そう設計図通りにはいかないので……。

「セットのデザインはまだか！」

と、スタッフルームでは正木が怒鳴っている。

「仕方ないですよ」

と、亜矢子がなだめた後、「依頼するのが遅かったんですから」

「昔は、監督に言われたら一晩で図面を引いて来たもんだ」

「時代が違います」

正木だって分ってはいるのだ。それでも怒鳴っているのは、自分の号令がないと、現場が動かないと思っているからである。

一日、ほとんどスタッフルームに腰を据えて、次々に持ち込まれる問題に対処する。

正木があちこち動き回っていては、即座の判断を必要とするときに困ってしまう。だから、その分、正木の代りに駆け回るのが、チーフ助監督の葛西と亜矢子の二人。

この日、亜矢子に、

「――ああ！」

と、思わず声が出たのは、午後三時になって、やっと撮影所内の食堂で昼食をとれることになったからだった。

いつものこととはいえ、

「カレー」

と、注文してから、「あ、カツカレーにして」と追加したのは、多少なりともエネルギーを補充しようという意志の現われだった。

トレイを手にテーブルについて、食べ始めたが、すぐにケータイが鳴る。

「はい、監督」

「どこにいるんだ？　ロケのスケジュールを立てるんだ。早く来い」

と、正木が言った。

「カレー食べてますので、十五分待って下さい」

と、急いで言った。

ちょっとでも黙っていたら切られてしまう。

「カレー？　今ごろ昼飯なのか？」

「時間がなくて」

「そうか……」

正木は多少反省したようだったが、「十二分で来い」

全くもう！　亜矢子だって、ひと息入れたくなることがある。

「そうよ！」

ここは、正木がどう言おうと、十五分かけて食べよう。いや、二十分。――そう、二十分、のんびりしてからスタッフルームに行こう。

他の誰がいたって、待たせとけばいいんだ。大体、こっちはいつだって待たされている立場なんだ。

亜矢子は、あえてひとさじずつ、ゆっくりと口へ運んで味わったが……。

もともと、ゆっくり味わうほどの味じゃないというのも確かだが、食べている内、五分、八分、十分と過ぎていくと、いつしか猛スピードで食べており、結局十三分後にはスタッフルームに着いていたのである。

正木の他に、カメラマンの市原、録音の大村、チーフ助監督の葛西が揃《そろ》っていて、亜矢子はつい、

「お待たせしました」

と言っていた。

すると正木が亜矢子を見て、

「何だ、早いな。もっとゆっくり食べて来ればいいのに」

と言った。

亜矢子は手にした第一稿のシナリオで正木の頭を叩こうかと思った……。

「いいシナリオですね」

と、市原が第一稿をめくりながら、「絵が浮んで来ますよ」

パソコンからプリントした形の第一稿だったが、今はちゃんと製本されてスタッフに手渡されていた。

むろん、色々直しは出てくるだろうが、基本的には第一稿が活きるということで、これは珍しいのだ。

「素人さんですか？　とてもそうは思えないな」

と、大村が肯く。

「今、四十八歳。亭主は外の女と暮していて、娘は二十歳の大学生。苦労してるんだ」

と、正木が言った。「苦労がちゃんと身についとるんだな。人生を恨んでいない。そこがいい」

ちょっと、監督！　亜矢子は心の中で言った。――それって、二人で第一稿を検討したときに、私が言った言葉じゃないですか！

しかし、一旦正木の耳に入ったら、その時点で、それは正木の言葉になるのだ。

「ちなみに」

と、正木は付け加えた。「娘の戸畑佳世子は、新人としてこの映画でデビューする」

「了解です」

と、葛西が代表して言った。

「では、これを〈準備稿〉とする」

と、正木が言った。

細部の直しはあっても、このシナリオに従って、セットの数やデザインが決る。ロケとスタジオの分け方、キャスティングも進めていくことになる。

「で、ヒロインは決ったんですか?」

と、葛西が訊く。

「これだ」

プリントしたものを配る。もちろん、これも亜矢子が作っておいたものだ。

戸惑いの空気が流れて、

「監督、僕は初めて聞く名前です」

と、大村が言った。

「うん、分ってる。しかし、いいんだ」

「それなら結構です」

みんな〈正木組〉のベテランたちである。正木が「いい」と言えば大丈夫と納得するのだ。

「――スタジオを押えて、セットを作るのに約二週間、みて下さい」

と、葛西が言った。「その間に、シナリオの手直し、キャストの決定を」

「うん、そこは今、亜矢子が色々調整している」

と、正木は言った。「こいつに任せておけば安心だ」

「そうだね。崖からぶら下った人だからな」

と、カメラマンの市原が言った。

「いつまでも言わないで下さい」

と、亜矢子はわざと市原をにらんで見せて、「他に取り柄がないみたいじゃないですか」

みんなが笑って、スタッフルームの中は一気に和んだ。

それぞれが自分の課題を抱えて出て行くと、後には正木と亜矢子が残った。

「——どうだ、彼女の方は」

と、正木が言った。

「私は魔法使いじゃないので」

「しかし、近いぞ」

「監督……。私の思い付きは平凡です。このシナリオのヒロインに、殺人罪で刑務所にいる夫を持たせるんです」

正木がちょっと目を見開いて、

「こっちからばらすのか」

「どうせ分ることです」と、亜矢子は言った。「刑務所にいる夫を、子供を育てながら待つ女性。現実と重なれば、話題になります」

「お前も、とんでもないことを考える奴だな」

「何とかいう監督の下にずっといると、こうなるんです」と、亜矢子は言い返した。「もちろん、五十嵐真愛さんの了解を得た上でのことですが」

「七歳の女の子が心配だな」

「同感です。傷つけないで、父親の事情を分らせる方法がないかと思ってるんですが……」

「見通しは？」

「三崎治さんが罪に問われた殺人事件がどんなものだったのか、今調べています。内容によっては、シナリオに取り入れることも」

「お前が調べてるのか？」

「そんな時間、あるわけないじゃありませんか！　私が三人くらいいればともかく」

「お前が三人もいたら、撮影所が潰れる」

「どういう意味ですか！」

二人がやり合っているころ、亜矢子に調査を任された叶連之介は、ある田舎《いなか》のバス停に降り立っていた。

ここかな、本当に？

――小さなボストンバッグを手に、叶は、周囲を見回した。

確かにバス停はここでいいはずだ。しかし、どこにも人家らしいものが見当らない。

林の中の道で、ここからどこへどう行けばいいのだろう？

ちょっと途方にくれていると、カタカタという音がして――。

セーラー服の女の子が、古い自転車をこいでやって来るのが目に入った。

ちょうど良かった！

叶は、

「ね、ちょっと」

と、その女の子に呼びかけた。

ガタガタと音をたてて自転車が停ると、

「何ですか？」

と、女の子が訊いた。

「ごめん。訊きたいんだけど――」

叶はメモを見ながら、「この近くに、真木村《まきむら》っていう所、あるかい？」

女の子はちょっと目を見開いて、

「ありますよ。うちは真木村です」

「そうか！　いや、このバス停で降りたものの、どこに村があるのか分らなくてね」

「ああ、そうですよね」

と、女の子は笑って、「村はこの林の向う側なんです。細い道が通ってるんだけど、バスはこの道なので、分りにくいんですよ」

「どこを行けば？」

「その先の――。一緒に行きますよ。私も帰るところなので」

「やあ、そいつはありがたい」

女の子は自転車を降りて、押しながら歩き出した。叶は並んで歩きながら、

「すまないね、僕のせいで」

「別にいいです」

ふっくらした顔立ちの、元気そうな女の子だ。

「高校生？」

「一年生。高校まで、自転車で三十分以上かかるの」

と、女の子は言った。

「僕は叶っていうんだ。願いが叶う、っていう字でね。君は――」

「今日子《きようこ》。落合《おちあい》今日子です。昨日、今日の今日子で。今風じゃないですよね」

「そんなことないさ。――真木村って、大きいの？」

「一軒ずつが離れてるから、面積は広いけど、村としては小さいですよ」

と、落合今日子は言った。「村に人が来るのなんて珍しい。何の用事で？」

「ああ、ちょっと……。調べたいことがあってね」

「それじゃ、きっと落武者の伝説ね？　あの村のたった一つの歴史だもの」

「まあ、そんなとこだ」

都合よく落武者の話が出て来たので、叶はそれに乗ることにした。

村の女の子に、いきなり「昔の殺人事件について調べてる」とは言えない。

「――でも、泊るんですか？」

と、今日子は言った。「旅館なんてありませんよ」

「そうか。――それは困ったな。野宿したら寒いだろうし」

「風邪《かぜ》引きますよ。良かったら、うちに泊って下さい」

「え?」

「どうせ広くて、部屋余ってるし」

「だけど――」

「おじいちゃんと私と二人だけで暮してるの。食事はおじいちゃんがこしらえるけど、なかなかおいしいのよ」

少女の明るい笑顔は、叶の心を和ませた。

「それじゃ、遠慮なくお世話になろうかな」

「そうして! 東京の人でしょ? 最近東京でどんなことが話題になってるか、教えてちょうだい」

と、今日子は言った。

確かに、その「おじいちゃん」の手作りの夕食は悪くなかった。

村は日が暮れると真暗で、見て歩く余裕はなかったので、叶は明日、ゆっくり調べてみようと思っていた。

「いや、お腹一杯だ！」

と、叶は息をついて、「ごちそうさま！　おいしかった！」

「良かったわ」

と、今日子は言った。「お風呂入るでしょ？　仕度するわね」

「あ、ごめんね、何から何まで」

古い民家で、本当に広い。二階はないが、二人で暮すには充分過ぎるだろう。

「――珍しいね、こんな田舎に」

と、老人は言った。

今日子の祖父というその老人は落合喜作《きさく》といって、もう八十歳ということだった。

しかし、少しも老い込んで弱った感じはしない。

「――あの子が大人になるまでは頑張らんとね」

と、喜作は言った。

「お元気じゃないですか。たぶん僕よりよっぽど足腰が丈夫ですよ」

と、叶は言った。

「あんた、酒は飲むかね？　一杯どうだ」

「あ、でも……。そこまでしていただいては申し訳なくて……」

「いや、飲む相手がほしくてな」

と、喜作は一升びんを抱えて来て、「いくらしっかりしとっても、今日子に飲ませるわけにはいかん」

「それじゃ、一杯だけ……。僕、あんまり強くないんですよ」

「何を言っとる！　あんたみたいな年齢《とし》のころなら、いくら飲んでも一晩寝ればケロリとするもんだ」

「いえ、でも……」

湯呑み茶碗《ぢゃわん》になみなみと酒を注がれて、叶はちょっと焦った。

「あの――とてもこんなには……」

「グッとやりなさい。そんなもの、水のようなもんだ」

「まさかそんな……」

断るわけにもいかず、叶は注がれた酒を飲み始めた。とても一気に飲める量じゃない！

しかし、地酒というのか、この辺で作られているとかで、

「旨い！」

と、叶は思わず息をついて言った。「おいしい酒ですね！」

「気に入ったかね？　さ、もう一杯」

と、喜作はニコニコしながら注ぎ足す。

「いえ、もうこれ以上はとても……。そうですか？　じゃ、あと一杯だけ……」

叶は、二杯目に口をつけた。

そして——その先は記憶がない。

「うーん……」

どこかで誰かが唸ってるぞ。どこのどいつだ？

目を開けても、しばらくはボーッとした世界が広がるばかり。その内、唸っているのが自分だということに気付いた。

「酒だ……。うん、飲み過ぎたな……」

と、もつれる舌で言った。

「気が付いた？」

という声はあの子だろう。

ええと……今日子。そう、今日子だ。

やがて、こっちを覗き込んでいる今日子の顔にピントが合って来た。

「やあ……。僕はどうしちゃったんだ?」

と、立ち上ろうとして——。「あれ? どうして動けないんだろ?」

「そりゃそうよ。縛り上げてあるんだもの」

と、今日子は言った。

「——何だって?」

やっと気が付くと、椅子に座った叶は、両手両足を、しっかり縛り上げられていたのだった。

「これって……どういうこと?」

呆然としていると、今日子が両手で散弾銃を抱えて、銃口を叶に突きつけたのである。

「本物よ。ちゃんと弾丸も入ってる」

「今日子ちゃん……」

「何者なの? この村に、落武者伝説なんてありゃしないのよ」

と、今日子は言った。「さあ、正直に白状しなさい! 何の目的でやって来たの?」

「待ってくれ! 確かに、君の言った話に飛びついたけど、何も悪いことをしようってんじゃない! 本当だ」

「話してみなさい。ちゃんと納得したら、縄を解いてあげるわ」

そこへ、喜作もやって来て、

「おい、今日子、その銃を持っちゃいかんと言っとるだろう」

「大丈夫よ。ちゃんと持ってるわ」

「だが、持ち直した拍子に、この間も引金を引いちまったじゃないか」

それを聞いた叶は青くなった。

「お願いだ！　銃口を下げてくれ！」

「下手《へた》なことしないでよ」

と、今日子はゆっくりと銃口を下げた。

「ああ……びっくりした」

と、叶は息をついた。

「さあ、話してもらいましょうか」

と、今日子は言った。

「分った。分ったから、ともかくこの縄を解いてくれないか？」

「だめ」

と、今日子はにべもなく拒否して、「話が先よ」

「じゃあ……」

と、叶はため息をついて、「実は、ある事件について調べに来たんだ」

「事件？」

「この村で五年前に起きた……。知ってるだろ？　相沢邦子《あいざわくにこ》って人が殺された」

今日子と喜作が顔を見合せる。

「その事件なら、もう犯人が捕まって刑務所に入っとる」

と、喜作が言った。「今さら何を調べようというんだ？」

「どういう事情だったのか、どうして殺したのか……。詳しいことが知りたくて」

「どうして、詳しいことが知りたいの？」

と、今日子はじっと叶を見つめて言った。

「殺された相沢邦子は私のお母さんよ」

12　付き添い

幸い、スタッフルームには誰もいなかった。

「くたびれた！」

思い切り声を出すと、亜矢子はそのままソファに倒れ込んだ。

「ああ……。今日は何万歩歩いただろ」

と、ケータイを取り出したが、歩いた歩数を見ようとしてやめた。

見たらもっとくたびれそうな気がしたのである。

ケータイに、正木からかかって来た。ついさっき別れたばかりだというのに！

「はい、もしもし……」

ちゃんと言っているつもりが、「ムニャムニャ」となっていたらしい。

「何だ、寝てたのか」

と、正木が言った。

「寝る間なんかありませんよ。五分前に別れたばっかりじゃないですか」

「そうだったか？　まあいい。ともかく、今日最後に見た坂道は良かった。夜、撮影できるか、当っといてくれ」

「分りました」

「それと、夕陽《ゆうひ》の当り具合もな」

「はい」

「ひと休みしたら……」

「まだ何かあるんですか?」

よほど絶望的な声を出していたらしい。さすがの正木も、

「いや、明日にしよう。ご苦労だった」

「どうも……」

こっちも「お疲れさま」のひと言ぐらい言うべきかもしれないが、今の亜矢子にはそれだけのエネルギーも残っていなかった。

「──ヒロインの家は坂の上だ」

という正木のイメージに合う坂道を捜して、一日歩き回っていた。

どうしてヒロインは坂の上に住んでいるのか。理由なんかない。

ともかく、正木にとっては、黄昏《たそがれ》どきに坂道を上って行くヒロインの絵がしっかり頭に浮んでいるのだ。監督が頭の中で思い描いた映像を「現実のもの」にするのがスタッフの役目。

分ってはいるが……。

一体、今日一日でいくつの坂道を見て回っただろう。むろん車で回るのだが、坂の下に車を停めて、

「おい、亜矢子、この坂を上ってみろ」

と、正木はその場に立ったまま。

せっせと坂を上るのは亜矢子の役目である。それも、「駆け上ってみろ」とか、「もう少し疲れた感じで」などと、三回も四回も上り下りする。

それを方々でくり返して、やっと撮影所へ戻って来たところだ。くたびれているのは当然だろう。

「マッサージに行こう……」

と、亜矢子はソファに引っくり返ったまま呟いた。

このままじゃ、明日起きられない。

マッサージは、ちゃんとした所で、となると安くないが、経費扱いはしてくれないだろう……。

亜矢子はそのままウトウトしかけていたが……。

ドアが勢いよく開いて、

「亜矢子！」

と、飛び込んで来たのは、長谷倉ひとみだった。

「何よ？　――どうしたの？」

と、ソファに起き上る。

「彼が……連ちゃんが……」

ひとみが青ざめている。

「どうしたの？　叶君が……」

「これ見て！　私のスマホに送って来たの！」

ひとみが差し出した画面を見て、亜矢子は目を見開いた。

叶連之介が、椅子に座っている。手足を縄で縛られて。

「何なの、これ？」

「分らないのよ！　いきなりこの写真が送られて来たの」

「コメントなしで？」

「そうなの。どうしよう！　連ちゃん、きっと殺人事件の知ってはいけないことを知ってしまったんだわ。それで捕えられて……。もう殺されてるかもしれない」

「ひとみ、落ちついて」

「落ちついてなんかいられないわよ！　亜矢子のせいよ。亜矢子が連ちゃんを危い所へ送り込んだんだわ」

「ちょっと！　私のせい？　それはいくら何でも――」

「連ちゃんの身に何かあったら、私、亜矢子を一生許さないからね！」

「待ってよ。ひとみ――」

「連ちゃんを助けてちょうだい！　何なら亜矢子が連ちゃんの身替りになって」

「あのね……」

と言いかけて、亜矢子は、「ひとみ、ちょっと後ろを振り向いて」

「何よ？　ごまかそうったって――」

「いいから！　ドアの方を見て！」

ひとみが振り返ると――開けっ放しのドアの所に、当の叶連之介が立っていたのである。

「連ちゃん！　生きてたの！」

ひとみが叶に飛びつくと、力をこめてキスした。

全く、もう……。亜矢子は、

「ご無事で何よりでしたわね」

と言ってやった。

「信じてたわ！　連ちゃんが死んだりするはずないって！」

と、またキスしている。

すると——叶の後ろから、ジャンパー姿の女の子が顔を出して、

「東京の人って、みんなこんなにキスするの？」

と言った……。

「あんな写真だけ送るなんて！　びっくりするじゃないの」

と、ひとみが言った。「私も亜矢子も、そりゃあ心配して……」

「ま、それはいいけど」

と、亜矢子は言った。「ええと……今日子ちゃんだっけ？」

「落合今日子。十六歳」

と、その少女は言った。「ここ、本当に撮影所なのね。この人、嘘ついてたわけじゃないんだ」

「だから言っただろ」

と、叶は言った。「この人がスクリプターの、東風亜矢子さん」

「こ、こち？」

と、今日子は眉をひそめて、「——そういえば日本人離れした顔ね。どこの国の人？」

典型的な日本人の顔をしていると思っていた亜矢子は、今日子の言葉に絶句した。

そして――つい今まで亜矢子に恨みの言葉をぶつけていたひとみが、声を上げて笑い出した。

「全く……。ま、いいから、亜矢子と呼んでちょうだい」

と、亜矢子は今日子に向って、「あなたのお母さんが殺されたの？」

「うん。五年前で、私、まだ小学生だったから、色々な事情はよく分らなかったけど」

「今はおじいちゃんと暮してるのね？」

「そう。お母さんのお父さん。〈落合〉はお母さんの結婚前の姓だった。結婚して〈相沢〉になったの」

「お父さんは……」

「相沢努《つとむ》っていって、製材所で働いてたんだけど、そこが潰れて、知り合いの人を頼って東京に出てった。仕事を見付けて、お母さんと私を呼ぶって言って。でも、その内、パッタリ連絡が来なくなって、それきり」

「行方《ゆくえ》不明ってこと？」

「うん。もう十年以上前。捜すっていっても、何の手掛りもなくて。お金もないから、おじいちゃんの所に、二人で移ったの」

「それで、お母さんは……」

今日子はちょっと息をつくと、

「話すのはいいけど、お腹空いてるんだ。何か食べながら話さない?」

と言った……。


「よし、ここでワンカット撮ろう」

人通りの多い町の中ではちょっと恥ずかしかったが、戸畑佳世子は、「これも仕事」と自分に言い聞かせた。

「ちょっと待って。髪が」

一緒について来ているスタイリストの女性が、佳世子の方へ駆け寄って、髪を直す。

「よし、そこの広告のパネルによりかかって。——そうそう。カメラを見て」

プロのカメラマンに撮られる。——それはそれで、一種刺激的なことではあった。

佳世子を「新人」として売り出すためのポートレート撮影である。

もちろん、歌手とは違って、派手にする必要はないのだが、それでも映画用のチラシやパンフレットのための写真は必要ということだった。

撮影所のメイクの人に髪や顔をいじってもらうと、何だかスッキリした感じで、自分ではないようだ。

「――よし、あと一ヵ所、どこか若者らしい所がいいな」

と、カメラマンが言った。「いつも買物するのは？　洋服とか」

「ええと……。この近くのモールです」

とはいっても、そう何度も行ったことがあるわけじゃない。自分の好きな服を買うような余裕はなかった。

「じゃ、そこに行ってみよう」

と、カメラマンは言った。「おい、荷物持って」

「はい！」

カメラマンの助手の若者が急いで交換レンズなどの入ったケースやら何やらを両手一杯に抱える。

「手伝いますよ」

と、佳世子が手を貸そうとすると、

「君はいいんだ」

と、カメラマンが言った。「服は借り物だろ。汚したりしたら大変だ。君はそのまきれいでいるのが仕事だ」

「はい……」

五、六分歩いて、ショッピングモールの入口に来る。

「いいね。そのオブジェのそばに立って」

若い人たちが出入りしながら、チラチラと佳世子のことを見て行く。

もちろん、今は誰も佳世子のことなど知らないが、その内、「あ、戸畑佳世子だ！」なんて指さすようになるのだろうか？

でも、佳世子はもともとそういう世界に憧れは持っていない。正木監督に言われて、しかも母がシナリオを書くというので、自分が少しでも力になれたら、と思っているだけだ。

格別美人でも可愛くもないんだもの、私。これ一本で終ればそれでいい……。

「――ちょっとレンズを替えるから」

と、カメラマンが言った。

笑顔を作ることに慣れていない佳世子は、ホッとした。無理に笑っても、引きつったような顔になってしまう。

佳世子はモールの入口へ、何気なく目をやっていたが——。

「あ……」

と、思わず声を上げていた。「お父さん！」

戸畑進也が、若い女性と腕を組んで、楽しそうに笑いながら出て来たのだ。

佳世子の声が耳に入って、戸畑は数歩進んでから足を止めた。

「——佳世子か」

一瞬誰だか分らなかったらしい。

でも、「お父さん」と呼んでるんだから、分るでしょ！

一緒にいた女性はすぐに腕を離して、

「お嬢さんですか」

と、会釈した。

「ああ……。ええと……父さんの以前いた会社の大山君だ」

と、戸畑は言って、「娘の佳世子だよ」

「大山啓子です……」

お互い挨拶したものの、何を話していいのか分らずにいる。大体、こんな所でややこしい話はできない。

「あの――今、仕事なの」

と、佳世子は言った。「今度、映画に出るんで……。たぶん」

「そうか、母さんが……」

「うん、お母さんがシナリオ書いてる」

カメラマンが、

「いいかい？」

と言った。

仕事中なのだ。今は……。

「はい！」

と、佳世子は元気よく返事した。

「そのオブジェに手をかけて、そうそう。軽く脚を交差させて。――いいね」

次々にシャッターが切られる。

佳世子はじっとカメラのレンズを見つめていた。あえて、父の方へは目をやらなかった。

「――よし！　これでいいだろう」

カメラマンは肯いて、「見るかい？」

「ええ。——ちょっと怖いけど」

駆けて行って、佳世子はカメラを覗いた。

自分とは思えない、若々しく潑剌《はつらつ》とした女の子がそこにいた。

これが私？——信じられない気持で、佳世子は眺めていたが——。

「お父さん……」

ハッとして振り向くと、父と大山啓子の姿は、もう見えなかった。


「東京で？」

と、亜矢子は言った。「じゃ、お母さん、東京で殺されたの？」

「うん」

と肯きながら、定食をせっせと食べているのは、十六歳の落合今日子である。

亜矢子は、よっぽど撮影所の食堂でカレーを食べれば、と思ったのだが、そこは多少見栄《みえ》を張る気持もあって——といっても、近くの定食屋だが——この店で夕食をとることにした。

「新聞記事で、〈真木村の相沢邦子さん〉としか出てなかったんで……」

叶連之介が言いわけめいた口調で言った。「そうならそうと、ちゃんと書いといてくれなきゃね」

「そうよ！　連ちゃんは悪くない。新聞がいけないのよ」

と、恋人のひとみは当然叶をかばっている。

「じゃ、改めて調べないとね」

と、亜矢子はラーメンを食べながら言った。

ちなみに、叶とひとみはしっかり定食を頼んでいた。支払いは亜矢子だからだ。

「じゃ、あなたのお母さん——相沢邦子さんは、東京へ出て来てたのね？」

「詳しいことは憶えてないけど」

と、今日子は言った。

「小学生じゃね」

「おじいちゃんの話だと、東京で、お父さんの行方が分るかもしれないってお母さんが言ってたって」

「行方不明になってたお父さんの？　相沢……努さんだっけ」

「うん。でも、お母さん、私には何も言わなかったし、おじいちゃんにもそれ以上詳しい話はしてなかったみたい」

と、今日子は言って、お店の人に、「すみません！　お茶下さい！」

「お母さんが殺されたのは、東京へ出て行ってすぐだったの？」

　と、亜矢子は訊いた。

「すぐじゃなかったと思う」

　と、今日子は考えながら、「でも、どれくらいたってからなのか、よく分らないわ。お母さんが殺されたって連絡が入って、おじいちゃんが一人で東京へ行ったの。そしてお母さんのお骨《こつ》を抱えて帰って来た」

「そういうことか……」

　と、亜矢子は肯いて、「もう食べちゃったの？　早いわね」

「ごちそうさま！」

　今日子は少しホッとしたように言ったが、

「――ラーメンも食べていい？」

　と、亜矢子の手元を見つめて訊いた。

「ええ、もちろん」

　若いとはいえ、大した食欲だ。――ラーメンはすぐに出て来て、今日子は食べ始めた。

　前の定食よりは、多少ゆっくり食べているのは、お腹が落ちついたせいだろう。

「――今日子ちゃん」

と、亜矢子は少し間を置いて言った。「犯人として今刑務所に入ってる、三崎治って人のことは知ってる？」

今日子はすぐに、

「知らない」

と答えた。「お母さんが殺されたって聞いても、私とおじいちゃんはあの村で暮すしかなかったから……。で、半年ぐらいしてからかな。電話がかかって来て、『犯人を逮捕しました』って」

「それで――」

「おじいちゃんは一応裁判のときに一度だけ東京に出てったけど、私はまだ子供だし、ってことで、村に残ってたの」

「じゃ、三崎って人とは会ってないの？」

「見たこともない。写真で見たけど、それだけ」

「おじいちゃんは？」

「裁判のとき、見ただけじゃない？　その内、三崎が有罪になった、って知らせが来た」

亜矢子はすっかり面食らって、

「それじゃ、どうしてお母さんが殺されたのか、詳しいことは……」

「知らないわ。おじいちゃんに訊いても、『死んだ者は生き返らんよ』って言われて。——三崎治って、刑務所なんでしょ？」

「あと十年くらい刑期があるらしいわ」

「じゃ、私、二十六になってるのか」

——亜矢子は、殺人に至った事情も、三崎が逮捕された理由も、今日子が知らされていないということにびっくりした。

しかし、祖父と孫、二人で田舎の村で生活していたのでは、そう度々上京する余裕はなかっただろうし、日々の暮しの方が大切だと考えて当然かもしれない。

「ね、亜矢子」

と、ひとみが言った。「事件のこと、一から調べないと」

「うん。——そうね」

「早速調べてみますよ」

と、叶が言った。

五十嵐真愛にも話を聞いた方がいい。亜矢子はそう思った。

「——今日子ちゃん」

と、亜矢子は言った。「今夜、どこに泊るか、決めてあるの？」

「ううん」

と、今日子は首を振って、「どこか、公園のベンチででも寝ればいいかと思って。そういう人、沢山いるんでしょ、東京って」

「でも……」

むろん、そんなわけにはいかない。

「誰かいないの？　おじさんとか親戚の人」

「いない」

「そう。——おじいちゃん、何か言ってなかった？　あなた一人で東京へ来させて……」

「私、おじいちゃんに言わないで出て来ちゃったんだもん」

「え？　叶君——」

「僕は……てっきりあのおじいさんも分ってるとばっかり……」

と、叶も目を丸くしている。「君、そう言ったじゃないか！　おじいちゃんにも言ってあるよ、って」

「手紙、置いて来たもの」

と、今日子は当り前という顔で、「大丈夫。私、もう十六の大人だから」

「あのね……」

と、亜矢子はため息をついて、「普通、十六は大人って言わないのよ」

「へえ。東京の子って、大人になるのが遅いの？　村じゃ、十八にはお嫁に行くよ」

どこの話？　――仕方ない。

「ね、ひとみ――」

と、亜矢子が言いかけると、ひとみはあわてて、

「だめ！　私の所はだめよ！　私と連ちゃんで一杯！」

「分ってるわよ。じゃあ……私の所に泊ってちょうだい」

と、亜矢子が言うと、

「いいの？」

と、今日子は亜矢子を探るように見て、「恋人、いないの？」

「大きなお世話っていうのよ、そういうのを」

と、亜矢子は言った。「ベッドは一つしかないから、あなたは布団で寝てね」

「うん。――一泊いくら？」

と、今日子は訊いた……。

13　渋めの日

恋はヒロインだけでは成り立たない。

もちろん恋の相手が必要である。

「どうかな……」

と、正木がコーヒーを飲みながら言った。

「俺のイメージとしては……」

亜矢子はコーヒーにうんと砂糖を入れながら、

「橋田《はしだ》浩吉《こうきち》でしょ」

と言った。

正木がホッとした顔になって、

「お前もそう思うか。いや――地味に過ぎるかもしれんがな」

「でも、五十嵐真愛さんと組合せてもぴったりですよ」

「そうか？　うん、そうかもしれん。お前がそう言うなら、当ってみるか」

——全く！　面倒なんだから！

いつもは他人の言うことなど耳を貸さない正木だが、自分の判断に自信が持てないときは、亜矢子に言わせるべく、遠回しに話を持っていく。

五十嵐真愛と恋に落ちる、渋い中年男。——誰にしたって地味に決っているのだ。

亜矢子は、正木がパソコンで橋田浩吉の画像をチラチラ見ていることに気付いていた。というより、わざと亜矢子の目に入るようにしていたのかもしれない。

それで、亜矢子の口からその名を出させて、

「まあいいだろう」

などと言ってのけるのである。

「橋田は舞台の仕事が多いだろ？」

と、正木は言った。「スケジュールは……」

「空いてます」

ちゃんと調べている。

「うん、そうか。じゃ、連絡を——」

「今、メールしました」

二人で、撮影所の近くのレストランに入ってランチをしているところだ。

「橋田は今いくつだったかな」

「ちょうど五十ですよ」

「五十か……。うん、いい年齢だ」

「返事が来ました」

と、亜矢子はケータイを見て、「ＯＫだそうです」

「早いな」

「正木監督の映画ですから」

「まあ、それもそうだな……」

と、ついニヤニヤしている。

実は亜矢子が前日に橋田と会って話してあるのだ。

橋田浩吉は新劇畑の役者で、ＴＶや映画でも脇で出ている。舞台で実力を発揮するので、亜矢子も、いつか正木の映画に出てほしいと思っていた。

「明日、スタッフルームに来てもらいましょうか」

「ああ、そうしてくれ」

と言ってから、正木は、「――おい、亜矢子」

「はあ」

「いくら地味でも、橋田は今回主演男優だぞ」

「ええ」

「それなりの敬意を払わなくては。スタッフルームへ呼びつける前に……。もし今夜、体が空いているようなら、食事でもしよう」

「分りました。でも、監督、今夜はどこかの市長さんと会うんじゃなかったですか？」

「ああ、あれか！　会うったって、ちょっと握手でもすりゃ終りだ。少し遅めの都合を――」

「今、訊きます」

亜矢子は手早くメールを送った。すぐに、「空いています」と返事が来る。

「よし。じゃ、八時にどこか予約しとけ」

「もし、都合がつけば五十嵐さんも呼びますか」

「ああ、いいな。主役二人の顔合せは必要だ」

「訊いておきます」

亜矢子は、どうせ五十嵐真愛を訪ねて話を聞くつもりだった。

相沢邦子が殺された事件について、真愛も何を知っているのか。――叶が調べているはずだが、ひとみが叶と一緒にいたがるので、どうも調査が進んでいない様子なのだ。

場合によっては、戸畑弥生のシナリオにも係ってくる。

「——やあ」

と、レストランへ入って来たのは、チーフ助監督の葛西とカメラマンの市原。

「何だ、昼飯か？」

と、正木が言った。

「いや、もう済ませました」

と、市原が言った。

スタッフルームじゃないのだ。何も頼まないわけにはいかない。

「デザートでも頼みましょ」

と、亜矢子はウェイトレスを呼んだ。

映画のスタッフといえば「酒飲み」というイメージがあって、それは間違いではない。しかし、一方で、「体力勝負」の映画の仕事、甘いものを好むのも事実である。

ウェイトレスがケーキのサンプルを盆にのせてくると、

「おっ、旨そうだな」

と、市原が真先に、「これとこれ！」

と、普通は一つ選ぶところを二つ選んで、

「アイスクリームをつけてくれ」

亜矢子は聞いているだけで胸やけして来た。

「――監督に見てもらおうと思って」

と、市原がスマホを取り出す。

正木に比べると、その手のものに強いのはやはりカメラがデジタル化して、いやでも覚えなければならないからだろう。

「何か問題か？」

「いや、ともかく見て下さい」

と、市原が動画を出して見せた。

「これは――あの子か」

「監督、名前憶えて下さいよ。戸畑佳世子さんです」

佳世子がごく普通の女子大生という感じで、どこかの大学のキャンパスを歩いている。

「どこだ、ここ？」

「手近な大学で。——いい雰囲気じゃないですか?」

「うん……」

正木は、七、八分のその動画を、くり返し見た。

亜矢子にも、市原たちの気持が分った。

新人としてデビューさせるとはいえ、全くの素人だ。しかし、こうして映像になると、ふしぎなオーラをまとって見える。

「——いいでしょう!」

市原はそう言いながら、二つめのケーキを食べていた。

「話題になりますよ」

と、葛西が言った。

「うん……」

正木が肯く。

もちろん、映画にとって、話題が増えるのはいいことだ。ことに今度のように全体が地味な作りの作品の場合、公開に当ってTVや雑誌で取り上げられる機会は少ないだろうから、「新人」の佳世子のフレッシュな魅力は効果があるかもしれない。

しかし——正木はちょっと難しい顔で黙ってしまった。

亜矢子には正木の考えていることが分っていた。

「でも、監督、今度の映画は青春物じゃないんですから」

と、亜矢子は言った。「あんまり佳世子さんが前面に出過ぎると——」

「分っとる！」

と、正木は言った。「お前は俺が新人に振り回されるとでも言うのか？」

「そうじゃありませんけど……」

「ちゃんとこの子の個性は活かして使う。しかし、主役はあくまで大人の二人だ」

「それならいいですけど」

亜矢子の言い方で、市原たちもピンと来たらしい。

「もちろん、芝居ができるかどうかは別ですがね」

と、市原は言った。

「おい、亜矢子」

「はい」

「この子——佳世子だったか？　コーチをつけて、セリフを言わせてみろ。どの程度使えるか、試してみる」

「分りました。それと……」

「何だ？」

「佳世子さんを本間ルミさんに会わせておいた方がいいと思いますが」

亜矢子は本間ルミが叶に色気を見せていたということを思い出していた。

自分に黙って、正木が若い女の子を、それも「素人」の子を起用すると聞いたら、面白くないだろうと思ったのだ。

「彼女に？　うん、そうか」

正木には亜矢子の提案がピンと来ないようだった。

実際の準備に入った正木にとっては、もう本間ルミのことが単なる「出資者」に見えてしまっているのだ。しかし、本間ルミは自分も「出演者」の一人のつもりでいるだろうし、正木がどういう役を振ってくれるか楽しみにしているだろう。

「同じ素人同士ですし」

と、亜矢子は言った。「監督自身が佳世子さんを連れて行った方がいいですよ」

「俺が？　そんな時間は……」

と、正木は言いかけたが、亜矢子は遮って、

「出資してくれるんですから、進行状況をまめに報告するべきですよ」

「ああ。――もちろんそうだな。よし、明日にでも――」

「まず本間さんのご都合を訊きます。きっと凄く忙しいでしょうから」

「分った。お前に任せる」

そう言って、正木はホッとした表情になった。何でも任される亜矢子の方はたまったものではないが、一旦こじれた後に苦労するよりはましかもしれない。

その場で本間ルミに連絡、翌日のお昼にルミの会社を訪ねることになった。

「――おい、亜矢子、これからどこかへ行くのか?」

食事を終えて、レストランを出ると、正木が訊いた。

「シナリオライターを訪ねます。それから、ヒロインの所を」

「そうか。よろしく言ってくれ」

正木はもうすっかり何もかも片付いていると思っているようだ。

とんでもない! 問題は山ほどある。

しかし、正木には、できるだけ映画のことだけ考えておいてほしい。

「スクリプターはつらいよ、って映画でも企画しようかな……」

と、亜矢子は呟いていた。

しかし、その前に――。

「やあ！　元気かい？」

明るい声で手を振ったのは、この前の事件のとき、散々世話になった刑事——倉田《くらた》亮一《りょういち》である。

「どうも」

亜矢子は日射《ひざ》しの入るフルーツパーラーの席につくと、「いかがですか、新婚生活は？」

倉田は満面の笑みで、

「うん！　楽しい！」

と言った。

幸せ一杯、ってとこか。——こんな幸せそうな顔で、よく刑事やってられるわね、と思う亜矢子だったが……。

「フルーツパフェ？」

亜矢子は、倉田の前にデンと置かれた巨大なパフェに目を丸くして、「倉田さん、そんなに甘党だっけ？」

「いや、そうじゃないよ。ただ、うちの奥さんが甘いものが好きでね。付合ってる内に、なかなか悪くない、って気がして来て」

「はあ……」

そういうことですか。要するにのろけているのだ。——好きにしてくれ、と心の中で言って、

「厄介《やっかい》なことお願いしてごめんなさい」

と、亜矢子はコーヒーを頼んで言った。

「いや、担当じゃなかったしね。しかし、もう解決済の事件だから、あまりうるさいことは言われなかったよ」

と、倉田はショルダーバッグから分厚いファイルを取り出して、テーブルに置いた。

「これ、捜査資料？　借りていい？」

「まあ、本当はいけないんだけど、亜矢子君のことだ、目をつぶることにするよ」

と、フルーツパフェを食べ始める。

「ありがとう。でも——これ全部読むの、大変だね。簡単に説明してくれない？」

「うん。まあ——僕も新聞記事ぐらいのことしか知らないけどね」

と、倉田は言った。「殺された相沢邦子は当時三十五歳だった。夫が東京に出稼ぎに行ったまま行方不明になっていた……」

その辺の事情は、落合今日子から聞いていた通りだった。

「それで、殺人犯として捕まった人は——」

「うん。三崎治は今四十二歳になる。三崎は工事現場の臨時雇いの手配を仕事にしていたんだ」

「じゃ、それで相沢努のことを……」

「行方不明になったのは、もう十二年も前なんだが、そのとき、妻の邦子が東京へ捜しに来ている。話を聞いたのが三崎だった」

「でも、そのときは何も分らなかったのね」

「そういうことだ。雇うといっても、ほとんど日雇いみたいなもので、いちいち身許なんか調べないんだな。で、相沢努のことも、結局何の手掛りもなく、妻の邦子は帰って行った」

「それが五年前に、どうして……」

「記録だと、邦子の実家、落合喜作のところに、三崎治から、相沢努らしい男を見た、という連絡があった」

「それは事実なの？」

「三崎は否定している。相沢努を見てもいないし、見たという連絡もしていない、と言ってるんだ」

「それで？」

「相沢邦子は急いで東京へやって来た。早速三崎に会いに行ったが、三崎は全く覚えがないと答えた」

「それじゃ、他の誰かが……」

「そうかもしれない。しかし、どうしてそんなことをしたのか、動機が分らない」

「それもそうね」

「しかし、三崎はずっと前に上京して来た邦子を憶えていて、ともかく一緒に都内の建設現場を何ヵ所か見て回ってくれたそうだよ」

「それで、何日か泊ったのね」

「もちろん、安い宿を捜したが、そう何日も泊っていられない。それで、家へ帰ることにして、三崎に挨拶に行った」

「それで？」

「三崎は、それなら晩飯を一緒に、と言って、邦子を誘った」

と、倉田は言った。「その話をしていたのは、事務所の人間が聞いていた。――その日、仕事が終ってから、三崎は邦子と待ち合せた」

「二人で食事を？」

「三崎はそう言っている。そして——翌日、相沢邦子の死体が発見された」

「どんな状況で？」

「邦子が泊っていた旅館の部屋だ。もともと下宿屋だった古い日本家屋で、ともかく安いので泊っていたらしい」

「その部屋で殺されたの？」

「そうらしい。詳しいことは知らないがね。二人で食事した後、三崎はタクシーで邦子をその旅館まで送って行ったらしい。——そして彼女の部屋へ上り込み、乱暴しようとして、抵抗されたので、首を絞めて殺した……」

　亜矢子は肯いて、

「それ、三崎は認めてるの？」

「いや、本人は無実だと主張していたようだ。でも、その旅館の部屋に三崎の指紋が残っていたというし、三崎はかなり酔っていたということだしね」

「で、有罪になったのね」

「控訴したけど、やっぱり有罪になって、刑が確定したんだ。十三年だったかな。まだ十年くらい刑期が残ってるはずだよ」

「ありがとう。後は、この資料で詳しいことを調べるわ」

「だけど、亜矢子君、どうしてこの事件のことを?」

「ああ……。ちょっとね」

と、亜矢子は言葉を濁した。「次の映画に必要で」

「へえ。でも、君、この前の事件でも、結構危い目にあってるじゃないか。気を付けてくれよ」

「ありがとう、心配してくれて。私は大丈夫。めったなことじゃ死なないわ」

「それは僕もよく知ってるよ」

と、倉田は笑った。「今度は崖からぶら下らないの?」

「もう! みんなそのことばっかり言って! よっぽど他に取り柄がないみたいじゃないの」

と、亜矢子は文句を言って、「——まあ、あんまりないけど」

と、付け加えた。

——倉田が、

「うちの嫁さんの料理は旨いんだよ」

と、自慢しながら別れて行くと、

「お幸せに」

と呟いた亜矢子。

しかし、倉田の話を聞いていて気になった。

三崎が、相沢邦子に親切にしてやったとして、前に会ってから何年もたっているのだ。一晩、食事したぐらいで殺すようなことになるだろうか？

いかにもＴＶドラマとかでありそうなシチュエーションだが、亜矢子にはいかにも誰でも思い付きそうな、安っぽい筋書に見える。

亜矢子も、出来の悪いシナリオを山ほど読んでいるので、あまりにパターンにはまっているのは気に入らないのだ。

もちろん、シナリオと現実とは別だ。でも……。

分厚くても、このファイルを読まなくてはいけないか、とため息をつく亜矢子だった……。

14　ヒロインの座

あんまり高くなくて、でもそこそこおいしくて、比較的静かで話ができる。——そんな難しい条件でも、何とか見付けるのがスクリプター。

古くからある洋食屋で、最近改装してモダンになった店。

個室というわけじゃないが、一応、仕切られた席で、正木と橋田浩吉の顔合せが行われていた。

他には亜矢子とカメラの市原。

五十嵐真愛は仕事があって来られなかったが、正木が彼女について橋田に説明した。

「――なるほど」

と、橋田は肯いて、「みんな知らないけど、実力のある役者というのはいるものですね」

「確かに」

と、正木は肯いて、「彼女の演技力については保証する。ここにいる市原と亜矢子の二人もちゃんと見ている」

「分りました。楽しみです」

と、橋田は静かに言って、ゆっくりとビールを飲んでいた。

一見したところ、役者らしいところはどこにもない。服装も地味だし、顔立ちもごく普通。

TVドラマや映画をよく見る人なら、必ずどこかでこの顔を見ているはずだが、おそらく記憶に残っていないだろう。

それでいて、作品の中で、「その役がしっかり演《や》れていなかったら、ドラマが成り立たない」ような大切な役をこなしているのだ。

もともと舞台が中心なので、そちらでは主役もこなす。

「しかしね」

と、正木が言った。「五十嵐真愛は映像の仕事に慣れていない。だから、その点では君が気を付けてやってほしいんだ」

「僕だって、こんな大きな役は経験ありませんよ、映像では」

と、橋田は言った。「もちろん、映画特有の注意点とかは教えられますが」

「頼みますよ」

と、市原が言った。「慣れてない人は、テストの度に立ち位置が変っちゃうんでね。ライトが困るんですよ」

カメラで構図を決めても、役者が定位置にいてくれないと、照明も変えなければならない。それにはやはり経験がものを言うのである。

「準備稿です」

と、亜矢子がシナリオを橋田に渡す。

橋田はパラパラとめくって、

「じっくり読ませていただきます」

と言った。

「ともかく、撮影のスケジュールがはっきりしたら、亜矢子からすぐに知らせるようにする」

と、正木は言って、ワイングラスを手にしたが、「――空か。おい、グラスで赤ワインを頼んでくれ」

「はい」

仕切られているので、店の人間の目に止りにくい。亜矢子は立って、仕切りから出ると、ウェイターにワインを注文した。すると、

「あら、亜矢子さんじゃない」

という声。

「あ……。本間さん！　どうも」

本間ルミがビジネスマンらしい男性三人とテーブルを囲んでいたのだ。

「あなたも仕事?」

と、ルミが訊く。

「はい。正木監督も一緒で」

「まあ、偶然ね。じゃ、ちょっとご挨拶だけ」

「どうぞ。――監督」

亜矢子はテーブルに戻って、「本間さんが偶然そこに」

本間ルミは仕切りの中へ入ると、

「どうも」

と、微笑んで、「お打ち合せ?」

「そうなんだ。――こちらは本間ルミさん。今度の映画に出資してくれる」

「これはどうも」

と、橋田が立ち上って、「橋田といいます」

ルミがちょっと目を見開いて、

「役者さんですよね? TVで拝見したことが」

「今度の映画で、ヒロインの相手役を演ってもらうんだ」

と、正木は言った。

と、ルミは手を出して、橋田と握手すると、「私、あなたと恋を語るわけね？　どうぞよろしく」

と言った。

橋田が、ちょっと戸惑った表情を見せたが、

「いや、こちらこそ」

と、笑顔になった。

亜矢子と正木は、素早く互いを見かわした。

「本間さん」

と、亜矢子が言った。「明日伺うことに――」

「ああ、そうだったわね」

と、ルミは肯いて、橋田の前に置かれたシナリオに目をとめると、「もしかして、今度のシナリオ？　まあ！」

と、手に取って開いた。

「明日お届けしようと……」

「読みたいわ、すぐ！　これ、いただいてもいいでしょ？」

「まあ、そうなの」

「──もちろん、どうぞ」

と、橋田が言った。

「楽しみだわ！　私、一度恋に悩むヒロインをやってみたかったの。恋愛映画のヒロインがやれるのなら、お金を出すかいがあるってものだわ。──ごめんなさい。お客と一緒なので、じゃ、明日ね」

本間ルミは自分のテーブルに戻って行った。

──しばらく、誰も口をきかなかった。

「お待たせしました」

と、正木の前に赤ワインのグラスが置かれた。

「──亜矢子」

と、正木が言った。

「私、知りませんよ」

「しかし、お前がちゃんと説明しないからだろ」

亜矢子も頭に来て、

「そういうこと言うんですか？　監督のお友達じゃないですか、はっきり言ってあげて下さいよ」

「しかし、まさか……。いくら演劇をやってたといっても、学生のときだ。今は素人だぞ。まさかヒロインをやるつもりでいるとは……」

「しかし、出資者なんでしょう？」

と、橋田が言った。「話が違うとなったら、お金が……」

亜矢子たちのテーブルは、まるで時が止ったかのように、誰もが固まって動かなかった……。


玄関を入って、亜矢子はギョッとした。

「お帰りなさい」

パジャマ姿の今日子が立っていた。

そうだった！　落合今日子を泊めていることを忘れていた。

「遅くなってごめんね」

と、亜矢子は言った。「晩ご飯は……」

「冷凍庫に入ってたピラフを電子レンジでチンして食べた」

「良かった。お弁当でも買って帰んなきゃと思ってたのよ」

「私、大丈夫。もう――」

「大人だから、ね。本当だ、お姉ちゃんの方がだめね。今日子ちゃんのこと、すっかり忘れてた」

「本当？　トシのせい？」

「まだそんなじゃないわよ！　ただ、ちょっと考えごとしててね」

と、亜矢子は服を脱いで着替えると、「お風呂は？」

「入った。まだ少し追い焚《だ》きしたら入れるよ」

何も教えなくても、ちゃんとやれるんだ、と感心した。

しかし、確かに母親を失《な》くして、おじいちゃんと二人、家事もこなして来たのだろう。

「じゃ、お姉ちゃんもお風呂に入るかな」

と、亜矢子は言って、「今日子ちゃん、ベッドの方が良かったら、使っていいわよ。私は布団でも何でも眠れるから」

「私、お布団の方が慣れてるから」

「そうか」

今日子はＴＶを点けて見ていた。亜矢子はお風呂に入って、ホッと息をついたが――。

今日子がお風呂をきれいに使っていることに感心した。使ったタオルはきちんとたたんであるし、蛇口もちゃんと拭いてある。

母が見たら、きっと、

「あんたよりよほどしっかりしてる」

と言うだろう。

少し焚いて、ちょうどいい湯加減になった。

「ああ……」

お湯にゆっくり体を沈めて、「疲れた……」

いつも、そう呟くのだが、それは半ば習慣になっていて、本当に疲れているかどうかは関係ない。しかし、今夜ばかりは……。

「参った!」

と、口に出して、「どうしよう?」

頭を抱えたのは、もちろん今度の映画のヒロインの問題である。

製作費を全額出資してくれる本間ルミが当然のように、「自分がヒロインを演じる」と思い込んでいるのだ!

正木も、本間ルミに出演してもらうことは承知していた。しかし、彼女は素人なのだ。

もともとシナリオになかった役を何か一つこしらえて、たとえばヒロインの友人役などで、ワンシーンだけ出てもらうとか……。その程度のことと考えていた。

それが……。

ヒロインといっても、今度の映画はただの「すれ違い」メロドラマではない。あくまで現実に生きて働いて苦労している女性でなくてはならない。

学生時代に演劇をやっていたというだけでは、とてもこなせる役ではないのだ。

だが――どうやって本間ルミにそのことを伝えるのか。

「それならいいわ。お金は出さない」

と、ひと言言われてしまったら、すべては水の泡と消える。

正木の古い友人なのだから、説得する役は当然正木がやるべきだ。しかし、

「亜矢子！」

と、正木は亜矢子の手をしっかり握りしめて、「これはスクリプターの仕事ではない。それは俺も分っている。だが、お前は一映画人として、今年の日本映画を代表する傑作を作るためなら、たとえ火の中、水の中、命をかけてくれる女だ！　俺にはよく分ってる。お前のこれまでの献身的な働きに、俺がどれだけ感謝しているか――」

「手、離して下さいよ！」

と、亜矢子は言った。

正木の手は、亜矢子を大事に思っているというより、「逃げないように捕まえておこう」という感じだったのである。

「な、亜矢子、俺はお前のためにも、今度の映画を生涯の代表作にしたい。そのためには精神を統一し、雑念を振り払って――」

「雑念だらけでしょ、今の監督の心の中は」

と、亜矢子は言った。「分りました！　私が本間ルミさんに恨まれに行けばいいんですね」

しかし、こ　と　は、ことはそう単純ではない。本間ルミが「お金は出すけど、私の役は小さくていい」と思ってくれなくては何にもならない。

そんなうまい具合に話が進むだろうか？　どう切り出して、どう納得してもらうか
……。

あれこれ考えている内、亜矢子はいい加減のぼせてしまった。

少しふらつきながら風呂を出ると、明りは点いていたが、今日子はもう布団に入って、静かな寝息をたてていた。

「——いいわね、罪がなくて」

と、亜矢子は呟いて、裸のまま少し涼んでいた。

すると——。

「ふふ……」

と、声がして、びっくりした亜矢子が見ると、布団から今日子が目を開けてじっと見つめていた。

「寝てなかったの?」

と、あわててバスタオルを胸に当てた。

「見せて」

と、今日子が言った。

「え?」

「裸、見たい。お母さん、いなくなって、もう五年たつから、ずっと大人の女の人の裸、見てない」

真直ぐにそう言われると、亜矢子も恥ずかしい気持もなく、

「いいけど、お見せするほどのもんでもないわよ」

と、バスタオルを膝に下ろした。

今日子は布団に起き上って、じっと亜矢子を眺めていたが、

「――きれいだなあ」

と、ため息と共に言った。

「そう？」

「すべすべして、肩とかつやがあって光ってる。お母さん、もっと太ってた」

「今日子ちゃん……お母さんに抱きしめられたこと、ある？」

「うん。ときどき、お母さんの胸に思い切り顔を押し付けたくなるの。お母さんの匂いがして、とってもいい気持」

「そうか。ごめんね、お母さんじゃなくて」

と、亜矢子は微笑んだ。

「そんなこと……」

今日子は、ちょっと間を置いて、「亜矢子さん。抱きしめてもらってもいい？」

今日子の目がせつなかった。

「いいわよ。来て」

亜矢子が両手を差し出すと、今日子は布団をはねのけて、亜矢子の腕に飛び込んで来た。

そして、亜矢子の乳房の間に顔を埋めて、しばらく動かなかった……。

くすぐったいような、それでも何か熱いものが胸の奥からこみ上げて来て、亜矢子は両腕でそっと今日子の体を抱きしめた。

——どれくらいそうしていただろう。

「ごめん」

と、今日子は顔を上げて、「風邪ひくね、ずっと裸じゃ」

「大丈夫。スクリプターは丈夫にできてるの」

亜矢子もパジャマを着て、お茶を飲んだ。今日子も付合って、

「何だか心配ごと？」

「え？　どうして？」

「お風呂で、『参った』って言ってたでしょ」

「聞こえた？　いつも大声出してるからかな」

と、亜矢子は苦笑した。

「何かあったの？」

「うん、実はね……」

今日子に話してどうなるものでもないだろうが、訊かれるままに、亜矢子は本間ル

ミについての悩みを語った。

「――大変なのね、映画作りって」

「そうなの。ともかくお金がかかるでしょ。どんなにすばらしい脚本があっても、お金を出してくれる人がいなかったら、映画は作れない」

「私がアラブの石油王とでも結婚したら、それぐらいのお金、ポンと出してあげるけどな」

「ありがとう。現実は厳しいわ」

「でも、仕方ないよね。ちゃんと説明しなかったのも良くないけど、勝手に思い込んでた向うも悪いよ」

「そう言ってくれると……」

亜矢子は今日子の頭を撫《な》でて、「さ、もう寝よう」

「うん」

――その夜、亜矢子と今日子は、ベッドで寄り添って寝た。

誰かの体温を感じながら眠るなんて、めったにないことだ。――亜矢子は今日子の寝息を首筋にくすぐったく感じながら、幸せな気持で眠った……。

15　生きるか死ぬか

オフィスビルのロビーで、亜矢子はじっと立っていた。

本間ルミを正木と一緒に訪ねる時刻まではまだ三十分以上あった。一足先にやって来たのは、もちろん亜矢子一人でルミに面会して、事情を説明するためである。

ただ、本間ルミはともかく忙しいようで、

「少しお待ち下さい」

と、秘書に言われたまま、こうして立っていたのである。

しかし——ゆうべ、あれこれ悩んでいたときのように、困ってはいなかった。

それは、今日子のおかげだった。今日子が素直な気持で、亜矢子の裸の胸に顔を埋めて来た、あのひとときが、亜矢子を落ちつかせたのだ。

妙な言いわけをしない。正面から事情を話して、詫びる。それ以外、できることはない。

本間ルミが、怒って資金を出さないと言うのなら仕方ない。——亜矢子は何とかして……。いや、母に頼むか、あらゆる知り合いとつてを頼って、製作費を調達しよう、と思っていた。

「――お待たせいたしました」

と、秘書の女性がやって来た。「社長が上で」

「ありがとうございます」

亜矢子は胸を張って、秘書について行った。

〈社長室〉と金の文字の入ったドアを秘書がノックすると、

「どうぞ」

と、ルミの声がした。

「失礼します」

と、深々と頭を下げた亜矢子は、社長室に入ってびっくりした。

「やあ、待ったか」

ソファに、ルミと向い合って、正木が座っていたのだ！

「監督……。どうして先に……」

「いいから座れ」

言われるままに、正木の隣に腰をおろした。

「話は聞いたわ、正木君から」

と、ルミが言った。「私も早とちりだったわね。はっきりしたことを聞かないで、勝手に思い込んでいて」

「それは私の責任です」

と、亜矢子が言うと、正木が、

「いや、責任は俺にある」

と言った。「本間君に甘えてしまっていた。反省してるよ」

「でもね、考えてみると、私が主役を演るなんて、とても無理ね」

と、ルミは言った。「演技ができないんじゃないのよ。経営者として、ひと月も休んでいられない」

そう言って、ルミはちょっと笑うと、

「実は映画に出るの、って、うちの重役たちに話したのね。そしたらみんな微妙な顔して、『それはすばらしいですね』って、ちっともすばらしくなさそうな顔で言うのよ。今思うと、『経営の方は大丈夫なのか』って、みんな考えてたのね」

「はあ……」

「でも、この一件で、うちの経営は私がいないとやっていけないってことが分った。これから、私がもし病気でもしたときでも、ちゃんとやっていけるように、教育しなきゃいけないって思ったの。良かったわ、気が付いて」

「本間さんにも、必ずいい役を考えますから」

と、亜矢子は言った。

「それはどうでもいいの。〈通行人その1〉でも構わない。ただ、主役をやる女優さん、正木君もあなたも惚れ込んでるようだけど、私も一度その人のお芝居を見たいわ」

「分りました。ただ――舞台はもうないと思いますが……」

亜矢子はそう言いかけて、「そういえば、ほとんどボランティアで、朗読の仕事があると言ってたような。それでもよろしいですか？」

「もちろんよ。朗読はごまかしがきかないから、ぜひ聞いてみたいわ」

「早速スケジュールを訊いて、ご連絡します」

亜矢子はともかく安堵した。

シナリオの戸畑弥生と娘の佳世子をルミに紹介するのは別の日になったので、ともかくその後十分ほど相談して、正木と亜矢子は社長室を出た。

エレベーターで、一階へ下りながら、

「監督、どうして気が変ったんですか？」

と、亜矢子が訊くと、

「今朝、ケータイに電話があってな」

「電話？　誰からですか？」

「今日子といったか。お前の所にいる女の子だ」

亜矢子はびっくりして、

「今日子ちゃんが？」

「お前が寝てる間に、お前のケータイを見て、俺の番号を知ったんだろう。『亜矢子さんに土下座させるようなことはしないで下さい』って言った。『あんなにいい人なのに、ちっとも偉そうにしてない。監督さんは偉い人なんでしょ？　間違ったとき素直に謝れるのが偉い人だと思います』——そう言われた。やられた、と思った」

「今日子ちゃんが……。そうですか」

「考えてみれば、俺が詫びに行かなかったら、ルミは怒ったかもしれないな。いい忠告だった」

「監督、ゆうべ今日子ちゃんにおっぱい触らせたんです」

「お前が？　俺も触ったことがないぞ」

「当り前でしょ！」

と、正木をにらんで、「昼ご飯、おごって下さい！」

「どうしてそういうことになるんだ？」

――ともかく、近くの中華料理の店でランチを食べることになった。

亜矢子がゆうべのことを話すと、正木は肯いて、

「お前も子供が欲しくなったのか」

と言った。

「今日子ちゃんみたいな子なら。――でも、そううまくは行きませんよね」

「その心配の前に、男を見付けろ」

「それが、もっと問題ですね」

「俺もその子に会ってみたい」

と、正木が言った。

「ええ、ぜひ。今日子ちゃんのお母さんが殺された事件を、もう一度調べ直さないといけないですし」

シナリオに、今刑務所にいる三崎治のことを入れようと思えば、時間がない。

そうだ。まず五十嵐真愛に会って、朗読のスケジュールを訊き、三崎とのいきさつも確かめなくては。

三崎の裁判で弁護を担当した弁護士にも話を聞きたい。三崎と面会できればいいが、それはかなり難しいはずだ……。

何から先にやったらいいか、あれこれ考えていた亜矢子は、食べ終って、店の人に、

「じゃ、これで」

と、つい自分のカードを渡してしまった。

「おい、俺がおごるんじゃなかったのか?」

「あ、いけない! ――じゃ、この次に」

スクリプターが、身にしみついてしまっている亜矢子だった……。


このままでいいのか……。

悩んだところで、仕方ない。――答えは分っているのだから。

このままでいいわけがない。

だからといって、今の自分に何ができるのか……。

戸畑進也は、大山啓子のアパートで、昼近くになってやっと起き出していた。

啓子はもちろん出勤している。――アパートの他の住人には、

「田舎から伯父《おじ》が出て来て」

と話していた。

しかし、伯父と、そうでない「男」との違いなど、いずれ分るものだ。

実際、たまたま近くへ出かけて、このアパートの奥さんと会うと、明らかにそういう目で戸畑を見ている。

戸畑も、仕事を捜してはいたのだが、この不況の中で、五十五歳の男に仕事はほとんどない。

啓子が、「何もしないでいいですから」と言ってくれるのを、真に受けて……。いや、啓子はそう思ってくれていよう。しかし、いつまでも、というわけにはいかない。

戸畑は、やっと起きて顔を洗うと、アパートを出て、すぐ近くの喫茶店に入った。持っているのは財布とケータイだけだ。

「トーストとコーヒー」

一番安上りなものを注文する。啓子に少しでも負担をかけたくない。

たいていこの店で、午後の一、二時間を過していた。どんなことも毎日の習慣になれば、それなりに居心地が良くなるものだ。

コーヒーが来て、一口二口飲んだところで、メールの着信があった。戸畑は一瞬、胸を突かれた。――佳世子からだったのだ。


〈お父さん。元気にしてる？

たまにはお母さんに連絡しなよ。何も言わないけど、一応心配してるよ。私もね。

お母さんは今、映画のシナリオに取り組んでる。正木悠介監督で、もう準備に入ってるんだよ。

実は、私もその映画で、新人デビューすることになったの！　スクリーンテストってやつを受けたら、これが結構いけるんだよね！

映画公開を楽しみにしててね。

でも、ともかく、生きてるってことだけでも、連絡して。お願いね。

佳世子〉

「佳世子……」

恨んで、怒っていても当り前なのに、少しもそんなことを言って来ない。戸畑はそのメールをくり返し読んだ。

メールの一つぐらい、送らなければ、と思ってはいる。しかし、今の状態をどう説明したらいいのか。

今さら言いわけしても仕方ないということは分っているが、娘のように若い女の子の世話になっているとは言えなかった。

「——そうだ」

トーストを食べながら、思った。「一度帰ろう……。啓子に話をして……」

そのとき、目の前の席に誰かが座った。

顔を上げて、びっくりした。

「あかり……」

黒田あかりが座っていたのだ。

「楽してるの？　呑気そうじゃない」

と、あかりは言った。

「お前……よくここが……」

「彼女と一緒のとこ、見かけたのよ、会社の近くで。色々訊いてみて分ったわ。大山啓子っていうんですってね。あなたもついにヒモになったってわけ？」

あかりはコーヒーを頼むと、「いいわね、あなたを養ってくれるなんて。私ならごめんだわ」

「いやみを言いに来たのか？」

と、戸畑は苦笑した。「まあ、どう言われても仕方ないがな」

「いつまでもこうしてるつもり？」

「いや……。何とかしなきゃ、とは思ってる。——それより、どうして俺に会いに来たんだ？　結婚するんだろ？」

「ええ、着々と話は進んでる」

「それなら結構じゃないか」

「そうね。でも……」

と、あかりは少しためらって、「先方のね、母親が私のこと、嫌ってるの」

「ふーん。まあ、息子の相手のことを面白く思わない母親は珍しくないだろ？」

「まあね。——ただ、それを『気にするなよ』としか言わない彼にも、ちょっと腹が立ってるんだけど」

「なるほど」

他人のことをとやかく言える立場ではないのは承知だが、年上の人間として、「結婚してから大丈夫か？　よく確かめた方がいいぞ」

あかりが何か言い返して来るかと思っていると、そんな風でもなく、

「そうね」

と、素直に肯いたので、戸畑はちょっと面食らった。

「その母親が、何か調べてるのか？　万一、俺に何か訊きに来る奴がいても、絶対にしゃべらない。心配するな」

「そうね。あなたはそういう人だわ」

と、あかりは言った。

それきり、結婚の話は出なかった。

あかりがどうしてわざわざこんな所にやって来たのか、戸畑はふしぎだった。

「――ここは払うよ」

コーヒー一杯だ。戸畑はレジで支払いをすませて、表に出た。

「一度家に帰ろうと思ってる」

と、戸畑は言った。「啓子に申し訳ないしな」

「それがいいわね。――アパート、それでしょ？」

「ああ、そうだよ」

「ね、部屋を見せて」

「どうしてだ？　普通のアパートだよ」

「でも、ちょっと見てみたいの」

と、あかりは言い張った。

啓子は夜まで帰って来ない。戸畑は肩をすくめて、

「いいよ。じゃ、ちょっと見るだけだぞ」

「ええ、もちろんよ」

戸畑は、部屋のドアを開けて、あかりを中へ入れた。

あかりはゆっくり中を歩き回った。といっても、狭い部屋だ。

「——台所、きれいにしてるわね」

と、あかりは言った。「きれい好きな子なのね」

「そうだな。一人住いに慣れてるから、何でもこまめにやるよ」

「私、そういうの、だめなの。分ってるでしょうけど」

「そんな細かいことまで知らないよ」

と、戸畑は言った。

あかりは台所の流しの前に立つと、じっとして、しばらく動かなかった。

戸畑が当惑していると、あかりがパッと振り向いて、

「それじゃ！　元気でね」

と言うと、アッという間に部屋から出て行ってしまった。

戸畑は面食らって、

「どうなってるんだ？」

と呟いた。

すると——またドアが開いて、あかりが入って来た。

「トイレ、貸して」

「ああ……。いいよ」

あかりは、またすぐに用を足して、出て行った。

戸畑はただ呆気に取られているばかりだった……。


「まあ、私の朗読を？」

と、五十嵐真愛は、亜矢子の話を聞いて、「もちろん、そんなことなら、喜んで」

と言った。

「お願いします」

と、亜矢子は言った。「今度の映画に出資して下さる本間ルミさんが、ぜひ聞いてみたいと」

真愛のアパートを訪ねて、まず朗読の件を頼んだ。

もちろん、本題はシナリオの内容である。服役している三崎治のことを、シナリオに思い切って取り入れるかどうか。

それは、真愛と三崎との係りの初めから聞かなければ分らない。いや、たとえ、亜矢子が、

「それなら大丈夫」

と思っても、真愛は娘の礼子に、三崎のことを知られたくないのだ。

その真愛の気持を変えるのは容易ではあるまい……。

「でも、朗読の会はボランティアで、こちらから施設に出向いて行うんです」

と、真愛は言った。「本間さんはお忙しいのでしょう？　そこへ来ていただくわけには……。もし、よろしければ、私がどこかへ出向いて、聞いていただいてもいいですが」

「そうしていただけたら……。ぜひ、お願いします。早速今日中に本間さんのご都合を伺ってみます」

「お願いします。喜んで下さるといいのですけど」

少し間があった。──亜矢子は、ちょっと咳払いして、

「あの……今度朗読されるのは、どういうものなんですか？」

シナリオのことを話すつもりだったのだが、つい先へ延ばしてしまった。

「童話のようなものです。でも、中身はちょっと悲しいお話で……。雪深い谷に住む一人の若い娘が赤ん坊を産みます。――その夜は月が冷たく光って、刃物のように青白い光が農家の窓から中へ差し込んでいました。お産は辛く、長くかかりました。娘は、たった一人で、赤ん坊を産まなければならなかったんです……」

お話の筋を訊いた亜矢子だったが、真愛の言葉はやがて「語り」となって、読む本も手元にないのに、語り進められて行った。

亜矢子はいつしかその物語の中に引き込まれ、ほとんど息づかいさえ抑えながら、聞き入った……。

小さなアパートの部屋は消え、雪深い夜の冷え冷えとした空気が、亜矢子を包んだ。

そして――それは何分続いただろうか。

真愛が、静かに頭を下げて、

「失礼しました」

と言った。

ホッと息をついて、

「――すばらしかった。ありがとうございました」

と、亜矢子は言った。

「いいえ、これはお詫びです」

「お詫び？」

「シナリオのことでいらしたのでしょう。私が主演することが、とても大切だということはよく分ります。シナリオを読んで、ああ、こんな役ができたら、どんなにいいだろうと心から思いました。でも――」

「真愛さん……」

「分って下さい。私にとって、礼子は生きがいです。あの子を守ってやらなくてはならないのです」

「それは……」

「悩みました。ハムレット並みに。『生きるべきか死ぬべきか』っていうくらいに。でも、私も礼子も、生きて行かなくてはなりません。あの子に辛い思いをさせることは――」

突然、真愛の言葉が途切れた。

いつの間にか、礼子がランドセルを背負ったまま、立っていたのだ。

「――礼子。いつ帰ったの？」

「さっき」

と、礼子は言った。「お母さんがお話ししてたから、そっと入って、聞いてた」

「そうだったの。お母さん、気が付かなかったわ」

と、真愛は笑顔になって言った。

「こんにちは」

と、亜矢子が言うと、

「こんにちは」

と、礼子はランドセルを下ろして、「お母さん、映画に出るんだよね」

「え……」

「でもね、礼子――」

「お母さん、私、大丈夫。知ってるもの」

「知ってる、って？」

「お父さんが仕事で遠くに行ったりしてないってこと。刑務所にいるんだよね」

「どうしてそれを……」

「お父さんからの手紙、見付けたことあるの。引出しの奥に入ってた。手紙に、〈検閲済〉ってハンコが押してあった」

「礼子……」

「どういう意味なのか、先生に訊いた。だから、隠さないでいいよ。お父さんがちゃんと生きてるっていうだけで。私、本当は死んでるんじゃないかって、ずっと思ってた」

「ごめんね……。いつか話そうと……」

「ちゃんと話して。私、もう分るから。お母さんの話してくれることなら」

真愛が、礼子へと駆け寄って、しっかりと抱きしめた。

亜矢子は、真愛の話してくれた物語で、すでに涙目になっていたのに、もうとても我慢できずに大粒の涙をポロポロとこぼした。

「お母さん」

と、礼子が言った。「あの人、どうして泣いてるの?」

16　一歩踏み出す

明るい日射しの入る会議室は、今冷たい雪の林となっていた。

会議室には、本間ルミの他にも、何人かのルミの部下たちが集まっていた。

そして――会議室の中、一人で立って朗読を続けている五十嵐真愛。

亜矢子は、会議室の隅に立って、真愛の語りに、「命令で仕方なく」聞き始めていた他の社員たちが、今や身をのり出さんばかりに引き込まれる姿を見守っていた。

ルミも、身じろぎもせずに聞き入っていた。

「――雪は今日も山間《やまあい》の里を、静かに埋めて行きました」

真愛は口を閉ざし、深々と一礼した。

少し間があった。――それは戸惑いや退屈さのせいの間ではなかった。

「すばらしい！」

「ブラボー」

一斉に拍手が起る。

「ありがとうございました」

と、真愛もホッとしたように、自分に戻って微笑んだ。

ルミは、と見ると――。

しばらく拍手だけしていたルミだったが、立ち上ると、

「こんなにすばらしい女優さんがいたなんて」

と言って、真愛の手を取った。

「恐れ入ります」

「あなたが、今度の映画のヒロインなのね！」

と、ルミは力強く言った。「映画の成功は間違いないわ」

本間ルミの斜め後ろに座っていた正木が、

「そう言ってくれると嬉しいよ」

と言った。

亜矢子は、もちろん胸をなで下ろしていた。むろん、大丈夫だろうと思ってはいたが、それでも不安は残っていた。

しかし、これで心配はなくなったのだ。

そして、亜矢子は、この場に呼ばれていた男女の社員たちが本当に感激したらしく、

「すばらしい経験でした」

「一生忘れられません」

と、口々に言って、真愛と握手して出て行くのを見て、嬉しかった。

普段、仕事に追われている中で、こんな時間を過すことはないのだろう。中には涙ぐんでいる社員もいた。

「仕事だけできればいいってわけじゃないのよね」

と、ルミは言った。「こういう充実した時間を体験することも大切。ね、正木さん」

「同感だね」

「このすてきな女優さんを、しっかり活かして使わなかったら、あなたを恨むわよ」

と、ルミは言って笑うと、「人は多少プレッシャーのある方が、いい仕事をするのよ」

と付け加えた。

そしてこの場に——といっても隅の方だったが。——もう一人、参加していたのは、シナリオの戸畑弥生だった。

「どうだった？」

と、正木に訊かれ、弥生は、

「胸が一杯です」

と答えた。

「そうか。こういう経験が、シナリオを豊かにするんだ」

「はい」

「これから打合せだ。何か意見があれば、何でも言っていいぞ」

「分りました」

と、弥生はしっかり肯いた。


「大したもんだな」

と、正木はビルの最上階からの眺めに感心した様子で、「一流企業というのは、こういうものを言うんだろう」

――本間ルミから、

「自由に使って」

と言われて、シナリオについての打合せを、ビルの最上階のサロンで行うことにしたのである。

広々としたフロアで、丸テーブルを囲んだ亜矢子たちは、自由に飲物を注文していた。すべてタダ、なのである。

「我々のアイデアをどう思う?」

と、正木が五十嵐真愛に訊いた。

「三崎のことをシナリオに取り入れることですね」

「もちろん、現実の三崎さんのことではありません。映画の中の設定として、です」

と、亜矢子は言った。「真愛さんが主役と発表されれば、すぐに三崎さんのことも分ります。それをこちらから公表してしまうんです」

「礼子も、『それって面白い』と言っていました」

と、真愛は微笑んだ。「子供は、親が思っているより、ずっと逞《たくま》しいですね」

「三崎さんのことについては、ご本人が無実を主張されているんですよね」

と、弥生が言った。「このことで話題になったら、何か新しい展開があるかもしれませんし」

「三崎が聞いたら喜ぶでしょう」

と、真愛は肯いて、「一度、面会して話そうと思っています」

「そう伺って安心しました」

と、亜矢子は言った。

「ただ――殺された相沢邦子さんの娘さんがいらっしゃるんですよね？　このことをどう思われるでしょう？」

と、真愛が言った。

「その点はご心配いりません」

と、亜矢子は言った。「今、私の所にいるんですけど、このことも話してあります」

「まあ」

「むしろ、今回のことで、本当の犯人が分ったらいい、と言っていました」

「そんなことを……。三崎に伝えますわ」

真愛は涙ぐんでいた。

「三崎さんとはどういうお知り合いだったんですか？」

「私どもの劇団のお芝居を見に来てくれていたんです。同じ公演を何度も見てくれて、千秋楽《せんしゅうらく》の日には、表で待っていてくれました」

「それって、いつごろのことですか？」

「もう……九年たつでしょうか。三崎も独り暮しで、すぐに一緒に生活することになりました。一年余りして身ごもったんです」

「事件のことについて、何かご存知ですか？」

「いいえ」

と、真愛は首を振って、「寝耳に水でした。殺された相沢邦子さんのことも全く……。仕事のことはほとんど話さない人でした」

「じゃ、相沢邦子さんの名前も――」

「聞いた覚えがありません。ともかく、あの人が殺したなんて、そんなことあるはずが……」

　正木がちょっと咳払いして、

「――分っておいてほしいのだが、これはミステリー映画ではない。あくまで中年男女の恋の物語だ。だから映画では、ヒロインの夫はほとんど登場しない」

「はい、承知しています」

「いいね」

　と、正木は弥生の方へ、「ヒロインの夫が刑務所にいることは、ドラマの背景だ。そのつもりで」

「分りました」

　と、弥生はメモを取った。

「その辺を加えて、四、五日で直せるかな?」

「大丈夫です」

　と、弥生は力強く言った。

「よし。真愛君、シナリオで気になるところはないかな?」

「細かいところで二、三……」

　真愛は、すでにシナリオを声に出して読んでいたので、「言いにくい」所を何ヵ所

か挙げた。そして、

「でも、とてもいいシナリオだと思います。ヒロインが、生活している女になっていますね」

「――どうかな」

と、正木は言った。「これから、ヒロインの自宅としてロケに使う家を見に行くか？　イメージがつかめるだろう」

「ぜひ！」

と、真愛と弥生が同時に言って、二人で笑った。

「車を手配します」

と、亜矢子はケータイを取り出した。

「――十分で来ます」

「では、ここを出よう。ルミに声をかけて行く」

「ただ、ひと言」

と、亜矢子が言った。

「何だ？」

「三崎さんが犯人でないなら、他の誰かが相沢邦子さんを殺したことになります。その本当の犯人にとって、五年前の犯行が話題になるのは迷惑でしょう。——万一ということがあります。三崎さんのことが公《おおやけ》になったら、皆さん、用心して下さい。犯人が、何か行動に出ることも考えられます」

「そうか。亜矢子、お前、得意じゃないか、自分で犯人を見付けろ」

「気軽に言わないで下さい」

と、亜矢子は苦笑して、「前には、そのおかげで、殺されそうになったんですから」

真愛が目を見開いて、

「スクリプターって、そんなに危いお仕事なんですか?」

「いえ、普通はそんなこと、ありません」

と、すぐに打ち消して、「これには正木組だけの事情があるんです」

「じゃ、今度聞かせて下さい」

と、真愛は言った。

「こいつは不死身《ふじみ》だからな」

と、正木が立ち上って、「真愛君、あんたはそのシナリオのことだけ考えろ。もし、何かあっても、我らの味方、亜矢子仮面が助けてくれる」

亜矢子は聞こえなかったふりをして、エレベーターの方へと歩き出した。

「――おい、亜矢子」

「何ですか？」

エレベーターの中で、正木が言った。

「主演の女優、男優が決った。製作発表をセットしてくれ」

「分りました。一週間後ぐらいで？」

「うん、いいだろう」

「そんなに早く？」

と、真愛がびっくりして、「何を着ればいいんでしょう？」

「衣裳は用意する。心配するな」

と、正木が言った。

「あ……」

と、亜矢子が思い付いて、「――監督」

「何だ？」

「本タイトル、決めて下さい」

「そうか！　忘れてた」

今のシナリオには、仮のタイトルがついている。

「製作発表するのに仮タイトルじゃ――」

「分ってる！　今夜考える」

正木の頭の中では、もう映画が始まっているようだった。タイトルを飛ばして。

打合せの日に――というより、打合せが終ってエレベーターが一階に着くと、すぐに亜矢子は製作発表の会場を押えた。

そして、それからの一週間は、いつもの倍のスピードで働いたと言ってもいいだろう。

チーフ助監督の葛西も、もちろん手伝ったが、亜矢子について行くのは大変で、結局ほとんどの仕事は亜矢子がこなした。

そして、一週間後……。

「大変お待たせいたしました」

紺のスーツ姿で、マイクを握っていたのは、亜矢子自身だった！

何といっても、メジャーな大作ではない。少しでもむだなお金は使わない、という亜矢子の方針だった。

「ただいまから、正木悠介監督の最新作、〈坂道の女〉製作発表記者会見を始めさせていただきます」

こういうとき、亜矢子の普段の人付合いがものを言う。

会場は、ほとんどの主なメディアが取材に集まっていた。

「では、監督、並びに主な出演者にご登場いただきます。拍手でお迎え下さい！」

正木を先頭に、五十嵐真愛、橋田浩吉、そして水原アリサも駆けつけてくれていた。

「――では、正木監督よりご挨拶をお願いいたします」

集まった人々が、みんな手もとに配られた資料をめくっている。これも亜矢子の作ったものだ。

特にヒロイン役の五十嵐真愛のことは、ほとんど知られていないので、みんな興味深げに眺めていた。

正木がマイクを手に取った。

さあ、ここからは、ひたすら映画の完成に向って進むだけだ！

亜矢子は、会場の隅に立っている今日子を見付けて、小さく手を振った。ずっと亜矢子のマンションに居ついてしまっているのだ。よほど居心地がいいらしい……。

ひと通りコメントが終った後、再び正木がマイクを持った。

「今回、ヒロインを演じてもらう五十嵐真愛君について、付け加えておくことがある。映画の中で、主人公の夫は刑務所に入っているという設定だ。実は、五十嵐君の夫に当る男性も、今刑務所に服役中なのだ」

会見場がざわついた。正木は続けて、

「その辺の事情については、ここで話すと長くなる。――亜矢子」

亜矢子はマイクを手にして、

「出口の所に、五十嵐さんの配偶者である三崎治さんについてまとめたプリントが置かれていますので、お帰りの際にお取り下さい。現在分っていることはすべて書かれています」

この場で質問に答えていたら、映画の製作発表でなくなってしまう。それを避けるための方法だった。

「では、この後、写真撮影に移らせていただきます」

うまく行った！　亜矢子は胸をなで下ろしながら、写真撮影のセッティングを始めた。

17　クランク・イン

「じゃ、始めよう」

正木のその言葉で、スタッフが一斉に緊張する。

正木がカメラマンの市原へ目をやる。市原が肯く。

「よし。――用意。スタート!」

カチンコが鳴って、カメラが回る。

亜矢子が何度も上り下りして汗をかいた坂道。――新作〈坂道の女〉のファーストカットにふさわしく、ヒロインが買物の袋をさげて坂道を上って行くカットである。

いかにも重そうに、袋を途中で右手から左手に持ち換えたりして、五十嵐真愛は坂道を上って行く。

秒数を測りながら、亜矢子は真愛の後ろ姿ににじむ生活の疲れを感じて、舌を巻いた。

ほとんど坂道を上り切るまでの長いカットだった。使うのは半分にもならないだろうが――。

「カット！」

正木の声が坂道に響いた。「ＯＫ！」

幸先がいい、と亜矢子は思った。この調子で……。

すると、夕方になって、夕陽が坂道をオレンジ色に照らし始めた。

「おい、待て！」

と、正木が怒鳴った。「この色がいい！　もう一度だ！　真愛！　坂の下へ戻れ！」

ああ……。やっぱり、正木はいつもの正木だった。

亜矢子は、ちょっとため息をついて、

「テイク２」

と呟きながら記入した。


列車から降りて来て、左右を見回しているのを見て、叶はすぐに分った。

「落合さん！」

と、声をかけながら、足早に、「どうもあのときは……」

「あんたか」

と、落合喜作は言った。「わざわざすまんね、迎えに来てもらって」

「いえ、いいんです。あ、持ちますよ」

落合喜作は、古ぼけた旅行鞄一つだった。

「車で来てますから。駐車場まで、ちょっと歩いてもらえますか？」

「もちろんだとも。あんな田舎じゃ、ちょっと用を済ますにも一時間も歩く」

と、しっかりした足取りで、ホームから階段を下りて行く。「今日子は元気にしてるかね？」

「ええ。映画のスタッフの女性の所に泊っています。とても仲良くしていますよ」

「それならいいが。迷惑をかけとらんかね」

「とんでもない！　とてもしっかりした、いい子ですね」

「しっかりし過ぎとるところはあるがね」

と、喜作は苦笑した。「学校も休んじまって、どうするんだ、と電話して言ってやったが、『今、手が離せないの』と言って切ってしまった」

「大人ですよね。とても十六とは思えないです」

「まあ、ともかく頑固で、言い出したら聞かん奴だからな。――時に、今はどこに行くんだね？」

「撮影所に。今日子ちゃんもいますから」

「そうか」

「一応、ビジネスホテルを取ってありますが、旅館の方がいいですか？」

叶は、乗って来た自分の小型車に喜作を乗せて、撮影所へ向った。

「わしはどこでも寝られりゃ構わんよ」

と、喜作は言った。

「今日子ちゃんは、亜矢子さんってスタッフの所にいたいと言ってます。楽しいようですね」

「そうかもしれんな。母親が死んでから、ずっとわしと二人だ。好きなようにさせとくさ」

道が少し混んでいたが、

「ここを抜けると、もう十五分くらいですから」

と言って、チラッと後ろを見ると、落合喜作はぐっすり眠り込んでいた。

「そこは自然に動いてくれ」

と、正木が言った。「橋田君、真愛に合わせてやってくれ」

「分りました」

と、橋田が肯く。

「すみません。慣れていないもので」

と、真愛が恐縮している。

「構やしませんよ。好きなように」

と、橋田は首を振って、「主役はあなただ。もっと図々しくなっていいんですよ」

「そんなこと……」

「いや、さすがに舞台の人ですね。セリフがはっきり聞こえる」

その橋田の言葉を聞いて、録音のベテラン〈ケンさん〉こと大村健一が、

「その通り！　ちょっと呟いてもはっきり聞き取れるよ」

と言った。「若い役者は見習うべきだな」

「あんまり持ち上げないで下さい」

と、真愛は困ったように笑った。

「それと……監督」

と、亜矢子が言った。

「何だ？　文句でもあるか」

こういう軽口を叩くときは上機嫌である。

「この後、戸畑佳世子さんの初カットですよ。みんなに紹介してあげて下さい」

「ああ、そうだったか」

正木は細かいことまで憶えていられない。そういう気配りは亜矢子の役目で、正木も信じて頼り切っているのだ。

「監督、おはようございます」

シナリオの戸畑弥生が正木の方へやって来た。「娘をよろしく」

「今、話してたところだ」

佳世子が、映画の衣裳とメイクでやって来た。

若々しいブラウスとスカートに、エプロンをして、真愛と橋田が会っているカフェのウェイトレスの役だ。

「今回のシナリオの戸畑弥生君の娘、佳世子君だ」

と、正木が大きな声で言うと、スタジオの中で拍手が起る。

「よろしくお願いします」

と、佳世子は深々と頭を下げた。

「皆さんのお邪魔にならないでね」

と、弥生が言うと、

「分ってるよ。お母さん、見てないでよ」

「どうして？　見たいわよ」

「気になっちゃうよ、その辺に立っていられたら」

「はいはい。見えないところに引込んでるわよ」

「佳世子」

と、正木が言った。「君のやるウェイトレスは、真愛のことを、よく店に来るので知っている。橋田と会っているのを、ちょっと好奇心を持って見てるんだ。いいね」

「はあ……」

「このシーンだけじゃないぞ。この後、恋に落ちる二人を遠くから見守っている役だ」

それを聞いて、弥生がびっくりした。

「監督、佳世子にはこのシーンしか書いてませんが」

「分ってる。今そう思ったんだ。書き足してくれ」

こういうことを平気で言うのが監督なのである。

「じゃ、ともかくこのカットを。――佳世子、カウンターからコーヒーカップののった盆を持って行く。『お待たせしました』だな、ここはひと言だけ」

「分りました」

慣れていなくても、覚悟の決め方がはっきりしている。もともと独立心の強い子だとは聞いていた。

あんなに言っていながら、いざテストとなると、母親のことなど目に入らない様子だった。

「おい、いくぞ」

正木がカメラの方をチラッと見る。

やる気だな、と亜矢子には分った。

「用意！　スタート！」

佳世子が盆を持って行くのをカメラがパンして追う。

「お待たせしました」

ちゃんとコーヒーの入ったカップをテーブルに置く。テストなら、まだコーヒーは入っていない。

真愛が、コーヒーを静かにかきまぜて、

「あの後はどうなさったの？」

と、橋田に訊く。

「歩きました、一人で。雨に降られて濡《ぬ》れましたがね」

「風邪ひきませんでしたか？」

「考えることが多くて、風邪をひいてる暇がありませんでしたよ」

と、橋田がカップを取り上げる。

「――カット！　ＯＫだ」

佳世子がびっくりして、

「本番これからですよね？」

「いや、今のを撮った。力まないで、自然で良かった。――おい、亜矢子、次のカットだ」

「葛西さん、お願い」

と、亜矢子が立ったのは、スタジオに叶が入って来たからだった。

後について、今日子の祖父らしい老人が入って来る。

「あ、おじいちゃん！」

今日子がいつの間にかスタジオの中にいた。

「今日子ちゃん！　いつ来たの？」

と、亜矢子も面食らっている。

「さっき。ずっとその隅で見てた」

と、今日子は言った。

「よく寝てるか」

落合喜作は亜矢子や正木に挨拶して、

「孫をよろしく」

「おじいちゃん。私、出演するわけじゃないよ」

その様子を見ていた正木が、

「よし、今夜は一緒に飯を食おう。亜矢子、どこか――」

「捜しときます。何人ですか？」

――あわただしい日々が始まっていた。


焼肉の店で、テーブルが二つに分かれた。

亜矢子は、長谷倉ひとみと叶連之介と三人で小さなテーブルを囲んだ。

「何か分ったこと、ある？」

と、亜矢子が訊いた。

食べる手はしっかり、止めなかった。

「三崎って人は、評判は良かったみたいですね」

と、叶が言った。「面倒見がいいと言われてたと聞きました」

叶もひとみも、せっせと食べている。亜矢子は、大きなテーブルで、にぎやかに食事している正木や落合喜作たちを見やって、

「あのおじいさん、八十？　見た目は確かに老けてるけど、あの食欲は立派ね」

「食欲だけじゃないですよ。足も速くて、ついて行くのが大変」

亜矢子は今日子がこっちを見て手を振るのを見て、思わず微笑むと、手を振り返した。

「――でも、事件からもう五年たってるので」

と、叶が言った。「三崎さんのような仕事だと、長く同じ所に勤めることが少ないんでもう三崎さんを知ってるという人が、ほとんどいなくなってます」

「分るわ」

と、亜矢子は肯いて、「謎なのは、三崎さんの言うのが本当だとすれば、だけど、相沢努さんの消息が分ったと邦子さんに連絡したのが誰なのか、ってことね。それを信じて邦子さんが上京し、殺されたんだから」

「亜矢子、それって、邦子さんを殺したのが計画的な犯行だった、ってこと？」

と、ひとみが言った。

「そう……。三崎さんの、成り行き的というか、突発的な犯行ってことになってるけど、それと邦子さんを東京へ来させたことと、何だか矛盾してるような気がする」

亜矢子が息をついて、「もうお腹一杯！　残りのお肉、食べてね」

「お任せを」

と、叶が張り切って身をのり出す。

「ちょっと！　少しは遠慮してよ」

と、ひとみが叶をつついた。

「だって、残しちゃ損だろ」

「そりゃそうだけど……」

と言いつつ、ひとみも食べ続けていた。

「損か得か……」

と呟いて、亜矢子は、「そうね。――そうだわ」

「何の話？」

「殺人の動機。もし計画的に邦子さんを殺した人間がいたとして、邦子さんを殺して何の得があったのか」

「そうね……。別に大金を持ってたわけじゃないし」

「もちろん、損得だけでは考えられないけど、人を殺すって、よほどのことよ」

――こういう話をするために、亜矢子はひとみと叶を、このテーブルへ連れて来たのだった。

本当なら、正木との会食に、ひとみも加わる立場ではない。しかし、叶が喜作の案内役ということもあって、一緒に来たのだ。

五十嵐真愛は、礼子のことがあるので、会食には加わらない。何といっても、子供のことが第一だ。

「――あの記者会見の反応は？」

と、ひとみが訊いた。

「うん。しっかりどこも記事にしてくれた。でも、真愛さんと三崎さんのことは、なかなかね。刑が確定して服役してる人のことを書くのは難しいんでしょう」

と、亜矢子は言った。「でも、三崎さん以外に犯人がいるとすれば、必ず記事を見ているはず。そして、たとえわずかでも、三崎さんがやってないかもしれないと考える人が出て来る可能性があれば、じっとしていられないと思うわ」

「そうね。――ね、連ちゃんに危いことやらせないでよ」

「僕は大丈夫だよ」

と、叶は言った。「最後の一枚、もらうよ！」


「お疲れさまでした」

タクシーがビジネスホテルの前に停る。

「じゃ、荷物を運びますよ」

と、叶はタクシーを降りた。

「じゃ、おじいちゃん、明日またね！」

と、今日子が喜作に手を振る。

喜作を部屋へ送って、叶は戻って来た。

「僕、ここで、ひとみと飲みに行くんで、待ち合せてるんです」

「あら、いいわね」

と、亜矢子はひやかして、「じゃ、今日子ちゃん、私たちも飲みに行く？」

「うん！　どこにでも行く！」

「ちょっと！　冗談よ」

叶を残して、タクシーは亜矢子のマンションへと向う。

「今日子ちゃん、いいの？　一晩くらいおじいちゃんと一緒にいなくて」

「いいの」

と、今日子は大して気にしていない様子で、「おじいちゃんとはずっと一緒なんだもの」

「だけど……。喜作さん、心配してたってよ。あなたの学校のこととか。ずっと東京にいるのは……」

「亜矢子さん、私がいると邪魔？」

「そんなこと言ってないわ！　私はいいのよ。ただ……」

「私、帰りたくない」

と、今日子が言った。

「――え？」

「ずっと東京にいたい」

「今日子ちゃん……」

「亜矢子さんに迷惑かけない。どこかで働いて暮す」

「でも――せめて高校出てからにしたら？」

「それじゃ遅いの」

今日子の言葉に、亜矢子は戸惑った。

「今日子ちゃん、それって――」

「遅いの」

と、今日子はくり返すと、タクシーの外の方へと目をやって、それ以上何も言わなかった。

18　消える

「カット!」

正木の声が辺りに響いて、「――OK! よし、昼飯にしよう」

撮影所なら、食堂へ行けばすむのだが、今日はロケ先。

住宅地の中で、あまり食事できる所がない。もちろん、ほとんどのスタッフはロケ用の弁当だ。

しかし、正木はそういうわけにいかない。ともかく寛《くつろ》いで、コーヒーでも飲める所でないと……。

亜矢子は、何とか見付けた喫茶店に正木を連れて行った。真愛と橋田も一緒だ。

「よろしくお願いします」

と、喫茶店の人に頼んで、「カレーならできるそうですので。撮影所のとは味が違いますから」

一応、前もって亜矢子が食べてみて、これなら正木も機嫌悪くならないだろう、と判断していた。

「亜矢子さん、食べないの？」

と、真愛が言った。

「スクリプターはお昼なんて食べてる暇はないの」

と、わざと大げさに嘆いて見せて、「じゃ、迎えに来ます」

急いで外へ出ると、まずケータイの電源を入れる。――撮影中は切ってあるので、何件もメールや着信がある。

「――あら」

叶から、何度もかかっていた。「何かしら？」

叶のケータイへかける。

「――もしもし？　どうしたの？」

と訊くと、

「亜矢子さん！　大変なんです！」

と、叶の上ずった声が飛び出して来た。

「何よ、びっくりするじゃない！」

「ホテルから――あの、落合さんの泊ってるビジネスホテルから連絡があって」

「え？　喜作さんがどうかしたの？」

「それどころじゃないんです！　こっちに来て下さい！」

いくら元気とはいえ、八十歳だ。具合が悪くなることもあるだろう。

叶はあわてふためいていた……。


「これって……」

亜矢子は愕然《がくぜん》とした。

喜作の泊っていた部屋の中は、服や靴、下着、手帳などが放り投げてあった。

誰かが、喜作の持物を荒らしたのだ。

「――で、喜作さんは？」

と、亜矢子は叶に訊いた。

「分りません」

と、叶は首を振った。

「あの……ホテルの方？」

と、亜矢子は、スーツ姿の男に言った。

「はあ……。シーツ交換に来た者が、ドアを開けると、こんな状態で」

「落合さんはいなかったんですね？」

「さようです」

「どこかに出かけたとか……」

「さあ……。フロントは無人ですので」

それはそうだ。——しかし、一体何があったのだろう？

バスルームを覗いたが、カミソリなどは置いたままだ。

「——どうします？」

と、叶が言った。

「どうするって……。私、ロケに戻らないと」

「警察に知らせますか？」

亜矢子は迷った。

もちろん、これはどう考えてもまともな状態とは言えない。しかし、何があったのか、手がかりらしいものが見当らない。

「あの――荷物をまとめてお出になっていただけると……」

ホテルとしては、面倒なことに巻き込まれたくないのだろう。

亜矢子は、仕方なく電話をかけた。

「――もしもし、倉田さん？　お願いがあるの。助けて！」

「おじいちゃんが？」

今日子は、亜矢子の話に目を丸くした。

「喜作さんから何も連絡なかった？」

と、亜矢子が訊くと、今日子はケータイを取り出して、

「――何も来てない。おじいちゃんもケータイ持つようにしたのよ。私が東京へ出て来てから」

「かけてみてくれる？」

しかし、今日子がかけても、つながらなかった。正木が、

「おい、亜矢子、始めるぞ！」

と呼んだ。

「はい！　今日子ちゃん――」

「何かあれば言うわ。でも、おじいちゃん、元気だから大丈夫だと思うけど」

「だといいけどね。――はい、今すぐ！」

亜矢子は、ロケに使っている古い大きな民家の廊下《ろうか》を駆けて行って、

「キャッ！」

ステン、と転んでしまった。

廊下がよく磨いてあって、滑るのである。

みんなが大笑いした。

「もう……。いたた……」

と、腰をさすりながら、亜矢子は自分の定位置についた。

家の中が広いので、そのまま撮影に使っている。これをロケセットと呼ぶ。

ここでは五十嵐真愛の出番はないが、ちゃんと撮影を見に来ている。

「――よし、OK！」

二つ三つ、カットを撮ってから、正木は、

「アリサ、来てるか？」

と振り向いた。

「はい、ここに」

水原アリサの出るシーンがあるのだ。

「夕方になるぞ、出番は」

「はい、分ってます。今日は他に仕事入れてませんから」

「よし、縁側に移動！」

と、正木は言って、みんなが一斉に動き出す。

亜矢子は、いつの間にか、真愛が水原アリサと親しげに話しているのに気付いた。

真愛の方が十歳くらい年上だが、そんな違いを感じさせずに、まるで学生時代からの友人同士のように、笑い合っていた。

「——羨しいわ、真愛さんが」

と、アリサが言った。

「どうして？」

「だって、こんなにいい役で……。私もあと十年したら、こういう役ができるかしら」

「あなたは人気スターじゃないの。仕事はいくらも……」

「でも、正木監督みたいに、私の中から自分でも知らなかったような部分を引出してくれる人は少ないわ」

「ああ、それは……。初めての映画での大きな役が、正木監督の作品でやれるって、幸せだわ。日々、そう思う」

「本当ね！　私もまた、正木作品でヒロインを演りたいわ」

二人の会話をそれとなく聞いている内、亜矢子は何だか胸が熱くなって来た。正木さんは幸せだ……。

「おい、亜矢子！」

正木の声が飛んで来て、

「はい！」

と、亜矢子はシナリオを抱えて駆けて行った……。


面会室へ入って来た三崎を見て、五十嵐真愛は一瞬ドキッとした。

前に見たときと比べて、ずいぶん老《ふ》けて見えたからだ。

しかし、そうは言えない。――アクリル板の仕切りの向うに三崎が座ると、真愛は無理をして微笑んで、

「元気そうね」

と言った。

「まあ、何とかね」

と、三崎は言った。

この前は、まだ半分くらいだった白髪《しらが》が、今はほとんどになっていた。

「礼子は元気よ。写真、見た？」

「うん。もう小学生なんだな。早いもんだ」

と言ってから、三崎は、「手紙を読んだけど……。よく分らなかった」

「あんまり長く書けないでしょ。こうしてじかに話した方が、と思って」

「礼子が僕のことを――」

「ええ、ちゃんと知ってたの。でも、あなたのことを信じてるわ。心配しないで」

「いや、心配なのは、学校でいじめられやしないかと思ってね」

「大丈夫。それに、書いた通り、私、今映画を撮ってるんだけど、あなたのことを、製作発表の記者会見で知らせたの」

「大丈夫なのか、そんなことして？」

三崎は不安げだった。

「ええ。映画の監督さんやスタッフの方たちが、みんな力になって下さってる。大丈夫よ」

「それならいいが……。僕のことなら、気にしないでくれ。もうここの生活も大分慣れたし」

そんなはずはない。やってもいないことで刑務所に入れられている。その辛さは、白くなった髪を見れば分る。

しかし、真愛としては、「無実を証明する」とは言えない。希望を持たせるのは却って残酷だ。

「しかし、映画の主役か、大したもんだな」

と、三崎が明るい口調で言った。

「ええ。自分でもびっくり。正木監督がとても気に入って下さってるわ」

「頑張れよ。映画館に見に行くわけにはいかないが、いつか見られるだろう。楽しみにしてる」

「ええ。期待に応えてみせるわ」

と、真愛は言った。

しかし――三崎の、目を伏せがちな、諦め切ったような表情を見ていると、不意に涙が溢れて、頬を落ちて行った。

撮影所へ入ってすぐ、亜矢子は何か起ったのだと気付いた。

駆けている男たち。

「おい！　救急車、呼んだか！」

「今、一一九番しました」

というやり取りを聞いて、

「まさか……」

と呟くと、亜矢子は他の人たちと同じ方へ走り出した。

駐車場？　スタジオの中ではないのだ。

人が集まっている。亜矢子は、カメラマンの市原の姿を見付けて、駆け寄った。

「市原さん！　どうしたんですか？」

「亜矢ちゃんか。車がぶつかったんだ」

「けが人は？」

「さあ……。よく見えなかったけどな」

「役者さんですか？」

「いや。——ほら、君もよく知ってる、安井《やすい》真衣《まい》ちゃんだよ」

「え?」

亜矢子は青ざめた。

安井真衣は、この前の正木の映画に絡んで殺されたスタントマンの妻だ。

まだ小さい子供を抱えて、亜矢子に学んでスクリプターとなるべく、張り切っている。

本来なら、今度の〈坂道の女〉にも、亜矢子の助手として付くはずだったが、他の組でスクリプターが病気で倒れてしまい、真衣は突然「一人立ち」することになった。

失敗しながらでも、現場を経験するのが何よりの勉強。そう思って、亜矢子は真衣をそこへ回したのだったが――。

「ちょっと! ごめんなさい!」

あわてて亜矢子は人をかき分けて行った。

車が目に入った。――大型のトラックへ横からぶつかった乗用車が、かなりひどい状態で潰れている。

「真衣ちゃん……」

愕然として呟くと――。

「あ、亜矢子さん」

という声。

「え？」

亜矢子は、目の前に当の安井真衣が立っているのを見て、「真衣ちゃん！　大丈夫だったの？」

と、彼女の肩をつかんだ。

「ラッキーだったんです」

と、真衣が言った。「急に車のブレーキが利かなくなって、トラックにぶつかる、と思ったんで、とっさにドアを開けて外へ転り出たんです」

「まあ、まるでスタントマンね」

と、亜矢子はつい言ってしまって、「ごめんなさい！」

「いえ、いいんです。あの人が一瞬、私に乗り移ったのかもしれません」

得意げに語る真衣を見ていて、亜矢子はホッとした。

「でも、ガソリンが洩《も》れてるかもしれない」

と、亜矢子は言った。「みんな、近寄らないで！　火気厳禁よ！」

と、ついその場を仕切ってしまう亜矢子だった。

「トラックのドライバーさんが、フロントガラスに額をぶつけて、ちょっと切ったみたいです」

と、真衣が言った。

「救急車は？」

「ええ、呼んでもらってます。車同士の事故なんで、消防車も来るって……」

話している内に、サイレンの音が近付いて来た。

「車の故障かしらね」

と、亜矢子は言ったが、「——この車、誰の？」

かなり潰れてしまっているが、どこかで見たことがある気がする。

「これ、借りたんです。私の組で、急いで買いに行かなきゃいけないものがあって」

と言ってから、真衣は、「あ！　どこかスーパーに行って来なきゃ！」

何があっても、現場は止められないのだ。

「その辺の自転車使うといいわよ。特別大きい物とか重い物を買うんでなきゃ」

「そうします！」

その辺に立てかけてあった自転車へと真衣は駆けて行った。すっかり忙しいスクリプターらしくなっている。

亜矢子は、

「ちゃんと領収証、もらって来るのよ！」

と、真衣に声をかけた。

「はい！」

自転車をこぎながら、真衣は振り向いて、

「その車、叶さんのです！」

と言った。

「え？　叶君の？」

どうりで見たことがあると思った。

消防車と救急車がやって来て、亜矢子は少し車から離れた。

「亜矢子さん……」

気が付くと、当の叶連之介が、そばにやって来ている。

「あなたの車だって？」

「そうなんです。真衣さんがちょっと貸してくれって言うんで、もちろん……」

「調子悪かったの、車？」

「いえ、今朝もここまでひとみを送って来たんです」

「ブレーキが利かなかったって、真衣さんが言ってたわ」

「おかしいですね。ついこの間、点検してもらったばかりだけど」

「そう。――調べた方がいいかもね」

と、亜矢子は言った。「倉田さんに連絡してみるわ」

「え？　つまり、これってわざと誰かがブレーキに細工したってことですか？」

「もしかしたら、よ」

そこへ、

「冗談じゃないわ！」

と、大声を出して割り込んで来たのは、長谷倉ひとみだった。

「ひとみ――」

「とんでもない！　連ちゃんに、もう危いことはやらせないで、って頼んだじゃない！　連ちゃん、もう何もしなくていいわ。私が養ってあげるから、アパートで寝てちょうだい」

亜矢子は、ひとみがこれほど極端に走る性格だとは知らなかった。

「落ちつけよ、大丈夫だから」

と、叶はひとみをなだめて、「僕だって何か力になりたいんだ。分るだろ？　危険なことが少しぐらいあっても、僕には亜矢子さんがついてる。大丈夫だよ」

そこまで頼りにされても、正直困ってしまう亜矢子だったが、

「心配ないわよ、ひとみ。それに、もしこの車のブレーキに細工してあったとしたら、それこそ三崎さんが犯人じゃないっていう証拠だわ。叶君、一人で行動しないようにして。あなたに何かあったら、私がひとみに呪い殺される」

と言って、叶の肩を叩いたのだった……。

19　誤算

「よし、佳世子、レジに行って、真愛と橋田の方をじっと見る。いいな」

「はい」

「じゃ、テスト行くぞ。いや、本番にしよう」

スタジオでの撮影。真愛と橋田が会うカフェのセットだ。

ここで、二人は何度か会う。そして、初めて、二度目、三度目と二人の仲は深まって行く。

正木は、主役二人の――というより、映画の世界では新人の五十嵐真愛のことを考

えて、同じセットでのシーンをまとめて撮る、ということをしていなかった。

だから、カフェのセットは、取り壊さずにずっとスタジオの一隅に置かれていて、必要に応じてスタジオの真中へ引張り出されてくるのだ。

その度に、「ワンシーンだけ」のはずだった戸畑弥生の娘、佳世子が画面に出るのである。

「よし、行くぞ！　用意！　スタート！」

カメラが佳世子へ寄って行く。

佳世子は、好奇心に目を輝かせながら、真愛と橋田の二人を眺めている。

しかし、もちろん佳世子の視線の先に、二人がいるわけではない。それを、あたかもいるかのように、見つめなくてはならない。

「——カット！　ＯＫ！」

と、正木は言った。「佳世子、今の目つきは良かったぞ」

「はい」

正木が佳世子のことを気に入っているのが、亜矢子にも分った。

もちろん、きたえられた演技力を必要とする真愛のような女優とは違うが、佳世子にはおそらく天性の「勘の良さ」があるのだ。

正木が何を求めているのか、すぐに察して表現してしまう。――この子、女優になるわ、きっと、と亜矢子は思った。

「おい、亜矢子、明日はロケだったか？」

と、正木が訊く。

「そうですよ。二人が動物園で会うシーンじゃないですか」

「ああ、そうか。天気はどうだ？」

「何とかもちそうです。予報だと夜は雨ですから、できれば夕方までに終らせたいですね」

「動物たちのカットは、葛西に任せるからな」

「分ってます。葛西さん、今日は動物を見に行ってますよ。もちろん手持ちのカメラを持って」

「動物園の方には話が通ってるんだろうな」

「はい。タイトルバックに、ちゃんと〈協力〉と入れますし、正門のカットも入りますから、先方もPRになるって喜んでくれてます」

――映画やTVドラマの世界では、恋人たちはたとえ不倫の仲でも洒落《しやれ》たバーなどで会ったりするが、この〈坂道の女〉では、リアルな生活感を出すのが狙いだ。

小学生の子供を放っておいてデートするわけにはいかないので、子供を連れて行く動物園で会うことになる。

しかし、思いがけず、相手の男性も、その日、子供をみなくてはならなくなり、結局動物園で、お互い子連れで会うはめになってしまう。

「――明日は休園日ですから」

と、亜矢子は正木に言った。「野次馬の整理はしなくてすみます」

「トラは何人呼んであるんだ？」

動物園の中を歩いている家族連れのエキストラのことである。

「二十人です。それ以上は経費が……」

「二十人か」

正木はちょっと渋い顔をしたが、「まあいいだろう。家族の取り合わせを変えたり、服装を変えたりすれば、もう少し多く見えるかな」

「工夫してみます」

「うん。それと、動物が映っていないと困るぞ。バックにライオンやキリンがいて、絵になるんだ」

「その辺もお願いしてありますが……。ただ動物園としては、動物を休ませることも大切だと……」

「でも、動物園のシーンを入れるって決めたのは監督ですよ」

「厄介だな」

「分ってるとも」

と、正木は肯いて、「ただな……。昔撮った作品で、やはり動物園のシーンがあった。ところがその日、小雨でえらく寒かったんで、動物たちがさっぱり出て来ないんだ。おかげで、主人公たちがどこにいるのか分らなくなっちまった」

「私だって、ライオンに出て来てもらうために、檻《おり》の中には入りませんよ」

亜矢子は結構真面目《まじめ》に言った。正木のことだ。何を言い出すか分らない。

「パンダはいるのか」

「あそこにはいません」

「そうか。——お前、パンダの着ぐるみ着て転ってたりする気ないか」

「監督——」

「冗談に決ってるだろ」

と、正木は笑ったが、亜矢子は笑えなかった……。

昼休み、亜矢子がいつもの撮影所の食堂に行くと、子供の笑い声が響いていた。

「真愛さん」

と、亜矢子が声をかけると、

「亜矢子さん、やかましくてごめんなさい」

と、真愛が言った。

「いいんですよ、別に」

真愛の娘、礼子が、母親について来ていた。そして、食堂で礼子と遊んでいるのが、落合今日子と、戸畑佳世子の二人だったのである。

「お姉ちゃん二人が相手してくれるので、礼子が喜んじゃって」

と、真愛は微笑んだ。

「いい光景ですね」

と、亜矢子は言って、カウンターにトレイを手に並んだ。

「あら」

気が付くと、戸畑弥生も並んでいる。

「シナリオの直しがあって」

と、弥生は言った。「早々に食べ終って手を入れます」

「監督、気分が乗ってるんですよ。アイデアがどんどん出て来るので、大変でしょうけど付合ってやって下さい」

「もちろんです！　私もやりがいがありますわ」

弥生の声は弾んでいた。

二人が並んで食べ始めると、

「お母さん、来てたの」

と、佳世子がやって来た。

「今来たんで、午前中の本番は見てなかったけど、大丈夫だった？」

「うん、一度でＯＫだった」

「何だか楽しそうね」

「うん、楽しいよ！　映画の世界にはまっちゃいそう」

と言ってから、佳世子は何気なく食堂の入口の方へ目をやって、「――お父さんだ」

「え？」

弥生がびっくりして振り向くと、「まあ……」

確かに、戸畑進也が、食堂の入口に、戸惑ったように立っていたのである。

「亭主の戸畑です」

「どうも、家内がお世話になって……」

と、戸畑進也が誰に言っているのかよく分らないような挨拶をした。

弥生は、迷惑がるより、こんな所に夫が来たことにびっくりして、

「こちら、監督……」

などと引き合わせている。

「奥さんは大変な才能ですよ」

と、正木は戸畑と握手をして、「今度の映画はきっと話題になります」

「恐れ入ります。――娘までお世話になっているようで……」

「佳世子ちゃんには光るものがあります。もちろん大学と両立させてあげるように気をつかっています」

聞いていて、亜矢子はホッとした。

正木が的外れなことを言い出さないかと心配していたのである。

作品の世界に入り込んでいると、現実生活がまるで見えなくなることも珍しくない。その辺に気を配るのは亜矢子の役目。

「良かったら、撮影を見て行って下さい」

と、正木がついサービス過剰になって、「おい、亜矢子――」

「いや、お気づかいなく」

と、戸畑が止めて、「すぐ失礼しますから。今、失業中でしてね。仕事を捜して歩いてるんです」

「そうですか、大変ですな。では、準備があるので、これで」

正木がさっさと食堂を出て行ったので、亜矢子はホッとした。

「あなた、どうしてここに？」

と、弥生が訊く。

「うん……。ちょっとな」

「じゃ、向うで」

弥生は夫を、食堂の一番奥のテーブルへ連れて行った。

「――何かあったの？」

弥生は、夫がいつになく沈み込んでいるのに気付いていた。

「いや……。お前に話してどうなるもんでもないんだ」

と、戸畑は言った。「ただ……どうしようかと迷ってる内に、ここへ……。というか、お前の元気な顔が見たかったんだ」

「何よ、それ」

と、弥生が苦笑する。

そこへ、亜矢子はトレイを運んで行き、戸畑の前に置いた。

「亜矢子さん……」

「当撮影所名物のカレーライスです！ 戸畑さん、お腹が空いていると、私は見ました。奥さんや佳世子ちゃんが毎日食べてるカレーの味を、一度味わってみて下さい。少しは元気が出ることは保証します」

と、亜矢子は得気げに言って、「これは私のおごりです」

「これはどうも……。いや、確かに腹はへってました」

「じゃ、ゆっくりどうぞ」

亜矢子はニッコリ笑って、足早に食堂を出て行った。

「――いい人なのよ」

と、弥生は言った。

「じゃ、ごちそうになろう」

食べ始めると、戸畑は一心不乱に食べて、アッという間に皿を空にしてしまった。

「呆れた」

と、弥生は頬杖《ほおづえ》をついて、「そんなに飢えてたの？」

「——弥生、すまん」

と、戸畑は頭を下げた。「ずっと、大山君という子の所で、面倒をみてもらってる」

「それで？」

「このままじゃいかんとは思ってた。そして……黒田あかりが……」

「それ、前の彼女でしょ？」

「うん。それが、どうもおかしいんだ」

「おかしい？」

「姿を消してしまったらしい」

と、戸畑は言った。「彼女の家族から、俺に訊いて来た。どこにいるか知らないか、といって」

「その人が行方をくらますような理由があるの？」

「婚約が破談になったらしい。まあ、いわゆる『玉の輿《こし》』ってやつだったが、それが……」

「あなたのせいで？」

「違う。俺は少なくとも何も言ってないし、調べにも来なかった。ただ、あかりがいきなりやって来たことがあって……」

「いきなり、って……。その……大山さん、だっけ？　その人の所に？」

「うん。そうなんだ。そのとき、彼女の様子が何だか変で……」

あかりが、大山啓子の部屋を見たがったと思うと、すぐ出て行って、また戻って来たりしたこと……。

「馬鹿げてると思うだろうが、いつもと、どこか違ってた。何かこう……心配になるような『違い』だったんだ」

少し間があった。

「コーヒーって、あるのか？」

「ええ。待ってて。私も飲むから、持って来る」

と、弥生は席を立って、カウンターに向った。

もう昼食のピークは過ぎたので、列もできていない。すぐにコーヒー二つ、トレイにのせて運んで行った。

「すまん、いくらだ？」

「いいわよ、これぐらい」

戸畑はコーヒーにミルクと砂糖をしっかり入れた。

「――あなたの言ってること、私にも分るわ」

と、弥生はコーヒーをかきまぜながら、「人間って、そうそういつもとまるで違うことはしないものよ」

「そう！　そうなんだ。俺もそれで心配になって」

「それで奥さんの所に来たわけ？」

戸畑が詰って、コーヒーをあわてて飲んだ。

弥生は少し考えていたが、ケータイを手に取ると、亜矢子へかけた。

「――あ、ごめんなさい。忙しいのに。もし……十分くらい時間取れないかしら」

亜矢子は、戸畑の話を聞くと、少し考え込んでから、

「弥生さん、私、まだ若くて人生経験も乏しいし……」

と言った。

「いいえ。亜矢子さんは直観的に人生を見抜く目を持ってるわ。私には分る」

「買いかぶらないで下さい」

と、亜矢子は苦笑した。

「ね、どう思う？」

「その……あかりさんでしたっけ？　確かに変でしたね。特に戻って来て、トイレを借りて行ったって」

「うん、何だか妙に唐突な感じでね」

「もしかしたら……二度めにそのアパートへ戻って来たとき、その人は戸畑さんを殺そうと思ってたんじゃないでしょうか」

亜矢子の言葉に、戸畑も弥生も、しばし絶句した。

「――とんでもないこと言ってすみません」

と、亜矢子が言った。「ただ、その人の気持になってみると、そんな風に思えたもんですから」

「いや、私もそう思ってたのかもしれません」

と、戸畑が言った。「そう言っていただいて、急にピントが合った気がします。きっとそうだ」

「あなた――」

「電話してみよう」

と、戸畑はケータイを取り出して、「ずっと電源を切ったままになってたんだ。しかし……」

かけてみて、戸畑は、

「――つながった！」

そしてしばらく待つと、「――あかりか。俺だ。どこにいる？　迎えに行くよ。そう遠くじゃないんだろ？」

弥生と亜矢子は顔を見合せた。

「――ああ、分ってるよ。――うん、この間お前は俺を殺しに来た。そうだろ？――何となく分ったんだ。――なあ、もうすんだことだ。そう泣くな。お宅で心配してるぞ」

電話の向うからは、とぎれとぎれの泣き声が洩れ聞こえて来た。

亜矢子は、弥生に小声で、

「じゃ、私、仕事があるんで」

と言って、足早に行ってしまった。

「――どこだって？――ああ、分った。いつか雨に降られた所だな。じゃ、迎えに行くから、そこにいろ。いいか、動くなよ」

通話を切ると、戸畑は「――本当だった。あの人の言った通りだ」

「そういう人なのよ」

と、弥生は言った。

「これから、あかりを迎えに行ってくる。ともかく家に送って行かないとな」

「待って」

弥生は、財布を取り出すと、一万円札を夫へ差し出して、「少しはお金がいるでしょ？」

「すまん。じゃ、借りとく」

「それと、今一緒の——大山さん？　その人のことはどうするの？　ちゃんと考えなきゃだめよ」

「うん、分った。——俺がだらしないせいでみんなを困らせてるんだな」

と言うと、戸畑は立ち上って、「行くよ」

「ええ」

弥生は、夫が急いで食堂から出て行くのを見送って、

「シナリオに使えそうだわね……」

と呟いた。

20　妨害

「――はい、ＯＫ！」

と、正木の声がスタジオのセットに響いた。

亜矢子は次のカットの準備でスタッフが動き出すと、表に出て、切ってあったケータイの電源を入れた。

戸畑から何か言ってくるかもしれない、と思ったのだ。

一度、戸畑からかかっている。――弥生が、あかりという女性を迎えに行く夫へ、電話を入れて、亜矢子の番号を教えたのだ。

「ちゃんと亜矢子さんに報告して」

と、弥生は念を押したらしい。

亜矢子は、戸畑のケータイにかけた。

「――あ、どうも。亜矢子です。どうなってます？」

「ご心配いただいて。今、あかりと一緒にタクシーで彼女の家へ向ってます」

と、戸畑が言った。

「そう伺って、安心しました」

と、亜矢子はそれだけ言って、切った。

あかりという女性、戸畑を殺せなかったから、自分が死のうとしていたのではないか。

ともかく、人一人の命が助かったのだ。

「さて、と……」

ケータイの電源を切ろうとしたとき、着信があった。

「え？」

相手の名前を見てびっくりした。

大和田広吉からだったのだ。

「もしもし、ごぶさたしてます」

と、亜矢子は言った。

「元気か？」

「おかげさまで」

「相変らずストリッパーをやってるのか」

と、大和田は言って、自分で笑った。

スクリプターをストリッパーと聞き間違えたのは、初めて顔を合せたときだった。

大和田は安井真衣の父親で、亜矢子の母、東風茜とも親しい。

「今、正木監督の次回作の撮影に入っています」

と、亜矢子は言った。「そちらはいかがですか？」

「うん。監督は三人めだ」

「は……」

さぞかし、大和田が、

「俺が金を出してるんだ！」

と、無茶を言っているのだろう。

「あの——何か私にご用で……」

「お前のお袋さんからちょっと聞いてたんでな、有田のことを」

「ああ、有田京一ですか」

長谷倉ひとみを強引にものにしようとしていた、いわば「半グレ」とでもいう男だ。

「あいつの子分で、俺が昔面倒をみてやってた奴がいるんだ。女房が子供を道連れに死のうとしたのを、俺が借金を肩がわりしてやって救ったんで、恩に着てる」

「いいこともしてるんですね」

「口のへらない奴だ」

と、大和田は笑って、「そいつに、お前のことを話したことがあるんだ。映画のためなら、崖からぶら下ったりする物好きな女がいる、ってな」

「好きでやったわけじゃありません」

「まあ、それはともかく、そいつから聞いた話だ」

「どういうお話でしょう？」

と、亜矢子は訊いた……。


「よし、今の動きで、もう一回やってみてくれ」

と、正木が指示した。

「はい」

と、五十嵐真愛が肯く。

家の台所のセット。

橋田浩吉とのシーンだ。

台所という、いかにも日常的な空間でのラブシーン。

二人が初めて互いの恋心を自覚する大切なシーンである。

「――いいんだね？」

と、橋田が真愛に念を押す。

そのとき、スタジオの外で、異様な大声が響いた。

「おい！　泥棒！　出て来い！」

みんながびっくりして動きを止めた。

「あの声って……」

と、青ざめたのは、長谷倉ひとみだった。「ね、亜矢子、もしかして――」

「大丈夫、任せて」

と、亜矢子はひとみの肩を叩くと、「ちょっとお待ち下さい」

と、スタジオの中へ言って、正木の方へ、

「出て来ないで下さいね、監督」

「ああ、任せる」

「――正木！　ヘボ監督、出て来い！」

ハンドマイクを使っているので、撮影所の中に響き渡っているだろう。

亜矢子はスタジオから外へ出た。

「——何だ、お前は」

有田だ。他に七、八人が並んでいた。

「正木監督はただいま手が放せませんので」

と、亜矢子は言った。「ご用があれば承ります。スクリプターの東風と申します」

「こち？　変てこな名だな」

と、有田は笑って、「お前なんかじゃ話にならん。正木は怖がって出て来ないのか」

「芸術家は大変繊細な神経の持主でして。あなたのような粗雑な方とはお会いしません」

「何だと？」

「あのね」

と、有田の後ろにいた男が出て来ると、「そもそも、今おたくで撮っているのは、うちが企画を立てて、権利を持ってるんだ。訴えれば、そっちの負けだよ」

「あなたは——」

「〈N映画〉の丸山だ」

なるほど。戸畑弥生にシナリオを書かせて放り出したプロデューサーだ。

「話をつけようじゃないか」

と、有田は言った。「いやだと言うなら、この若い奴らが、中のセットを叩き壊してやるぞ」

「本気ですか？」

「もちろんだ！　ついでに長谷倉ひとみを連れて行く。俺が金を出してやったのに、逃げ出しやがって。ここにいるんだろう。分ってるぞ！」

若い奴ら、といっても、不良高校生に毛の生えた程度の連中が、バットやゴルフクラブを振り回しているだけ。

亜矢子は苦笑して、

「お引き取り下さい。あなた方の相手をしている暇はありません」

「痛い目にあいたいのか？」

「もう一度言います。この撮影所から出て行って下さい」

「痛い思いをしないと分らないようだな」

と、有田が腕組みして、「おい、暴れてやれ！」

と言ったとたん――。

スタジオの両側の道から、パトカーが出て来て、同時に警官が十数人、有田たちを取り囲んだ。

「何だ。——どういうことだ？」

有田が焦っている。「おい、まだ何もしてないぞ！　何だっていうんだ！」

「暴行未遂ってことがあるのでね」

と言ったのは、倉田刑事だった。「それにバットやゴルフクラブは凶器とみなされる」

みんながあわててバットやクラブを放り出した。

「有田さん、これじゃ話が違うじゃないですか！」

と、丸山が有田の後ろにまた隠れてしまった。

「有田京一だな」

と、倉田が言った。「他にも、スーパー〈M〉や建設現場で騒ぎを起して、業務妨害で被害届がいくつも出ている。連行する」

「ふざけるな！　俺は何も……」

有田も青ざめていた。

「丸山さん」

と、亜矢子は言った。「映画プロデューサーと名のる資格はあなたにはありません。戸畑弥生さんのシナリオは、あなたの所に書いたものとは全く別物です。しかも、こんな連中の手を借りて、どう訴えるつもりですか」

「いや、もちろん、さっき言ったのは……冗談のつもりで……」

「亜矢子君、後は任せてくれ」

と、倉田は言った。「全員冷汗をたっぷりかかせてやる」

「よろしく」

亜矢子は一礼した。

スタジオの中に亜矢子が戻ると、一斉に拍手が起った。

「お待たせしました」

と、亜矢子は言った。「監督、続けましょう」

「じゃ、テスト行くか」

と、正木は言った。

亜矢子は、テストの間に、スタジオの隅で大和田にあてて、お礼のメールを送った。

すると、すぐに返信が来た。

〈どんな具合だったか、お前のことだ、しっかり撮っただろう。後で見せてくれ〉

亜矢子はつい笑ってしまった。――確かに今の一部始終、助監督に頼んでビデオに撮ってあった。

〈了解しました〉

と、メールすると、また返信が――、

〈一つ頼みがある。こっちの映画も正木に撮ってもらえないか？〉

「え？」

亜矢子は思わず声を上げてしまった。

「無茶なこと言って」

話を聞いて、安井真衣は笑った。「何でも思い通りになると思ってるんだから」

撮影所に近い定食屋で、亜矢子は真衣と娘の沙也《さや》と一緒に夕食をとっていた。

〈坂道の女〉は、セットでの撮影が多く、主役の二人、真愛と橋田がしっかりした演技力の持主なので、こうして夜も当り前の時間に帰れるのだ。

沙也がせっせと定食を平らげるのを見て、亜矢子は、

「凄い食欲だなあ。沙也ちゃん、きっとどんどん大きくなるね」

と言った。

「父の言うことなんか、本気にしないで下さい」

と、真衣は言った。

「もちろん、分ってる。もし本気で頼まれたって、正木さんにそんな映画撮れないわ」

「でも、監督を三人も替えるなんて、どういうつもりかしら」

新人スクリプターとして、製作現場にいる真衣としては、監督が交替したらどれだけ現場の人間が苦労するか分ったのだろう。

「それがね」

と、亜矢子は食事しながら、「色々気に入らないことがあって、大和田さん、自分が監督するって言い出したんですって」

「父が？　まあ」

「でも、いざ撮ってみると、派手な場面はスタッフが頑張ってくれて何とかなるけど、そういう場面をつなぐ、何でもないシーンが撮れない、ってことに気が付いたって」

「当り前だわ、素人なのに」

「――ごちそうさま！」

と、沙也が食べ終えて、「ね、お母さん、アイスクリーム食べたい」

「大丈夫なの？　いいわ、食券を買って来て。分るわね？」

「うん！」

沙也が駆け出して行く。

ちょうど店へ入って来たのが、戸畑佳世子と落合今日子だった。

「あ、やっぱりここだった」

と、佳世子が亜矢子を見付けて手を振った。

「にぎやかでいいわ」

と、亜矢子は言って、「今日子ちゃん、先に帰ったのかと思ってた」

「佳世子さんを待ってたの」

と、今日子は言った。「私も食べていい？」

「もちろんよ、食券買って来て」

「はい！」

佳世子に亜矢子はお金を渡した。

何となく、数人で食事すると、支払いを担当するくせがついている。

「――お母さんは？」

と、亜矢子は佳世子に訊いた。

「直しがあるって、先に帰りました。もう、娘のことよりシナリオが第一」

「そんなものよ」

と、亜矢子は肯いて、「これからどんどんそういうことが増えると思うわ」

「いいんです、それで」

と、佳世子は肯いて、「お母さん、本当に活き活きしてるもの」

「良かったわね」

「亜矢子さん、ありがとう」

「何、突然？」

と、面食らっていると、

「だって、亜矢子さんが、お母さんに声をかけてくれたから、今、あんなに張り切って……。私、亜矢子さんのご恩は、忘れません」

「ちょっと、やめてよ。照れるじゃないの」

と、亜矢子は本当に真赤になって、「それはただの偶然よ。お母さんに才能があって、シナリオを書ける人だったから、今があるのよ。むしろ、正木さんと私はあなたのお母さんのおかげで、いい映画が撮れる。感謝するのはこっちの方」

その言葉を聞いて、ポロッと涙をこぼしたのは——何と今日子の方だった。亜矢子

はびっくりして、

「今日子ちゃん、どうしたの？」

と訊いた。

「ううん、何でも……」

今日子はあわてて涙を拭って、「嬉しくて、私」

「どうして今日子ちゃんが？」

「いえ……。何でもない」

と、今日子は首を振った。

「今日子ちゃんも、亜矢子さんのことが大好きなんだよね」

と、佳世子が言った。

「うん」

と、今日子はニッコリ笑って、「私、亜矢子さんの裸まで見ちゃった」

「ちょっと、今日子ちゃん！」

「何？　それって、どうしたの？」

佳世子が身をのり出す。今日子が、そのときのことを話すと、佳世子は、

「いいなあ！　ずるい！　私も見たい。亜矢子さん、今日子ちゃんにだけって、不公

平だわ！」

「公平とか不公平って話じゃないでしょ！」

と、亜矢子はそっぽを向いて、「勝手に言ってなさい！」

「――何を勝手に言ってるんだ？」

亜矢子はびっくりして振り向いた。正木が葛西と一緒に入って来ていたのだ。

「監督！　珍しいですね」

と、亜矢子は言った。

正木は撮影が始まると、あまり飲み会のようなことはやらないタイプなのだ。監督によっては毎晩飲みに行くという人もいる。

「裸がどうとか言ってたか？」

と、葛西が言った。

「ああ、その話か」

と、正木は空いた席にかけて、「おっぱいに触らせた、ってことだろ？」

「監督、やめて下さい」

「へえ！」

と、葛西が目を丸くして、「ついにそういう男が現われたのかい？」

……。

「違います！」

亜矢子は、かみつきそうな声を出した。

店の中が笑いに包まれて、亜矢子は真赤になりつつ、それでも悪い気はしなかった

「――おい、亜矢子」

「はい？」

と、正木が定食を注文して、言った。

「頼みがある」

「また……。パンダの着ぐるみじゃないでしょうね、まさか」

「そうじゃないが――。動物園で、もう一日撮りたい」

「は？　明日だけじゃだめなんですか？」

「別の日にもう一度、二人が訪れるカットが欲しい。天気が全く違っていないと、別の日に見えん。明日は薄曇りだろ？」

「予報ではそうです」

「じゃ、カラッと晴れた日がいいな。寂しさが際立つ」

「そんなにうまく行きませんよ！」

「なに、天下のスーパースクリプター、東風亜矢子だ。念力で晴れさせろ」

いくら亜矢子でも、お天気までは変えられない。

「もう一日、開けてもらうんですか？　もし、短いカットだけなら、開園前に撮るとか……」

「朝だと、影が長くなるだろ。やっぱり昼間の方がいいな」

「分りました」

休園日に開けてもらうといっても、二日もとなると……。

頭の痛いことは、一手に引き受けることになる。

——亜矢子はため息をついた。

21　檻の外

「ライオンって、どうしていつも昼寝してるの？」

と、今日子が言った。

「知らないわ。ライオンに訊いてみて」

亜矢子は、やっと動物の様子を眺める余裕ができた。

園内のロケは何かと制約も多くて大変だ。動物のストレスになることを避ける、という条件があるため、むやみにライトを使ったりできない。

「猫だって、一日中寝てるじゃない」

と言ったのは佳世子である。「ライオンも親戚でしょ」

「それに、野生のライオンと違って、必死になってエサを捉えなくてもいいわけだし。暇なんでしょ」

まあ、当のライオンに訊いてみないと、本当のところは分らないが。

佳世子の出番はもちろんないが、今日子と一緒にロケを見に来ていた。

「あ、欠伸してる」

と、今日子が言った。

「やっぱり暇なんだね、きっと」

と、亜矢子も納得した。

天気はほぼ予報通りの薄曇りだが、幸い気温が割合高いので、動物たちも外へ出て来ていた。

正木は上機嫌だ。――撮影のスケジュールは順調に進んでいた。

「今回は崖からぶら下らなくて良さそうだね」

と、カメラの市原に言われた。

「おかげさまで」

何度同じことを言われただろう。——すっかり「ぶら下り専門スクリプター」のイメージが定着しているらしい。

——園内のレストランも、特別に開けてくれたので、昼はみんなそこで食べることになった。

とはいえ、午後の撮影の用意がある。

亜矢子が手早くラーメンを食べていると、

「亜矢子」

と、長谷倉ひとみがやって来た。

「やあ、どうしたの？」

「連ちゃんのことだけど……」

「何か心配ごと？」

「私は心配なの。でも、連ちゃんは『平気だよ』って言って笑ってるし……」

「何か手掛りらしいものが見付かった？」

——叶連之介は、今行方が分らなくなっている、今日子の祖父、落合喜作のことを捜しているのだ。

もちろん、相沢邦子が殺された五年前の事件についても調べているはずだが、差し当っては、喜作さんの行方が気になる。

「でも、亜矢子、言ったよね。調べていて、もし本当の犯人がそれを知ったら、きっと何か行動を起す、って。――それ考えると、夜も眠れない」

どう見ても、ひとみは寝不足に見えなかったが、そうも言えず、

「どうしたいの、ひとみ？」

「どうしたい、っていうんじゃないけど……」

と、口ごもっているのは、もちろん遠慮しているからで、

「ひとみ、もしどうしても気になるんだったら、叶君と一緒に行動してもいいよ」

と、亜矢子は言った。

ひとみの顔がパッと明るくなって、

「いい？　じゃ、正木さんに――」

「うん、私から話しとく。大丈夫よ。黙ってたって、問題ないと思うけどね」

と、亜矢子はラーメンを食べ終って席を立とうとしたが、ケータイが鳴った。

「誰だろ？　――はい、もしもし」

「あ、こ、ちさんですか？」

と、聞き覚えのない、男の人の声。

「そうですが……」

話を聞いている内、亜矢子は固い表情になって、

「分りました。伝えます」

と言った。

「どうしたの？」

と、ひとみが訊く。

「うん、ちょっと……」

亜矢子は、正木の所へと急いだ。

「監督、ちょっと」

「どうした？」

亜矢子の表情を見て、ただごとではないと感じたのだろう、すぐに席を立った。

レストランの外へ出ると、

「今、弁護士さんから連絡があって」

「弁護士？」

「真愛さんのご主人の三崎治さんの弁護士です。記者会見のときの資料作りで相談にのってもらいました」

「そうか。それで？」

亜矢子は、五十嵐真愛が橋田浩吉とコーヒーを飲みながら話しているのを見て、

「三崎さんが入院したそうです」

と言った。

「何だと？」

「運動中に、突然倒れて、救急車で運ばれたとのことで」

「悪いのか」

「今、検査を受けているそうですが、どうも心臓に問題があるらしいと」

「そいつは……。危険なのか」

「私にも分りません。でも、真愛さんには伝えないと」

正木は肯いて、

「分った。――ここへ呼ぼう」

スタッフ中に話が広まると、不正確な情報がニュースになる可能性もある。

亜矢子は、真愛たちのテーブルへと歩み寄って、

「真愛さん、監督がちょっと」

と、声をかけた。

「はい。何かしら？」

「新しいアイデアかもしれないぜ」

と、橋田が言った。

レストランを出て、真愛が、

「監督、何か？」

と訊く。

「亜矢子、話してやれ」

仕方ない。亜矢子は真愛の肩に手をかけて、

「落ちついて聞いて下さい」

と、穏やかに言った。「三崎さんが入院しました」

真愛がサッと青ざめた。

「あの人――この間面会したとき、ずいぶんやつれて、老け込んでいたので、どこか悪いのじゃないかと思ったんです」

と、真愛は言った。「それで具合は？」

「まだ検査中です。もし必要だと心臓の手術もあり得ると」

真愛は一瞬、目を閉じて、

「——分りました」

と、肯いて言った。「他の人には黙っていて下さい。撮影は予定通りに」

「うむ……」

正木はちょっと難しい顔になって、「いいのか、会いに行かなくて」

「でも——」

「亜矢子、弁護士と相談してみろ」

「分りました」

「いいんですか？」

と、真愛が訊く。

「生の舞台ではない。映画は色々やり方があるんだ。顔のアップとセリフだけまとめて撮れば、ロングショットは代役ですむ」

「監督……」

亜矢子は弁護士に連絡して、病院での面会が可能か、訊いた。

「——すぐには分らないそうですが、ともかく病院に行って話せば、可能性はあると」

「ありがとう、亜矢子さん」

「監督、代役は誰に？」

「お前だ」

当り前の調子で、「今から少しやせられないか？」

「そんなこと……。カメラで工夫してもらって下さいよ」

「うん、市原を呼べ」

それから、主なスタッフが外で集まって、打ち合わせをした。

ベテランが揃っている。

「大丈夫。亜矢子ちゃんでも何とかなるよ」

と、市原が言った。

「よし、ともかく、真愛、橋田との会話も、そっちだけ先に撮る。後でつなぐのは何とかするから心配するな」

正木も早口になっている。「葛西、エキストラの手配だ」

「はい！」

葛西が駆け出して行く。

正木はレストランへ戻って、

「みんな聞いてくれ！」

と、大声を出した。

ロケは状況次第で予定の変更など珍しくない。誰からも苦情は出なかった。理由はどうでもいい。何をすればいいか分っていれば充分なのだ。

みんなが一斉に動き出す。

「真愛さん。礼子ちゃんも行きますね」

と、亜矢子が言った。

「でも、迎えに行く時間が……」

亜矢子は、ひとみを呼んで、助監督の車で礼子を迎えに行くように頼んだ。

「よし、撮るぞ！」

正木も、こういう状況になると、却って張り切っている。プロ意識を刺激されるのだろう。

「カメラは手持ちで」

と、市原は言った。「大丈夫、絶対に揺らさないから」

「はい……」

真愛は、スタッフが駆け回っている姿を見て、涙ぐんでいた。

てきぱきと撮影は進み、真愛の分を撮り終えると、亜矢子はロッカールームで着替えた。

「大丈夫。――真愛の服はかなり窮屈だったが、

「ごめんなさい。お腹引っ込めてるから」

ひとみが礼子を連れて来ていた。

真愛と礼子は、助監督の運転する車で、三崎の運び込まれた病院へと向った。

「――心配でしょうね」

と、亜矢子が言うと、

「お前も心配だろ。木かげでのキスシーンがあるぞ」

と、正木が言って、

「え……」

そうだった！　――亜矢子は、

「橋田さんに断られたらどうします？」

と、半ば本気で訊いた……。

22 代役

「その坂を、ゆっくり上れ。――そうだ。猿たちの方を見ながら……。そのまま、曲って切れる……。OK！」

と、正木が満足げに言った。「カット！」

亜矢子はホッと息をついた。

「いいですね、猿山の猿たちって」

と、橋田に言った。「もちろん、中じゃそれなりに苦労があるんでしょうけど」

「ボスが入れ替ったりすると大変らしいよ」

と、橋田が言った。「サラリーマン社会みたいだな」

「そうですね」

と、亜矢子は笑って、猿山を元気にはね回っている若い猿たちを眺めていた。

三崎の入院先へ駆けつけて行った五十嵐真愛の代役で、橋田と動物園の中を歩くロングショットに出ている。

「――よし、場所を変えるぞ」

と、正木が言った。「ライオンが外にいるか、見て来い」

助監督が駆け出して行く。

「監督、ライオンが引っ込んでたら、どこで？」

「そうだな。キリンか象だろ」

「パンダじゃなくていいですね」

と、亜矢子は念を押した。

助監督が戻って来て、

「今、表で寝ています」

と、息を弾ませて言った。

「よし！　ライオンへ移動！」

と、正木が声を上げ、スタッフが一斉に動き出す。

「──さすがだね」

と、橋田が歩きながら言った。

「何ですか？」

と、亜矢子が訊く。

「いや、君がちゃんと彼女の歩き方を見てるんだな、と思ってね」

と、橋田が言った。「歩幅とか、歩いてるときの手の位置とか」

「それは……。だって、スクリプターですもの。見てるのが仕事です」

「しかし、誰でもそうできるわけじゃないだろう。正木さんが君を頼りにしてるのも分るよ」

「やめて下さい。照れます」

「君、役者になる気はないのか？」

亜矢子はびっくりして、

「そんな……。無理ですよ！」

「そうかな。素質はあると見たけどな」

「スクリプターをクビになったら、使ってもらいます」

「うん。僕のよく知ってる劇団に話してあげるよ」

橋田は結構本気のようだった。

「――いいか」

正木が二人の方へやって来て、「ライオンのカットは撮ってある。二人の立っている後ろ姿と、その奥にライオンだ。前より少し互いに近寄ってくれ」

と指示する。

ライオンは幸い同じ所で寝ていた。

「よし、カメラを回すぞ」

と、正木が言ったときだった。

外が何だか騒がしい、と思ったのかどうかライオンがむっくり起き上り、歩き出してしまったのだ。

「ああ……。いい構図だったのに」

と、カメラの市原が言った。

「ライオンに文句言ってもね……」

と、橋田が苦笑した。

ライオンは画面に入らない辺りをウロウロすると、コンクリート製の岩山のかげに入ってしまった。

「尻尾《しっぽ》だけ見えてますけど」

と、亜矢子は言った。

「だめだな」

と、正木はため息をつくと、「よし、ライオンは後回しだ。人間を先に撮ろう」

「どこですか？」

「木かげのショットだ。分ってるな」

「あ……。はい」

ちょっと緊張する。

主人公の男女が、連れて来た子供たちと離れてできたほんのわずかの時間。人目のない木かげに隠れて、激しく抱き合う。――熱烈なキスをする、とシナリオにはある。

アップのカットは、二人の気持の盛り上りも必要なので、別に撮った。胸から上のバストショットだから、ここでなくてもよかったのだ。

しかし、引きのショットもどうしても必要だ。

「橋田君、頼むよ。亜矢子は何しろ奥手なんだ。リードしてやってくれ」

と、正木が言うと、亜矢子はムッとして、

「三十過ぎの女に向って、それはないでしょ!」

と言い返した。

木かげに入ると、

「いいな? じゃ、本番行くぞ」

「監督、ちょっと……。ちょっと待って下さい」

と、髪を直すと、「おかしくない？」

と、葛西の方へ訊く。

「大丈夫だ」

「それじゃ……」

咳払いして、亜矢子は橋田と向き合った。

「その前からだ」

と、正木が言った。「せかせかと木のかげに入って、思い切ってパッと――」

言うは易《やす》しである。

「では、よろしく」

と、亜矢子は橋田に言った。

「これからキスをしようというのに、『よろしく』はないだろ」

と、橋田が言った。

「でも、代役ですから」

「いや、僕は君を本当の恋人だと思ってるからね」

橋田の表情がガラリと変った。亜矢子は、これが役者というものか、と感心した。

「よし、木かげに駆け込んでから抱き合うタイミングがある。一度だけテストしよう」

と、正木が言った。

何かに追われるように木かげに駆け込む二人。そして——今はキスしないで、抱き寄せられるだけだ。

しかし、ギュッと抱きしめられて、亜矢子は男の力強さを感じた。これ以上強い力で抱きしめられたら、息ができなくなる。

「——うん、今のタイミングでいい」

と、正木は肯いて、カメラの市原へ、「いいな?」

「OKです」

「よし。——用意。スタート!」

カチンコが鳴る。

亜矢子は橋田に腕をつかまれ、木かげへと引きずるように連れて行かれる。

危うく転んでしまうかと思うほどの勢いだった。カメラの方に顔をまともに向けるわけにいかないので、一瞬焦った。

橋田の力に、振り回されそうだったのだ。

立ち直る間もなく、抱きしめられ、キスされる。——亜矢子だって恋ぐらいしたことはある。

でも、橋田のキスは、今まで亜矢子が経験したこともない、激しいキスだった。

え？　こんなにしなくたって——。

ロングショットだ。しかも亜矢子の顔は見えていない。

だが、それどころではなくなってしまった。

息のできないほど抱きしめられ、本当に唇を「奪われる」と、亜矢子は何だか分らない熱い流れに投げ込まれたようになって、自分も橋田を抱きしめていた。

いつまで？　まだ続くの？

長い時間のような気がした。もうこんなに……。

「カット！」

正木の声が聞こえた。

それでも、橋田は亜矢子を離さなかった。何秒間か、キスし続けていたのである。

やっと、橋田の腕が緩んだ。

「OK！　良かった！」

正木の声が、ずいぶん遠く聞こえた。

亜矢子は喘ぐように息をして、

「橋田さん……」

と、上ずった声で言った。

「すまん」

と、橋田は言った。

「謝らないで下さい」

小声で、亜矢子は言った。「こんなキス、初めて」

「いや、つい……」

その先、何と言おうとしたのか。

正木が、

「おい、亜矢子」

と呼んだので、駆けつけなくてはならなかった。

「次のカットですか？」

「いや、今のでもういい」

と、正木は言った。「市原も、日の当り方が変って来たと言ってる。今日はここまでにしよう」

「分りました」

ともかく衣裳を脱がないと。行きかけた亜矢子へ、正木が言った。

「おい、今のは熱がこもってたな」

「はあ……。使えませんか？」

「いや、使わないでどうする！　エンドクレジットに入れたいくらいだ。〈キスシーンの代役、東風亜矢子〉とな」

「からかわないで下さい」

正木のことは相手にしないことにした。

亜矢子が、三崎の入院している病院に向ったのは、もう暗くなってからだった。

いかに元気なスクリプターでも、さすがにくたびれていて、バスに揺られながら、暗い外の風景へと目をやっていると、ウトウトしてしまう。

「あ……。大丈夫かな？」

フッと気が付いて、乗り過していないことを確かめると、ホッとした。

「でも……何だったんだろう」

と、つい呟いていた。

今日の、あの橋田のキス。——亜矢子は別にキスについて詳しいわけではないが、あの烈しいキスには、ただの「演技」を超えた何かを感じないわけにいかなかった。

考え過ぎか？　でも、後で橋田が洩《はげ》らした、

「すまん」

というひと言。

あそこには、逆に亜矢子をびっくりさせたこと以上の意味があった。

「まさかね……」

つい、考えてしまうものの、即座に否定して、また「もしかしたら」と考える。

橋田さんは私が好きなんだろうか？

年齢からいえば、橋田はもう五十歳、亜矢子とは十八も違う。

それでも、五十で恋をする人だって珍しくないだろう。ただ……私は？

亜矢子としては、もし橋田が本気だったら、と考えること自体、「図々しい」話に思える。

「あ、次だ」

亜矢子は我に返った。

ともかく、いつになく亜矢子が動揺していたことは事実である。

病院前でバスを降りると、欠伸しながら夜間出入口へと向う。

三崎の容態についての連絡はなかった。どうなっているのか……。

病院の中へ入って、様子を訊こうと思ったが、救急の患者がいるらしく、看護師が忙しく駆け回っていて、声をかけられない。

困っていると、

「亜矢子さん！」

と呼ぶ声にびっくりした。

「今日子ちゃん！　何してるの？」

落合今日子が廊下で手招きしていたのである。

「だって、心配だから来てみたの」

と、今日子は言った。「それに、どうせ亜矢子さんが必ず来るって分ってたから」

「それで、三崎さんの容態は？」

と、亜矢子が訊いた。

「今、手術中」

「え？　そうなの？」

手術室のあるフロアでエレベーターを降りて、亜矢子はびっくりした。

今日子だけではなく、戸畑弥生と佳世子もいる！

しかも、水原アリサまでいたのである。

「——真愛さんは？」

と、亜矢子が訊くと、

「あちらの奥のソファで」

と、アリサが言った。

見れば、少し照明が落ちている隅の方のソファに、真愛と、娘の礼子の姿があった。

「もう手術、五時間くらいかかってます」

と、佳世子が言った。

「戸畑さん、大丈夫なんですか？」

と、亜矢子が訊くと、

「ええ、それより、真愛さんが——」

「そこは何とかしますよ」

と話している声を聞いた真愛が立ってやって来た。

「——亜矢子さん、すみません」

「いえ、大丈夫。撮影は順調にすみましたから」

と、亜矢子は言った。「心配ですね。礼子ちゃんは大丈夫？」

「ええ、一人で帰らせるわけにもいかないので……。ただ、何も食べてないんです。私はいいんですけど、礼子には何か……」

「そうですよね。今日子ちゃん、礼子ちゃんと一緒に、何か食べるものを買って来て」

「うん、分った」

礼子も、ここから長く離れていたくないだろう。とりあえずサンドイッチのようなものでもお腹に入れておけば……。

「私も行くわ」

話を聞いていた佳世子もやって来て、今日子と礼子を連れて、近くのコンビニへと出かけて行った。

「――ずいぶん時間がかかってるんです」

と、真愛は言った。「こちらは、もうただじっと待っていることしかできないので……」

「こんなに大勢の人が見守ってるんですもの」

と、亜矢子が言うと、真愛はちょっと口もとに笑みを浮かべて、

「そうですね。――きっとあの人も頑張ってくれます」

と、手術室の方へ目をやった。

そして、亜矢子と一緒に長椅子にかけると、

「撮影、問題ありませんでした？」

と訊いた。

「ええ。外見が、どうしても私じゃ似てないですけど、大丈夫。市原さんがうまいポジションで撮ってくれています」

「正木監督が本当に気をつかって下さって……。お返しには、一生懸命お芝居するしかないですね」

「それで……。ちょっと気になったことが」

「何ですか？」

「橋田さんとのキスシーン、アップで撮りましたよね」

「ええ、亜矢子さんも見てらしたでしょ？」

「見てました。それで、アップの前のロングショットを、私が代ってやったんですけど」

「ご苦労さまでした。うまく行ったんですよね？」

「ええ、確かに」

と、亜矢子は肯いて、「で――変なこと訊きますけど、橋田さんのキスですが、どれくらいでした？」

「どれくらい、って……」

「つまり、熱烈なキスだったのかどうか……」

「ああ、そうですね。ほんのわずかの間しか二人になれないので、橋田さんはかなり力が入ってました。もちろん私も」

「そうでしょうね。でも……」

「気になることが？」

「ええ。私、スクリプターですから、人の演技をとやかくは言えないんですけど……」

亜矢子は、橋田のキスが、想像もしていなかったほど熱烈だったことを話した。

「――それは大変だったわね」

と、真愛は言った。

「いえ。別にいやだったわけじゃないんですよ」

と、亜矢子は急いで言った。「ただ、スクリプターとして、ちゃんとつながるのか、気になって」

本当はそれだけじゃないのだが、まさか、

「橋田さん、私のことが好きなんですかね？」

と訊くわけにもいかない。

「問題があれば、監督が何かおっしゃるでしょう」

「ええ、そうですね。――でも、珍しい経験でした」

と、亜矢子は言って、「あ、手術中の明りが消えましたよ」

「本当だわ」

真愛は立ち上って、じっと手術室の扉を見つめていた……。

23　影の中

「ご心配かけました」

と、撮影所で、真愛はまず正木に礼を言った。

「やあ、手術はうまく行ったそうじゃないか」

「はい、おかげさまで」

「それは良かった」

　と、正木は言ったが、「ところで、今日のシーンだがね、セリフを少し削りたいところがある」

　もう頭の中は「撮影モード」に切り換っている。

「亜矢子さんにもお礼を――」

「うん？　ああ、代役のことか。いいんだ。あいつは何でもやってみるって好奇心の持主だからな」

　亜矢子が近くにいて、ちゃんと聞いていると分って言っているのだ。

「真愛さん、セリフの直しです」

　と、亜矢子は、コピーを真愛へ渡した。

「何だ、手回しがいいな」

　と、正木が言った。

「好奇心旺盛なんで」

　と、分ったような分らないようなことを言って、「今日の場面に流す音楽ですが、何にします？」

「どうせ後から入れるんだ。考えとく」

こういうことはしばしば忘れられる。——亜矢子はシナリオの隅にメモした。

「おはよう」

橋田がスタジオに入って来た。

「昨日はどうも、お世話になりました」

と、亜矢子はわざと冗談めかして言った。

「僕も楽しかったよ」

と、橋田は気軽な口調で、「今度はいつ代役をやるんだい？」

「もうキスシーンはありませんよ」

「そうだな、残念だ」

と、橋田は笑って言った。

亜矢子には、その言い方に、どこか無理があると感じたが、考え過ぎと言われたら、そうかもしれない。

「橋田君」

と、正木が手招きして、「今日のシーンの動きなんだが……」

また一日が始まる、と亜矢子は思った。

そう、正木の「用意、スタート！」と「カット！」のくり返しの中に、あの「謎のキス」も埋れていくのだろう……。

昼食になって、亜矢子がケータイの電源を入れると、すぐに長谷倉ひとみからかかって来た。

「どうしたの？　何かあった？」

今、ひとみは叶連之介と二人で、行方の分らない落合喜作を捜している。

「誰だか分らない人から、私の部屋の留守電にかかって来たの」

と、ひとみが言った。

「何か吹き込んであった？」

「うん。男の声でね、『これ以上捜すな』って。それだけ」

「どこからかけたか分らないのね？」

「公衆電話だった」

「その録音、消さないでね」

「もちろん。でも、喜作さんを捜すのって、手掛りもなしじゃ、大変よ」

「そりゃそうだね、荷物は？」

「私の所で預かってる。でも、今の居場所までは……」

「分ってる。もし連絡できる状況なら、今日子ちゃんにしてくると思うんだよね」

「今日子ちゃんは？」

「今日はどこかへ出かけると言ってた。帰りに撮影所に来ることになってるから、またゆっくり話してみるわ」

亜矢子も、撮影が波に乗って、忙しくなって来ていた。

夜、今日子とじっくり話す余裕がなくなりつつあったのだ。

学校があるのに、家に帰ろうとしない今日子だが、喜作が姿を消してしまって、何といっても十六歳の女の子だ。一人で帰る気になれないのはよく分る。

昼食をとっていると、当の今日子からかかって来た。

「——今日、帰りに待ち合せて」

と頼まれて、

「いいわよ。ただ、何時にきっちり終るとは限らないけど」

「うん、分ってる」

「どこかで買物？」

と訊くと、今日子は少し間を置いて、

「ちょっと会いたい人がいたの」

と言った。

「誰のこと？　おじいさんのことと、何か関係があるの？」

「もしかすると」

「それって、どういう意味？」

今日子のどこか曖昧な言い方に、亜矢子はそう訊いたが、

「〈正木組〉お願いします！」

という助監督の声が食堂に響いて、

「ごめん、今日子ちゃん、撮影が始まるから」

と、亜矢子は言った。「じゃ、撮影所に来たら、どこかで待ってて」

「うん、分った」

今日子の言い方は、どこかホッとしているようだった。

亜矢子はともかく食べかけのランチを一気にかっ込んで、スタジオへと駆け出して行った……。

その夜、撮影は予定より一時間以上長くかかった。

順調にいかなかったわけではない。逆に、三崎の手術が成功して、安堵した真愛が

一段と熱のこもった演技を見せて、正木も興奮気味。

そのせいで、予定のカットを撮り終えたとき、

「この勢いだ！　あと二、三カット撮るぞ！」

と、正木が宣言したのである。

気持が乗っているときに、どんどん撮りたい、その正木の気持は、亜矢子にもよく分った。

一本の映画を撮っていると、ときどきこういう瞬間がやってくる。

いつもセリフを憶えて来ない役者が奇跡のようにスラスラとセリフを言えたり、ロケ先で、パッと雨が上って、美しい夕景が撮れたり……。

むろん、その逆に、一日かかってワンカットも撮れない日だってある。そのためにも、

「撮れるときに撮っておけば、遅れを取り戻せる」

というわけだ。

「監督」

と、こんなときでも、スクリプターは冷静でなくてはならない。「このシーンのセリフは、今朝の直しと矛盾してますから、直さないと」

と、正木に注意する。

「おお、そうか。よし、今ここで直す！」

正木が口立てでセリフを伝え、真愛も橋田もその場で憶える。二人の額にはうっすらと汗が浮んでいた。

「――よし、ＯＫ！」

正木が丸めたシナリオでポンと膝を叩いた。

「おい、亜矢子、もうワンカット、撮れないか？」

「無理です」

なぜなら、次のカットに出演しなければならない役者が、今日は来ていないのだから。

さすがに正木も納得したようで、

「よし、今日はここまで！」

こういうとき、スタッフは文句を言わない。ドラマの中の人物と一体化して、結構熱くなるのだ。いや、正木組だからこそ、とも言える。

「――おい、亜矢子」

と、正木がスタジオを出て、「〈坂道の女〉はいい映画になるぞ」

「今さら何ですか？」

と、亜矢子は苦笑して、「私なんか、初めから分ってましたよ」

賞《ほ》め方にも工夫がいる。

自信たっぷりに見えて、その実、監督は誰かに賞めてもらいたいのだ。

「そうか。――うん」

と、正木は肯いて、「これは俺の最高傑作になるかもしれんな」

いつまでも相手はしていられない。

もちろん、外はもう真暗だが、スタジオの近くに今日子の姿はなかった。

亜矢子はケータイの電源を入れて、今日子へかけた。

「――あ、今日子ちゃん？　ごめんね、遅くなっちゃって。今、どこにいるの？」

「スタジオ」

と、今日子が言った。

「え？　スタジオの中にいた？」

「別のスタジオ」

「別の？」

「使ってないスタジオ。〈3〉って番号が」

「〈3〉ね？　分った。すぐ行くわ」

どうしてわざわざ使っていないスタジオに？

首をかしげたが、ともかく行った方が早い。

〈3〉のスタジオのドアが細く開いている。

「――今日子ちゃん？」

と、中へ入ると、照明が消えているので、ほぼ真暗だ。

〈非常口〉の表示だけが、闇の中にポッと浮かび上がっている。そして――。

「亜矢子さん……」

その〈非常口〉の明りの下に、ぼんやりと今日子の姿が見えた。

「今日子ちゃん――」

と、歩き出そうとすると、

「来るな！」

と、男の声がして、亜矢子はびっくりして足を止めた。

「誰？」

今日子のそばに、大人の男の姿が、うっすらと見えている。

「今日子ちゃん、大丈夫？」

「うん」

「誰ですか？　今日子ちゃんに何かしようとしたら、私が許しませんよ！」

と、にらみつけると、

「勇ましい女だな」

と、その男が言った。

「誰なの？　どうしてここに？」

男は答えなかった。

代って今日子が言った。

「亜矢子さん……。この人、私のお父さん」

亜矢子は立ちすくんだ。

暗いスタジオの中は、静かだった。

普通にしゃべっても、声が反響する。

「お父さんって……」

と、亜矢子は言った。「行方不明になってた人？　もう十年以上前に……」

「十二年前」

と、今日子が言った。「私、四歳だったけど、憶えてる。この人、お父さん」

「ええと……相沢さんでしたね」

と、亜矢子は言った。

「ああ」

と、その人影は言った。

「どうしてそんな暗い所に？　明りをつけてもよろしいでしょう？」

「お前一人か」

「そうです。もう、みんな帰りました」

少し間があって、

「――よし」

と、男は言った。「明りをつけろ」

亜矢子はスタジオの扉の所へ戻って、メインスイッチを入れた。

パシャッと音がして、スタジオ内が明るくなった。

何かの工場のシーンらしく、ベルトコンベアーの置かれたセットが組まれている。

「相沢……努さんでしたね」

と、亜矢子は思い出しながら言った。

「どうしてたんですか、この十二年」

「大きなお世話だ」

「何ですか、その言い方」

亜矢子はムッとして、「どうして今になって――」

「今日子に会いに来たんだ」

と、男は言った。

作業服のようなものを着て、おそらく五十歳くらいだろうが、頭はほとんど禿げて、残った髪も白くなっていた。

「――お前はこの子の保護者なのか」

「一緒に住んでます。でも、ずっとってわけじゃ……」

「分った」

と、相沢は肯くと、息をついて、「今日子が世話になってるんだな」

「どうしてここに？」

「話があるんだ、こいつに」

「今日子ちゃん……」

相沢はかなりくたびれている様子だったが、そう危険な印象ではなかった。

「ともかく――」

と、亜矢子は歩を進めて、「こんな所で立ち話してても……。どこかで落ちついて話しませんか？」

と言って――亜矢子はびっくりした。

相沢がその場で倒れてしまったのだ。

「え？」

亜矢子も今日子も、心配して駆け寄るより、呆然として、しばらく動けなかった……。


次の場面は、当然救急車で相沢が運ばれた病院――とはならなかった。

場面変って、撮影所の近くの定食屋。

亜矢子と今日子は、必死で〈しょうが焼定食〉に取り組んでいる相沢を、半ば呆れて眺めていた。

要するに、相沢は空腹のあまり目を回したのだった……。

「――旨かった」

と、相沢は大きく息を吐いて、「それで――断っとくが、俺は金を持ってない。いや、正確には四十五円持っているが、ここには足りない」

「持ってるなんて思ってませんよ」

と、亜矢子は言った。「持ってりゃ、何か食べてるでしょ」

「うん、それは正しい。お前は頭がいいな」

「今日子ちゃん、お父さんって、昔からこんな風だったの？」

「憶えてないよ、そこまでは」

「そうか、四歳じゃね」

と、亜矢子は肯いて、「相沢さん、どうして姿をくらましたんですか？」

「それは……不運につきまとわれた男の話なんだ……」

どこまで本当かはともかく、相沢の話では工事現場の仲間内で、金を賭けたサイコロ博打《ばくち》をやっていてケンカになり、相沢は一人を殴ってけがさせてしまった。

誰かが警察を呼んだので、怖くなった相沢はその場から逃げ出した。そして、たまたま店を閉めて車で帰りかけていたバーのホステスと出会《でく》わした。

何度も顔を出していて知り合いだったので頼み込んで車に乗せてもらった……。

「まさか、それで十二年もたったわけじゃないでしょうね」

と、亜矢子は言った。

「いや、数日のつもりで、その女のアパートに置いてもらったが、その内……何となくそうなってしまい……」

「だらしない」

と、今日子が呟いた。

「もちろん、それからは色々あった。その女にはヒモがいて、そいつに使い走りをさせられたり、代りに留置場へぶち込まれたり……」

「お母さんが殺されたこと、知ってるの？」

「ああ。——TVのニュースで邦子の写真を見てびっくりした。今さら名のって出るわけにもいかんし……」

「奥さんが殺された事件とは係りがないんですか？」

「まさか！　邦子には申し訳なくて、顔を合わせられなかった。しかし——犯人は捕まったんだろ？」

「その後のことは知らないんですね？」

「どうかしたのか？」

亜矢子の話を聞いて、相沢は、「——それじゃ、犯人は別にいるかもしれんってことなのか？　そいつは気の毒にな」

と、まるで他人事《ひとごと》。

「まあ、俺も捕まったことがあるが、取り調べってのはいい加減だからな」

「お母さんが殺されたとき、ちゃんと名のり出てたら、違う手掛りだって、見付かっ

たかもしれないよ」

と、今日子がムッとした様子で言った。

「そうですよ、殺された邦子さんは、あなたの行方が分りそうだというので上京して来たんですから」

「いや、それは知らん！　俺は関係ない」

と、相沢はくり返した。

すると——相沢のポケットでケータイが鳴り出したのである。

「すまん！　ちょっと……」

と、あわてて席を立つ。

店の外へ出て行くのを見て、亜矢子と今日子は顔を見合わせた。——怪しい！

亜矢子は立って行くと、扉を少し開けた。すぐそばで、相沢は店の方へ背中を向けて、話している。

「いや、俺が悪かったんだ。——そう言ってくれるのか。お前はやさしいな……」

と、相沢は涙ぐんでいる。「もうお前が入れてくれないだろうと思って、今、娘に会ってたところだ。――うん、分った。帰るよ。もう二度と、他の女になんか目を向けない。誓うよ！　――え？　何度誓ったか、って？　そんなに、だったかな……」

相沢は頭をかきながら、

「うん、帰る。帰るが、電車賃が……。まあ、それぐらいは貸してくれるだろう……」

呆れて聞いていた亜矢子のすぐそばに、いつの間にか今日子が来ていた。

「ああ、それじゃ……。ありがとう……」

通話を切った相沢は、店の方へ振り向いて、亜矢子と今日子がじっとにらんでいるのを見てギョッとした。

「――お父さん」

今日子が財布から千円札を一枚出して、「電車賃」

と差し出した。

「いや、お前から借りるわけには――」

「これ持って、とっとと帰って！　その女の人の所へ」

「相沢さん、お金は誰のでも同じですよ。でも、今日子ちゃんの気持を少しは考えてあげて下さい」

と、亜矢子は言って、自分の財布から千円札を出すと、「食事代と足して、三千円の貸しです。ちゃんと返して下さい」

「ああ、もちろん……」

念のため、相沢のケータイ番号を聞いて、亜矢子は、相沢が背中を丸めて足早に消えるのを見送った。

「会わなきゃ良かった……」

と、今日子が心底疲れたように言った。

「うん、今日子ちゃん、あの人、撮影所にやって来たの?」

「うん、スタジオの外を歩いてたら、『今日子だろ!』って、呼ばれた」

「どうして今日子ちゃんが撮影所にいるって知ってたんだろ？」

「ああ、そうね。それ、訊かなかった」

と、今日子は言って、「追いかけて捕まえる？」

と、駆け出しそうにした。

「いいわよ。今夜はもう……。私もくたびれた。今日は帰りましょ」

「うん」

今日子も、ああいう父親に会ったらくたびれるだろう。

疲れを取るには、もう少し洒落た店——というのも理屈にはなっていないが、亜矢子と今日子はカジュアルながらステーキのおいしいという店に入った。

ステーキを食べながら、

「亜矢子さん、映画の方は順調なの？」

と訊いた。

「うん、今のところね。映画作りって、うまく波に乗ると、何もかもうまくいくことがあるのよ。逆に、充分お金もあって、何から何までちゃんと準備してても、ロケの度に雨になったり、誰かが入院したりとか、災難続きになることもあるのよ。今度の〈坂道の女〉はうまく行ってる方だと思うわ」

「最後まで続くといいね」

と、今日子は言ってから、「橋田さんとのことも」

「——橋田さん？　何のこと？」

「橋田さんと亜矢子さんの熱愛。本当なんでしょ？」

亜矢子はびっくりした。

「待ってよ！　誰がそんなこと言ったの？」

「みんな言ってるよ。動物園でのキスは普通じゃなかった、って」

「そんな……」

「だから、亜矢子さんに訊いとこうと思ったの。もし橋田さんが亜矢子さんの所に泊りに来たら、私、どうしたらいいんだろうって」

今日子の言葉に、亜矢子はあわてて、

「来ない！　絶対に来ないわよ！」

と、否定したのだった……。

24　特別出演

「橋田さん、知ってたんですか？」

と、亜矢子はちょっと恨めしげな口調で言った。

「まあ……ね」

橋田は昼のサンドイッチをつまみながら言った。

「知ってたら、そう言ってくれれば……」

「いや、待ってくれ」

橋田はコーヒーを飲んで、「——僕も、その噂を耳にしたのは、つい二、三日前なんだ」

「本当ですか？」

「信じてくれよ！　本当なんだ」

「まあ……。信じてあげてもいいですけどね」

——今日は都内のロケだった。

晴天に恵まれて、朝から撮影は順調に進んでいた。

「少し早めに昼を食べとこう」

という正木の言葉で、ロケ現場近くの喫茶店で、亜矢子は橋田と向い合せで昼を食べることになった。

このロケには五十嵐真愛の出番はない。真愛は、手術した三崎のそばに付いているはずだ。

ちょうど二人になったので、亜矢子は橋田に、例の噂について訊いてみた、というわけである。

「しかし、僕たちがそんな風に見えたのなら、熱演の成果があったってことだな」

「感心してる場合じゃないですよ」

と、亜矢子は機嫌が良くない。

すると――橋田がいやに真顔になって亜矢子を見つめて、

「そんなに迷惑かい？」

と言ったので、亜矢子は面食らって、

「は？」

「つまり……僕と噂になるのが、そんなにいやなのかな、と思ってね」

どう答えたものか、亜矢子は困った。

「いやとか、そういう話じゃなくて……。だって、問題外ですよ。橋田さんのようなスターと、私みたいなスクリプターなんて、組合せる方が無理じゃないですか」

橋田は苦笑して、

「気をつかってくれるのはありがたいがね、僕だって自分のことは分ってる。スター扱いしてくれなくていいんだよ」

「でも……。やっぱりスターの一人ですよ、橋田さんは」

「もし僕がスターだとしても、それがスクリプターに恋しちゃいけない、ってことになるのかい？」

亜矢子は混乱して来た。

「あの——落ちついて下さい。大丈夫ですか？」

「君の方が落ちつかないと。僕は落ちついてる」

「そうかもしれませんけど——」

あまり実りのないやりとりをしていると、

「あら、亜矢子さん」

と、声がして、立っていたのは、本間ルミだった。

「あ、本間さん！　今日はご苦労様です」

飛びはねるような勢いで立ち上ると、亜矢子は、「どうぞ、おかけ下さい。監督を呼んで来ます」

「急がないで。私が勝手に早く来ちゃったんだから」

本間ルミは高級なスーツに身を包んだ、正に「女経営者」のイメージだった。

映画〈坂道の女〉に、出資している本間ルミは、ワンシーン、「特別出演」することになっている。

その撮影が今日だったのである。

しかし、準備に入るのは午後三時ごろ、撮影は暗くなってからというスケジュールだった。

亜矢子は、昼食後の撮影のためのカメラ位置を、カメラマンの市原と決めている正木の所へ駆けつけて、

「監督、本間ルミさんがみえてます!」

「え? ずいぶん早いな」

「じっとしてられなかったんじゃないですか」

「喫茶店だな? すぐ行く」

「お願いします」

また走って戻ると、本間ルミに、「今、監督が来ますので」

と、息を弾ませて言った。

「いつも走ってるのね、亜矢子さんって」

と、ルミが感心したように言った。

「それがスクリプターです」

と、ハンカチで汗を拭く。「あの——今日の撮影のことですけど」

「ええ、三時ごろから準備ね。分ってるわ」

「よろしくお願いします」

「そういえば……」

「こちらの橋田さんと、あなたがロケ先で熱いキスをかわしてたとか聞いたわ。本当なの？」

「――何か？」

「どうしてそんなことまで……」

と、愕然とした亜矢子だったが、ルミにわざわざそんな話をするのは、正木以外に考えられない。

「監督がどう言ったか知りませんけど、私はスタントなんです。ふき替えです。五十嵐さんの代りに、カメラに顔が映らないようにして撮っただけです」

「そうやって、むきになるところ、やっぱり何かあったのね」

どう言っても、信じてもらえそうにない。

いや、映画の世界では、すべてがフィクションである。

話の種に、男と女が一緒にいれば「恋人同士」ということにしてしまうのだ。その方が面白いから！

そういうことが続いて、いつしか映画界の人間の言うことは信用できない、という定評ができてしまった……。

「――やあ、どうも」

やっと正木がやって来て、亜矢子はホッとしてテーブルを離れた。そして、店を出ると、

「人をからかって面白いか」

と呟いた。


「じゃ、準備ができたら呼びに来ます」

と言って、亜矢子は、メイクをすませた本間ルミに言った。

昼を食べた喫茶店は、今日一日、ロケのための貸し切りになっている。

喫茶店を出ると、

「亜矢子さん！」

五十嵐真愛がやって来たのである。

「真愛さん！　どうしたんですか？」

「見に来たの」

「でも——三崎さんは？」

「落ちついてるわ。手術して、却って気持も切り換ったみたい」

「良かったですね」

「今日、本間ルミさんの撮影でしょ？　やっぱり見ておきたくて」

「よく憶えてますね」

一緒に歩きながら、亜矢子は、

「——そうだ。相沢さんが……」

「え？」

「殺された邦子さんの、行方不明だった夫です。現われたんですよ」

「まあ！　だって、もう何年も……」

詳しく話している余裕はなかったが、亜矢子の話に、真愛は、

「妙な話ですね。——その相沢さんに会って、もっと詳しいことを聞きたいわ」

「私もです」

と、亜矢子は肯いた。「今夜は遅くなるから無理でしょうけど、明日にでも、ともかく連絡を取っておきます」

「私も一緒に、ぜひ、連れて行って」

「分りました」

——撮影は、夜のホテルのロビーで行われることになっていた。

もちろん、宴会などはすべて終っているので、ほとんど人はいない。

「監督、真愛さんが」

と、亜矢子が声をかけると、

「やっぱり来たか」

と、正木はニヤリと笑って、「来るだろうと思ったよ」

「どういうシーンになるんですか？」

と、真愛が訊いた。

何といっても、本間ルミはこのワンシーンだけの特別出演だ。ドラマに深く係る設定にはできない。

後からシナリオに入れたシーンだが、そこは正木とも話し合って、戸畑弥生は、水原アリサとの共演のシーンを作った。

「――亜矢子さん」

アリサが、もうカメラのそばに立って待機していた。

「よろしくお願いします。忙しいのにありがとうございます」

アリサも本来「ゲスト出演」である。亜矢子としては感謝しなければならない。

「亜矢子さん、お礼を言うのは私の方」

と、アリサは言った。「あなたがいなかったら、前の映画の主演はこなせなかったわ」

「そのお言葉だけで充分です」

と、亜矢子はチラッと正木の方へ目をやって、「きっと、監督の耳にも入ってると思いますけど」

正木はややわざとらしく、

「よし、じゃ、テスト行こう。——おい、本間さんを呼んで来い」

「僕が行きます」

と、チーフ助監督の葛西が駆け出して行く。

亜矢子は、ロビーを見回して、

「ライト、足りてます？」

と、市原に訊いた。

「これぐらいの方が味が出るよ」

と、市原は言った。「フィルムはいい。撮ってる、って手ごたえがある」

「そうですね」

製作費はかかるが、〈坂道の女〉はフィルムで撮っている。本間ルミがちゃんと了解してくれているおかげだ。

その本間ルミがやって来ると、

「正木さん、セリフの変更はありませんか？」

と訊いた。

「今のままで」

「それなら、頭に入ってるわ」

と、ルミが微笑んで言った。「もちろん、気に入らなかったら、どんどんだめ出しをしてね」

「心配しないでくれ。映画を撮ることにかけちゃ、妥協しない」

「それで結構」

「どうも……」

アリサが立って来ると、「よろしくお願いします」

「こちらこそ」

至って穏やかに、リハーサルが始まった。

打合せの席では、

「ルミは素人だからな、何度もやらせると却って良くない。リハーサル一回ぐらいで本番と行こう」

と、亜矢子に言っていた正木だったが、いざリハーサルが始まると、

「——うん、悪くないが、もう少しアリサは本間さんに向って反抗的な感じで」

などと言い出した。

アリサは、真愛と橋田の「道ならぬ恋」を見逃すことができず、職場の先輩のルミに相談する。しかし、ルミは、

「他の人の恋に口を出すべきじゃないわ」

と、アリサに意見するのだ。

だが、アリサは夫に裏切られた辛い過去があるので、ルミに反発する。

むろん、ルミはここだけの出番なので、場面としては、そう深刻にならなくていいのだが、二人のやり取りがくり返される内に次第に白熱して来てしまった。

「監督」

不安になった亜矢子は、正木に声をかけた。

「あまり重いシーンになり過ぎても……」

映画全体の中で、バランスが悪くなる。正木も、それは分っていたようだが、

「いや、これはいいシーンになる。本間さん、少し休むか？」

「いえ、このままやらせて」

「分った。じゃ、もう少し動きをつけよう」

「え？」

二人が動くと、カメラや照明も違ってくる。

「立って歩き回るわけじゃない。今の位置で座ったまま、アリサは体ごと向きを変える。――そうそう。分るな？」

「はい」

アリサは正木の考えていることをすぐに呑み込む。

リハーサルをやって、

「それで本番！　よし、今の調子だ」

正木が楽しんでいる。亜矢子にはよく分った。

「素人」のルミが、プロ並みの芝居をしているのだ。アリサとしっかり渡り合っている。

「――用意！　スタート！」

カチンコが鳴る。

ルミとアリサの、息をつめるようなやり取りが続いた。――亜矢子も感心した。

「――カット！」

正木の声が響いた。「ＯＫだ！　本間さんみごとだった」

「恐れ入ります。アリサさんのおかげよ」

アリサが、あくまで同じ「プロの役者」としてルミに対していたことで、ルミはやりがいがあったのだろう。

「よし、今日はここまで」

拍手が起った。アリサとルミは固く手を握り合った。

「本間さん、お疲れさまでした」

と、亜矢子が声をかける。「お宅へお送りしますけど」

「大丈夫。自分の車があるわ」

運転手付きの車で来ていることを、亜矢子も知っていた。

「でも、今夜は真直ぐ帰りたくない！　帰れないわよ、こんなに血が熱く巡ってるのに！　ね、アリサさん、ちょっと飲んで帰らない？」

「私も何だか、そんな気分です」

「行きましょう！　亜矢子さん、どう？」

「あ、私は今日子ちゃんと一緒なので――」

と言いかけると、撮影をずっと見ていた今日子が、

「私、オレンジジュース飲んでもいい？」

と言い出した。

「もちろんいいわよ。じゃ、一緒に！」

結局、女ばかりの四人が、ルミの大型外車で、ホテルのバーへと流れることになったのである……。

25　救助

「映画は一度やったらやめられない、って本当ね！」

と、上機嫌で本間ルミが言った。

「同感です」

と、アリサも肯く。

二人とも、いささか酔っている。——いい仕事をした後の酔いは格別なものだ。

亜矢子は二人の「女優」の話を黙って聞いていた。グラスの中はウーロン茶である。

いつもなら少しぐらい飲むのだが、明日も撮影は続く。

順調に進んでいるとはいえ、ラストに向けて、スケジュールが押してくるのはいつものことだ。

「もうこの後、撮休はない」

と、正木から言い渡されている。

もちろん、役者は出番のない日は休める。スタッフはそうはいかない。

「この映画、きっと当るわ。ね、亜矢子さん、そう思わない？」

ルミが亜矢子の腕に自分の腕を絡めて、ぐっと引き寄せた。

「そう願いたいです」

「願わなくたって、絶対当る！　保証するわ」

「ありがとうございます」

〈坂道の女〉に出資しているルミに向って、

「当るかどうかは時の運ですよ」

などと言うわけにいかない。

「そうだわ。うちの社員全員に、チケットを百枚ずつ買わせよう」

「本間さん、それは社員の方がお気の毒ですよ」

と、亜矢子は言った。

二枚や三枚ならともかく、百枚となると——。

「何言ってるの！　社長が出演して、名演技を見せてるのよ。社員が少なくとも十回は見なくてどうする！」

「はあ……」

今日子が欠伸をした。——それをきっかけに、亜矢子は、

「私、お先に失礼します」

と言って、立ち上った。「今日子ちゃんを寝かせないと」

「その後で、橋田さんと逢引《あいび》き？　いいわね、若い人は！」

ルミの言葉に、亜矢子は、

「違います！」

と否定したが、この手の噂は、とことん広がらないとおさまらない。

しかし、亜矢子はスターでもアイドルでもない。広まっても、せいぜい半月くらいのものだろう。

「じゃ、お先に」

亜矢子は、今日子と二人で、バーを出ようとして、

「ここの支払いは……」

と、バーの受付に訊くと、

「本間様から承っております」

「そうですか」

ここはごちそうになってもいいだろう。

バーを出てエレベーターへ向うと、ケータイが鳴った。

「――もしもし、ひとみ？」

長谷倉ひとみだ。叶と二人で、今日子の祖父、落合喜作を捜しているはずだが
……。

「亜矢子、助けて！」

突然そう言われて面食らうと、

「どうしたの？　何かあったの？」

「連ちゃんが……。ともかく、危いの、私も。いつ殺されるか……」

「何ですって？」

「〈ニューNビル〉の裏手に来て！　お願いよ！」

「〈ニューNビル〉の裏手ね？　分った。すぐ駆けつけるから――」

と、言いかけている内に切れてしまった。

「亜矢子さん――」

「今日子ちゃん。一人で帰ってて。帰れるわね?」

「うん。でも――」

「ともかく、私は急いで助けに行かないと!」

何がどうなっているのか、今の電話での話だけでは分らないが、ともかく、叶とひとみに任せてしまったせいで、二人の身に何かあったら大変だ。

亜矢子はエレベーターへと駆けて行った。

残った今日子は、亜矢子がエレベーターに姿を消すのを見ていたが、

「そんな……」

と、呟くように言って、「――そうだ」

今日子は今出て来たバーの中へと、駆け込んで行った。

「――あら、どうしたの?」

と、アリサが今日子に気付いて、「亜矢子さんが何か?」

「危いかもしれないんです」

と、今日子が言った。

「危いって?」

「おじいちゃんを捜してる人たちから今、助けに来てくれって電話が」

「行方が分らなくなってるっていう……」

「ええ。でも――何か良くないことが起るかもしれないんです」

「今日子ちゃん」

と、ルミが言った。「亜矢子さんはどこへ行ったの？」

「〈ニューNビル〉の裏手、って言ってました」

「そこって、古い団地のあった所じゃないかしら。〈ニューNビル〉なら、そう遠くないわ」

と、ルミが言った。「いいわ。私たちも行ってみましょう」

「亜矢子さんは大変ね。スクリプターと探偵と両方やってるんじゃ」

アリサも立ち上って、「今日子ちゃんは――」

「私も行きます」

と、今日子はきっぱりと言った。「おじいちゃんがいるかもしれないから」

「そうよね。じゃ、一緒にいらっしゃい」

と、ルミが今日子の肩を叩いて言った。

バーを出ながら、ルミは運転手に、

「今から下りるから、車を正面に待機させておいて！」

と、声をかけた。

「今日子ちゃん……。大丈夫？」

アリサは、今日子が青ざめて、厳しい表情をしているのを見て言った。

今日子は返事をしなかった。——何か、ただごとでない気配があった。

エレベーターの扉が開く。

「行きましょう！」

と、ルミが言った。

「ただ裏手って言われてもね……」

タクシーのドライバーはブツブツ言いながら、「この角を曲ると、〈ニューNビル〉の裏手になるけどね」

と、車を停めた。

「入れないの？」

と、亜矢子は言った。

「入れないこたあないけど、一度入ると出るのが大変なんだ。一方通行でね。ずーっと遠くを回らないと、元の通りへ出られない」

「分りました。ここでいいです」

亜矢子は料金を払ってタクシーを降りると、その人気のない道を駆け出した。

〈ニューNビル〉は、モダンなファッションビルだが、一本裏へ入ると、古い都営住宅が並んでいる。

しかし、今は誰も住んでいないのだろう。どの棟も真暗だ。たぶん、建て直すことになったのが、着工が遅れてそのままになっているのだろう。

「――どこにいるのかしら」

亜矢子は足早に歩きながら、左右を忙しく見回した。

ひとみのケータイへかけようかと思ったが、もしひとみたちがどこかに隠れていたら、却って危い目にあわせることになる。

「――え？」

足を止めたのは、〈ニューNビル〉と反対側に並んでいる古い団地の真暗な棟の間に、チラッと明りが覗いていたからだった。

亜矢子は、棟の間へと入って行った。

誰もいない。でも、確かに……

周囲を見回していると——。

「ウ……ウ……」

と、呻《うめ》く声が聞こえて来た。

「——ひとみ？」

と、呼びかけてみる。「ひとみなの？」

「ウ……ウ……」

はっきり聞こえた。

「ひとみ！」

亜矢子は、その声の方へと足を進めた。

真暗だ。——亜矢子はポケットからペンシルライトを取り出した。

夜間の撮影のとき、手もとのシナリオを見るのに必要なのだ。

カチッとスイッチを押すと、あまり明るくはないが、光の輪が、ぼんやりと目の前を照らす。

「ひとみ！　聞こえる？」

「ウー……」

声のする方へライトを向けると、ひとみが縛られているのが見えた。

「ひとみ！」

駆け付けて、「今、ほどくから――」

ともかく、猿ぐつわを外す。

「亜矢子！」

と、ひとみは喘ぐように息をついて、「連ちゃんが……」

「待って。今、ほどいてあげる」

ひとみは、団地の建物の窓の柵にロープでゆわえつけられていた。

亜矢子は、何とかロープを解くと、

「何があったの？」

と言った。

「私のケータイに、落合さんからかかって来たのよ」

「喜作さんから？」

「うん。『怪しい連中に捕まってる、助けに来てくれ』って」

「それでここへ？　私に知らせればいいのに」

「そう思ったんだけど――。私たち、たまたまこのすぐ近くにいたの。そこの〈ニューNビル〉のカフェに」

「それで、二人で――」

「うん。この団地のどこかだって言われたんで、駆けつけたんだけど――」

「叶君はどこに？」

「分んない。この辺で、いきなり四、五人の男に取り囲まれて、私は縛られて、連ちゃんはポカポカ殴られてのびてた」

どういうことだろう？　喜作が狙われる理由が分らない。それに、叶連之介だけを連れて行ったとしたら……。

「ともかく、この近くを捜してみよう。ひとみ、大丈夫？」

「怖いけど……。連ちゃんに何かあったら……」

そのときだった。棟の間の暗がりの奥で、何か明るく光る物がある。

「何かあるわ」

と、亜矢子は駆け出した。

「待って！」

と、ひとみがあわてて後を追う。

「火事だ！」

と、亜矢子が足を止めた。

行き止りになった所に、プレハブの小屋のようなものが建っている。物置なのだろうが、それが燃えているのだった。

「どうしよう！　あの中に、もし――」

と、ひとみが泣き出しそうになる。

といって、その小屋は大方ベニヤ板か何かなのだろう。すぐに火に包まれてしまう。

火を消そうにも、何もない。

しかし、もし、中に叶や喜作がいるとしたら――。

亜矢子は、倒れたまま放置されていた、錆《さ》びた自転車を見付けると、「ヤッ！」というかけ声と共に両手で持ち上げ、燃えている小屋へと突進した。

「エイッ！」

と、小屋へ自転車を叩きつけると、燃え始めていた引き戸が外れて外側へ倒れて来た。

あわてて飛びのくと、戸が音をたてて倒れ、中で段ボールが燃えているのが見えた。

「――ひとみ、中には誰もいないよ」

「良かった！」

小屋はたちまち燃え尽きてしまった。

それにしても、どうしてこんな物を燃やしたのだろう？

「——そうか。注意をここへ引きつけるためだわ」

と、亜矢子は言った。

この間に、ひとみたちを襲った連中は逃げてしまっただろう。

「連ちゃんは……」

「しっかりして！　まだ遠くには行ってないわ、きっと」

と、ひとみの肩を叩いて、「ともかく、通りへ出よう」

と促した。

すると、表の道に車のライトが見えた。

亜矢子が駆けて行くと——何と、本間ルミの大型の外車だ！

亜矢子たちを見付けて停った車から、今日子が飛び出して来た。

「今日子ちゃん、来たの」

と、亜矢子が言った。

アリサとルミも車から降りて来た。

「おじいちゃんは？」

と、今日子が訊く。

「分らないわ。この団地のどこかにいるのかも……。でも、こんなに真暗な中じゃね。それに、叶君を連れて、どこかへ逃げたらしいのよ」

そのとき、ひとみのケータイが鳴って、

「――連ちゃんだ！　――もしもし？」

「ひとみか……。無事だったか？」

「亜矢子が助けに来てくれた。今、どこにいるの？」

「車から……飛び下りたんだ。ここ……どこだろ？　迎えに来てくれるか？」

「行くわ。車があるの。でも場所が――」

「〈S公園〉の裏手だ」

「〈S公園〉の裏？」

それを聞いて、ルミが、

「車で十分だわ。早く乗って！」

と言った。

〈S公園〉の裏手で、ガードレールに腰をかけてぐったりしている叶を見付けると、亜矢子はホッとした。

殺されていたりしたら、責任を感じてしまう。

「連ちゃん！」

車を降りて、ひとみが駆け寄る。

「大丈夫だよ……。肘とか打って痛いけどな……」

と、叶がふらつきながら立ち上って、「凄い車で来たんだな」

「それどころじゃないでしょ」

と、ひとみは苦笑して、「けがの手当しないと。殴られてたじゃない」

「このそばに大学病院があるわ。そこへ連れて行きましょう」

と、ルミが言った。

「――連中のこと、何か憶えてる？」

車の中で、亜矢子は訊いた。

「何だか……殴られてボーッとしてたから……」

と、叶は言ってから、「ただ……。うん、誰かが言ってたな。『相沢に言わないと』とか……」

「相沢？」

と、今日子がハッとした。「もしかして、お父さんのこと？」

「相沢さんが係ってるのかも……」

と、亜矢子は言った。「今日子ちゃんのお母さんが殺された事件に、夫の相沢さんが係っていてもおかしくないわね」

「おじいちゃんが何か知ってたのかも」

「相沢さんに連絡してみようね、後で」

ともかく今は叶を病院へ送り届けることだ。

ルミの車は十分足らずで病院に着いた。亜矢子は、叶のことをひとみに任せて、

「後のことは私が。今日子ちゃん、帰って寝るのよ」

「うん……。疲れた」

さすがに今日子もくたびれた様子だった。結局、ルミの車でマンションに送ってもらうと、亜矢子と今日子は、風呂にも入らず眠り込んでしまった。

明日も撮影がある。――眠りに落ちる一瞬、亜矢子が考えたのは、翌日のスケジュールだった……。

26　秘めごと

「大分くたびれてるようだな」

と、正木が亜矢子を見て言った。「夜遊びは、クランク・アップしてからにしてくれよ」

「それ以上言わないで下さい」

と、亜矢子は欠伸しながら、「監督のことを殴りたくないので」

「何で俺を殴るんだ?」

「くたびれてるって、自分でよく分ってることを人から言われると、苛々するんです」

——あのクランク・インの日に夕陽の中で撮った坂道でのロケだった。

「うまく行ってるな」

と、正木は上機嫌である。「もう少しだ」

「ええ……」

亜矢子はまた大欠伸をした。

正木が上機嫌なのは結構なことだ。確かに、途中で大きな問題が起ったりしていないし、スケジュールも、若干遅れているものの、いつもに比べれば順調である。

「そういえば――」

と言ったのは、カメラのそばにいた葛西で、「五十嵐真愛さんと戸畑佳世子さんがセットで取材されてるようです。別にそう頼んでるわけじゃないんですが」

「それはいいな。佳世子も光って来てるぞ」

そう。シナリオの戸畑弥生の娘、佳世子は新人としてこのところ目立って来ている。素質があったのかもしれない。

もっとも、当人はそんな状況を一向に分っていなくて、

「真愛さんの引き立て役」

と、本気で思っているようだったが……。

「よし、そろそろ動きを確かめよう」

カメラのポジションが決ると、正木が言った。

すると、そこへ――。

「あの、亜矢子さん」

と、若手の助監督が小走りにやって来た。

「どうかした？」

「週刊誌の人が取材に」

「取材だったら、私じゃなくて広報の担当に言ってよ」

「いえ、そうじゃないんです」

「——どういうこと？」

「映画についての取材じゃなくて——」

そこへ、カメラマンと一緒の記者がやって来て、

「東風《ひがしかぜ》亜矢子さんですね？」

「は？」

「そうじゃないわよ！」

と、女性記者が続けてやって来ると、「東風《とうふう》亜矢子って読むのよ。ねえ、そうでしょ？」

「どっちも違います！」

と、亜矢子はムッとして、「東風《こち》亜矢子です！　それぐらい読めないんですか？」

「へえ！〈こち〉ですか！　今の首相は絶対読めないだろうな」

と、メモして、「それで——。おい、写真だ！」

カシャカシャとシャッターが切られて、レンズはどう見ても亜矢子を向いている。

「待って下さい！　何ですか、勝手に写真撮ったりして」

「事実ですか？」

「何が？」

「あ、いけね。言ってなかった。あなたと、橋田浩吉さんです。二人で毎日のようにホテルに泊ってると……」

亜矢子が目を丸くして、

「どこからそんな話――」

「じゃ、本当なんですね？　いつごろからの仲ですか？」

「ちょっと待って下さいよ！　そんなのでたらめです！　どうして私が……」

「明確な否定はしなかった、と」

「否定したでしょ、今」

「毎日ホテルに泊っている、というのは事実でなくても、関係があることは否定していませんよね」

「あのですね、橋田さんに訊いて下さい。もうすぐここへ来ますよ」

と、亜矢子は呆れて言った。

するとと女性記者が、

「橋田さんのどんなところにひかれたんですか？　というか――橋田さんはあなたのどんなところが良かったんでしょうね」

と、ふしぎそうに言うので、

「それって失礼じゃないですか」

と、言い返す。

「怖いスクリプターとして有名だそうですね。その怖さの内に秘めた女らしいやさしさにひかれたんでしょうかね」

「勝手に話を作らないで下さい！」

と、亜矢子が腹を立てて言うと、

「その苛立ちは妊娠中のせいですね？　よく分ります」

「誰が妊娠中だなんて……。ともかく――」

と言いかけると、ちょうど橋田がやって来るのが見えた。「良かった！　橋田さん！」

「やあ、どうしたんだ？」

「週刊誌の人が――」

「お二人、肩を組んで下さい！　抱き合っていただけばもっといいんですけど」

と、注文が飛ぶ。

しかも、そこへTVカメラをかついで、TVのワイドショーまでやって来たのである……。

「よし、テスト行くぞ！」

と、正木が声を出す。「真愛、ファーストシーンと同じようなカットだが――」

「はい、分ります。嵐を経験して、私は強くなったんですね」

真愛の言葉を、意外と受け止めた者が多かっただろう。命がけの恋を失って、一人坂を上って行くカットなのだ。しかし、正木はそれを聞くと、

「そうだ！　それでいい」

と、嬉しそうに肯いた。「悲しみに押し流されるのがメロドラマではない。失った恋から生きる力を得るのがメロドラマなんだ」

なるほど、と亜矢子は思った。

失恋して泣くだけでは、単なる感傷だ。生きることの厳しさを描いてこそ、平凡なメロドラマを超えたメロドラマなのだ。

その正木の狙いを、真愛はちゃんと読み解いていた。

真愛が坂道を上って行くカット。──正木は満足そうだった。

「──少し雲があるな。日が射すまで待とう」

と、正木が言った。

亜矢子は記録の手を止めると、カメラから少し離れて立っている橋田の所へ行って、

「橋田さん、どういうことですか?」

と、問いかけた。

「何だい?」

「さっきの取材ですよ! 私が何もないって言ってるのに、橋田さんが『想像にお任せします』なんて……。あれじゃ認めたのも同じじゃないですか」

「しかし、認めちゃいない」

「そりゃそうですけど……」

「ワイドショーの話題になるとはな! この年齢で。──亜矢子君のおかげだよ」

「そんなことで喜ばないで下さいよ」

「なに、みんなすぐ忘れるさ」

と、橋田は亜矢子の肩をポンと叩いた。

しかし――今はそんなこと、考えちゃいられないのだが――亜矢子の心は微妙に揺れていた。

あの動物園でのキス。そのひき起こした波はまだおさまっていなかった……。

「よし！　この感じだ！」

と、正木が張り切った声を上げた。

亜矢子があわてて正木のそばへと戻る。

明るい昼の光が坂道を照らす。

「真愛、いいな？　――用意、スタート！」

カメラが回り、カチンコが鳴る。

真愛の坂道を上って行く後ろ姿。

そこには、生活の疲れも、人生の重荷を背負った辛さもなかった。力強く、一歩一歩、自分を待つ運命に立ち向って行く「女の強さ」が表現されていた。

もしかすると、手術した三崎に付き添った日々の満足感が、真愛に力を与えたのかもしれないと思えた……。

「――カット！　OK！」

正木が声をかけたが、真愛は歩みを止めなかった。そして坂道を上り切ると、そこで足を止め、正木の方を振り向いて、深々と頭を下げたのである……。

撤収の準備に入り、亜矢子がケータイの電源を入れると、すぐにかかって来た。

「もしもし、ひとみ？」

「亜矢子！　倉田刑事さんから連絡があったの」

と、ひとみが言った。「連ちゃんを連れ去ろうとした車が見付かったって」

「どこで？」

「郊外のホテルの駐車場にそっくりな車があって、ナンバーの半分を連ちゃんが憶えてたんで。そのホテルに、連中もまだいるらしいよ」

「すぐ行くわ！」

亜矢子は場所を聞くと、急いで自分のバッグをつかんだ。そこへ、

「あの……」

と、声をかけて来た人がいる。

「は？」

「ちょっとお伺いしたいことが……」

どこかくたびれた感じの中年女性だった。髪は半ば白くなっているが、たぶんそう年齢でもないだろう。

「私、急ぐので」

と、亜矢子は言った。「ご用でしたら、誰かその辺の人間に」

そしてそのまま行きかけたが、

「こちさんですよね」

と、その女性が言った。

「え？」

亜矢子は振り返った。

「もし違ってたらごめんなさい。こ、こち亜矢子さんじゃ……」

「ええ、私ですが。――どちら様ですか？」

と、亜矢子は訊いた。

そこは、一部屋ずつがコテージ風になっている、いわゆるモーテルだった。

「大分古そうね」

と、亜矢子は言った。

「あの車、停ってるやつ」

と、ひとみが言った。

「何を待ってるの?」

「勝手に踏み込むわけにいかないんですよ」

と言ったのは倉田刑事だった。「こうして監視してるのは構わないんですが」

それはそうかもしれない。

亜矢子が三十分ほどかけてやって来たとき、倉田刑事の車の中で、ひとみが待っていた。

「——亜矢子さん」

と、車の方へ駆けて来たのは今日子だった。

「今日子ちゃん、早かったね」

「タクシーで来ちゃった」

今日のロケには来ていなかったので、亜矢子は今日子へ連絡したのである。

「あそこに、おじいちゃんが?」

「それは分らないけど、ともかく事件に係った人間がいることは確かだと思うわ」

「でも、このままじゃ……」

と、ひとみが言った。「いつ出て来るか分らないのに」

「待って」

と、亜矢子は、そのモーテルの敷地に、ピザの宅配のバイクが入って行くのを見た。

「――亜矢子さん」

と、倉田は言った。「危いことはやめて下さいね」

「他に手があります？　部屋を間違えたふりをすれば……」

「しかし――」

「あそこにピザ屋があるわね。倉田さん、あそこの制服を借りましょう。頼んで下さいよ」

「もしものことがあったら……」

「一切、あなたの責任は問いません、約束します」

「そう言われても……」

倉田はため息をついたが、「やるとなったら、決して諦めない人ですからね」

と言った。

白いブラウスに、ピンクの帽子をかぶって、亜矢子はピザの入った紙箱を手に、モーテルの敷地へ入って行った。

倉田が少し離れてついて行く。

その車を横目に見て、亜矢子は部屋のドアの前で、ちょっと息をついた。

倉田は、ドアが開いても見られないようにドアの脇の壁に背をつけて立つと、亜矢子に肯いて見せた。

亜矢子が部屋のチャイムを鳴らす。

そのとたん、室内で銃声がして、物の壊れる音がした。

「危いぞ！　どいて！」

倉田が亜矢子を押しやって、ドアを激しく叩いた。

「開けろ！　警察だ！」

と怒鳴って、倉田はドアに肩からぶつかって行った。

車から、今日子とひとみが飛び出して来た。

「危い！　来ないで！」

と、亜矢子は叫んだ。

銃を持っているとしたら、何が起るか分らない。

倉田がもう一度ドアに体当りすると、ドアが開いた。

亜矢子は急いで倉田に続いてモーテルの部屋の中へ駆け込んだ。

中で銃声がしたことを考えたら、危険な行動だったが、倉田一人に任せるわけにいかない。

部屋へ駆け込む瞬間、この前の映画で、断崖から突き出た枝にぶら下ったことを思い出していた。

私はどうせ「スタントガール」なんだ！

銃弾が飛んで来る――かと思ったが、それはなかった。

ドアに体当りした倉田はその勢いで床に転ってしまって、ぶつかった肩を押えつつ、立ち上った。

「倉田さん！　大丈夫？」

「亜矢子君、入って来ちゃ危い！」

入っちゃってから言われても。

しかし――室内を見渡して、二人は顔を見合せた。

ベッドと小さなテーブル。引っくり返った椅子。しかし、誰もいない。

「確かに銃声が――」

と言いかけて、倉田は、「バスルームだ！」

と、奥のドアへと目をやった。

半分開いていたバスルームのドアが、ゆっくりと開いて来た。

そして——フラッと現われたのは、落合喜作だった。

「落合さん！　大丈夫ですか？」

と、亜矢子は駆け寄った。

「いてて……」

喜作は、左腕を押えた。しわくちゃになったワイシャツの左腕が、血で汚れている。

「けがしてるんですか？」

「争ってる内に……金具に引っかけてしまって……」

と、喜作は言った。

「中に……」

「うん。——倒れとるよ」

倉田が、バスルームの中へ入って行った。

「おじいちゃん……」

入口に、今日子が立っていた。

「今日子か！　心配かけたな」

と、喜作は言って、ベッドにぐったりと腰かけた。

亜矢子はバスルームの中を覗いた。

「倉田さん……」

「大丈夫だ。――銃は持ってるが、死んでる」

と、倉田は言った。

亜矢子は中へ入って行った。――空のバスタブの中に、拳銃を手にした男が倒れていた。

バスタブが狭くて窮屈そうだ。

相沢努だった。

右手に拳銃を持って、胸の辺りが血に染っている。

「――今日子、そこへ入っちゃいかん！」

と、喜作が言った。

今日子は、祖父の方へではなく、バスルームの方へと、足早に向った。

「――今日子ちゃん」

と、亜矢子が振り返って言った。「お父さんは……」

今日子はバスタブのそばまで来ると、父親の死体を、じっと見下ろしていた。

倉田は、ベッドに力なく座り込んでいる喜作の方へ、

「今、救急車を呼んでいます。けがの手当を……」

「ありがとう。——痛みはあるが、そう深い傷じゃないと思う」

と、喜作は言って、「今日子を連れ出してくれないか。あんなものを見せておきたくない」

しかし、今日子は亜矢子と一緒にバスルームから出て来ると、

「お父さんはどうして……」

と、喜作に訊いた。

「あいつは、自分の罪が明るみに出るのを恐れていたんだ。——邦子を殺したことがな」

「お母さんを殺した？」

「うん。映画のことや、わしやお前が上京して来て、せっかく他の男が刑務所へ入ってるのに、本当のことが調べ出されるんじゃないかと怖くなったらしい。わしのホテルへやって来て、喧嘩になり、成り行きでわしを銃で脅して、連れ出した。自分でも

どうしたらいいか分らなかったんだろうが、ともかく邦子を殺したことがわしの口からばれるとおしまいだ。――わしを捜しに来た若者を、金で雇ったチンピラたちに襲わせたが、逃げられて、追い詰められてしまったんだな……」

喜作はタオルをつかんで汗を拭った。

「銃を撃ったのは――」

と、亜矢子が言うと、

「バスルームにいたとき、チャイムが鳴って、あいつはびくびくしてたからな。びっくりして銃を持ったまま、尻もちをついたんだ。わしは、立ち上ろうとするあいつを、バスタブの中へ突き倒してやった。だが、こっちも引張られて、バスタブの中で折り重なってしまった。――もみ合っていると銃が発射されて……。一瞬、撃たれたかと思ったが、あいつは自分で胸を撃ってしまっていた。わしはバスタブから這《は》い出るとき、狭いんで、トイレの金具で左腕を切ってしまった……」

喜作は大きく息をつくと、「とんでもないことになったな。しかし、今日子、もう大丈夫だ……」

すると、今日子が言った。

「違う」

少し間があって、

「今日子ちゃん――」

「違うよ。そうじゃない」

「何のこと？」

「お父さんがやったんじゃない」

と、今日子は言った。「おじいちゃん、嘘ついてる」

「何を言うんだ」

喜作は苦笑して、「今日子、お前、どうかしちまったのか？　わしのことを――」

「お父さんは左ききだった」

と、今日子は言った。「右手で銃を持つはずないよ」

――しばらく沈黙があった。

喜作の顔が、次第にこわばって来た。そして、

「馬鹿な！」

と言った声は上ずっていた。

「落合さん」

と、亜矢子が言った。「私、会ったんです。真鍋寿子《まなべとしこ》さんに」

「相沢さんが一緒に暮してた人です。心配して、私に会いに来たんです。相沢さんがあなたに連れ出されて、何をさせられるか分らないと言って怯《おび》えていたと……」

「――誰だ、それ？」

「どうしてわしがそんなことをするんだ？　馬鹿げたことを……」

「おじいちゃんが、お母さんを殺したから」

と、今日子が言った。

「今日子……」

「お父さんがいなくなった後、おじいちゃんがお母さんをどんな目で見てたか、小さかったけど、私にも分ってた」

と、今日子は言った。「お母さんが、東京へ出て来たとき、おじいちゃんもすぐその後で、『土地の権利のことで会って来る人がいる』って言って、出かけてったでしよ。――でも、それだけじゃない」

今日子の目に涙がたまっていた。

「今日子ちゃん、帰りたくないと言ってたのは……」

「うん」

と、今日子は肯いて、「私、忘れようとした。おじいちゃんと二人で暮すしかないんだもの。きっと——私の思い過しだったんだと思おうとした。でも……一年くらい前、夜お風呂に入ってて気が付いたの。おじいちゃんが土壁の壊れたところから、お風呂場を覗いてることに」

今日子は辛そうだったが、じっと喜作を見つめて、目をそらさなかった。

「でも、私が気付いてることを、おじいちゃんに知られないように、気をつかったわ。可愛い孫なんだもの、そんな目で見ないで、って気持が伝わってくれたらって……」

——しばらく沈黙があった。

「救急車だ」

サイレンが聞こえて来て、倉田が言った。

「落合さん、ともかく傷の手当が必要です。私が同行しますから」

「しかし……」

「その上で、詳しいことを。拳銃を撃ったら手に硝煙反応が残ります。あなたの手と手首を調べて反応があり、相沢さんの手に反応がなかったら、あなたが撃ってから、拳銃を相沢さんの手に握らせたことになる。——結果はごまかせませんよ」

救急車が外で停った。

倉田が促すと、喜作はゆっくりと立ち上った。外ではパトカーもやって来たところだった。

亜矢子は今日子と一緒に、倉田と喜作の後から外へ出た。

ひとみが立っていた。

「亜矢子。――聞いてたわ、中の話」

「叶君はもう心配ないわよ」

と、亜矢子は言った。

救急車に乗ろうとして、喜作は振り返ると、

「今日子、相沢のような奴は、お前の母さんにふさわしくなかった」

と言った。「女房子供を放り出していなくなるなんて男は……。わしは邦子を守ってやろうとしたんだ。だけど……」

「さあ」

倉田に促されて、喜作は救急車に乗り込んだ。倉田は、

「亜矢子君、後で連絡するよ」

と言うと、続いて救急車に姿を消した。

救急車と、それについてパトカーも走り出した。

サイレンが遠ざかって行くと、

「――何だか、悪い夢からさめたみたい」

と、亜矢子は言った。「今日子ちゃん、一緒に帰る?」

「うん」

と、今日子が肯いた。

「でも――よく気が付いたね、お父さんが左ききだったって」

「あれ、嘘なの」

と、今日子が言った。

「え?」

「とっさに思い付いて。お父さん、いなくなったの、四つのときだもの。憶えてない」

「それじゃ……」

「あのままじゃ、おじいちゃんのこと、誰も疑わないで終っちゃうと思って」

亜矢子はフウッと息をついて、

「カット! OK!」

と言った。

27　グラビア

「やあ、おはよう」

もう午後だったが、撮影所に入ると、亜矢子にカメラマンの市原が声をかけて来た。

「今日はよろしくお願いします」

と、亜矢子はいつになくていねいに挨拶した。

今日、スタジオで撮るカットで、〈坂道の女〉はクランク・アップになるはずだ。

「よく撮れてたじゃないか」

「は?」

「これだよ」

と、市原が、丸めて持っていた週刊誌を亜矢子の方へポイと投げた。

あわてて受け取ると、

「これがどうかしたんですか?」

「東風亜矢子、グラビアデビューだ」

と言って、市原は行ってしまった。

「何よ、わけの分んないこと——」

と言いかけて、亜矢子は手にした週刊誌をめくると、「——え？」

と、目を丸くした。

〈男と女——スターとスクリプターは今日も一緒！〉

というタイトル。

グラビアページの写真は、夜、レストランから並んで出てくる、橋田と亜矢子だった。

「何よ、これ！」

と、思わず大声を上げたので、近くを歩いていた人たちがみんなびっくりして振り返った。

確かに、このレストランで、亜矢子と橋田は食事をした。ただし、二人で、というわけじゃない。

他に、正木、五十嵐真愛と娘の礼子、本間ルミ、水原アリサ、そして今日子も一緒だった。本間ルミとアリサのスケジュールの都合で、少し早いが、「打上げ」の会食だったのである。

当然、レストランからもゾロゾロ出て来たわけで、写真に撮られている橋田と亜矢子の前後に、何人も写っているはずだ。

それを二人の部分だけ、縦長にトリミングして、二人だけで食事したかのように見せている。

「頭に来る！」

と、怒りまくりながら、亜矢子は現場へと向った。

スタジオへ入って行って、亜矢子はびっくりした。

正木がセットの中の椅子に腰をおろしているのだ。他のスタッフはまだ来ていない。

撮影は役者の都合があって、夕方からなのだ。

「監督」

と、亜矢子が声をかけると、正木は亜矢子の方を向こうともせず、

「終るときは終るんだな……」

と、呟くように言った。

「どうかしたんですか？」

「亜矢子、お前は感じないか、このスタジオの空間を飛び交った、数々のセリフの余

韻を。映画作りにかけた情熱の熱いかけらを……」

「監督……」

「一本、映画を撮る度に、俺は年齢を取り、死へ近付いて行く。そうだろう」

「いやなこと言わないで下さいよ」

「俺は二十代のころ、『三十五までに傑作を撮って死ぬ。そして夭折《ようせつ》の天才と呼ばれるんだ』と思っていた」

「もう手遅れですよ。四十五じゃ、今死んでも夭折とは言いません」

正木は渋い顔で、

「デリカシーのない奴だ」

と、亜矢子をにらんだ。

「監督は、日本の映画監督の長寿記録を更新して、百歳まで撮り続けるんです。そういう運命なんですよ」

「お前も付合うか？」

「はい、スクリプターのミイラになって、監督のそばに座ってます」

正木は豪快に笑った。亜矢子も笑って、

「夭折する人の笑い声じゃないですね」

「そんなことより、真愛はどうしてる？」

「大変ですよ。TVのワイドショーから週刊誌、スポーツ紙……。入院してる三崎さんの無実が明らかになって、この映画の話がかすんでます」

「そうか。しかし良かった」

「真実が明らかになるって、容易なことじゃないんですね」

と、亜矢子は言った。「三崎さんが刑務所で過した日々は返って来ません」

「全くだ。——一応裁判のやり直しがあるんだろう？」

「そうらしいです。落合喜作さんが罪を認めてますから、そう手間はかからないでしょうけど」

「あの今日子ちゃんって子はどうした？　この前は元気に飯を食べてたな」

「これですね」

亜矢子がグラビアの写真を見せると、正木は笑って、

「器用なことをするもんだな」

「笑いごとじゃありませんよ」

「しかし、今日子ちゃんは、両親を祖父に殺されたわけだな。他に身寄りはあるのか？」

「もう十六歳だから、一人で生きていく、って言ってます」

「健気な子だな」

「でも、お涙ちょうだいとは無縁ですよ。『一人で暮してたら、いくらでも彼氏が作れる！』って喜んでました」

「しかし、高校生だぞ」

「もちろん、内心は色々複雑ですよ。たった一人のおじいちゃんが、自分の入浴してるところを覗いてた、なんて。男不信になりますよね」

「あのじいさんはもう八十くらいだったろ？　いくつになっても男は男だ。お前が悲劇の起るのを防いだのか」

「いいえ。でも——家に帰りたがらない今日子ちゃんの様子が、何だかおかしいな、とは思ってました。それと……」

「何だ？」

「喜作さんが泊ってたビジネスホテルから姿を消したとき、室内に喜作さんの衣類や持物は散らかってましたが、ホテルの物は一つも壊れてませんでした」

と、亜矢子は言った。「おかしいでしょ？　本当にさらわれそうになって暴れたら、花びんやコップの一つや二つ、壊れてますよ。でも、そこはやっぱり年寄りなんですね、人様の物を壊してはいけない、って思ったんでしょう。だから、これって狂言なんじゃないかと思ってました。それで喜作さんのことを疑ってみたんです」

「ともかく、あの今日子って子はお前を慕ってるらしいじゃないか」

「お姉さん代りでしょうかね」

　と、亜矢子は言ってから、ジロッと正木をにらんで、「『お母さん代り』だなんて言わないで下さいよ」

「お前はさすがに俺の考えてることがよく分るな」

「ともかく――」

　と、亜矢子は深呼吸をして、「今日でクランク・アップです！」

「他のこともアップでいいのか」

「何ですか、他のことって」

「このグラビアだ」

「そんな――。週刊誌が勝手に書いてるだけですよ」

「しかし、あの席でも、橋田はお前の隣に座って、一番よくしゃべってたぞ」

「気が楽なんじゃないですか？　こっちはしがないスクリプターですから」

　と、亜矢子は言った。

「――よし、ＯＫ！」

正木がディレクターチェアから立ち上って言った。

「このカットで、〈坂道の女〉、すべてクランク・アップです！」

と、葛西が言って、拍手が起る。

今日はいくらか人が少なめだが、主役はもちろん、シナリオの戸畑弥生、娘の新スター、戸畑佳世子、そしてスポンサーの本間ルミも来ていた。

ルミは、クランク・アップの集合写真に、

「私、これに一度入りたかったの！」

と、大喜びで、正木を真愛と二人で挟んで座った。

横長のパネルに〈坂道の女〉のタイトル、そして今日の日付、〈正木組〉の名――。

これでまた、一本の映画が終った。

いつも通り、控えめに端っこに立った亜矢子が、カメラマンの市原がカメラのセットをするのを見ていると、ぐいと手をつかまれて、びっくりした。

「橋田さん！」

ぐいぐい引張られて、橋田の隣に座らされてしまった。

冷やかすような拍手がスタッフから起きる。

「やめて下さいよ……」

と言って、こんな所でもめるのもいやで、仕方なく、できるだけ細くなって――かなり大変だったが――写真におさまることになった。

「――何考えてるんだろ」

と、亜矢子は片付けながら文句を言った。

「いいじゃないか。橋田さん、独身だぜ」

と、一緒に片付けながら、葛西が言った。

「放っといて下さい」

もし、橋田が本気なら？　――これきりでなく、何か言ってくるだろう。

亜矢子には役者たちと違って、これから作品を仕上げるためのポストプロダクションがある。これでのんびりできるわけじゃないのである。

「――今回もフィルムで撮れた！」

と、正木は嬉しそうで、「君のおかげだ！　ありがとう！」

と、本間ルミの手を固く握った。

デジタルの時代、フィルムでの撮影は高くつくのだ。ルミが快く出資してくれたことで、フィルムでの撮影が可能になった。

「おい、亜矢子」

「はいはい。またフィルムの山と格闘ですね」

「うん、カンヌかヴェネツィアにでも招待されたら、お前も連れてってやる」

「あてにしないで待ってます」

と、亜矢子は言い返した。

撮影所を出るのは大分遅くなった。

スクリプターとしては、やっておかなくてはならない仕事が色々ある。明日のために、今夜の内に用意しておく方が楽なのだ。

撮影所の門を出ると、少し離れた所に五十嵐真愛が立っているのが目に入った。とっくに帰ったと思っていた。

声をかけようかと思うと、車が走って来て真愛のそばに寄せて停った。真愛が助手席に素早く乗り込む。

「え？　あの車……」

何度か見かけていた、橋田の車である。

橋田の車に真愛が？　でも、橋田と真愛はスタジオの中でも一緒だったのだ。どうしてわざわざ……。

橋田の車が走り出すのを見送ると、そこへ空車のタクシーが来た。亜矢子はとっさに停めると、

「前の車について行って」

と言っていた。

橋田と真愛？　――映画の中では恋人同士だが、現実には、真愛には小さな礼子がいるから、さっさと帰っていて、ほとんど二人で帰ることはなかったろう。

では、どうしてこんな遅くに？

亜矢子は、いささか気は咎《とが》めたが、やはり気になって仕方なかった。

しかし――誤解のしようがなくなった。

橋田の車は、ホテルの駐車場へと入って行ったのである。

亜矢子もタクシーを降りた。

「そんな……」

でも、いくら何でもスターなのだ。こんなホテルに入ってほしくない。泊るのではなく、何時間かを過すだけ、ということなのだろうが、それにしても……。

亜矢子は、どうしようかと迷った。

橋田が何を考えているのか、気になった。でも、二人でいるところへ、妻でも恋人でもない身で乗り込んで行くわけにはいかない。

「まあ……放っとくしかないか」

と、自分へ言い聞かせるように呟いた。

ここで、二人が出てくるのをボーッと待ってるなんて、馬鹿みたいだ。

それでも、しばらくウロウロしてから、思い切って歩き出した。

そこへ——小型車が一台、走って来ると、ホテルの出入口の斜め前に停った。道の反対側で、ライトを消したが、誰も降りて来ない。

何だか、いやな予感がした。それに、あの車、どこかで見たような気がする。

隠れて様子を見ていると、小型車のドアが開いて、ジャンパーをはおった男が、一眼レフのカメラを手に降りて来た。

亜矢子も顔を知っている、フリーのカメラマンで、記者会見やロケ現場にときどき現われる。

男はホテルの入口を入って行くと、少しして出て来て、小型車の中に戻った。

どういうことか、見当がついた。

このホテルの誰かから、真愛と橋田のことを聞いたのだろう。いや、その誰かがカメラマンへ売り込んだのかもしれない。

二人がホテルへ入って来たと知らされてカメラマンが急いで駆けつけて来た。そして今、ホテルの人間に謝礼を払って来たのだろう。

「それって、まずいわよね」

と、亜矢子は呟いた。

週刊誌やスポーツ紙は、橋田と亜矢子の仲を書き立てている。しかし、ここで、橋田と真愛の二人が車で出て来るのを撮られたら、スクープになる。

今、真愛は、無実の恋人を待ち続けた、「美談のヒロイン」になっているのだ。それなのに……。

でも——どうしよう？　まさか、あのカメラマンをぶん殴ってくるわけにもいかない。

すると、男が車を出て、駆け出して行ったのである。あの先を曲るとコンビニがある。飲物か何か買いに行ったのだろう。

亜矢子は思い切ってホテルへと走って行った。車、車……。

駐車場は地下にあった。橋田の車は容易に見付かった。駐車場は半分くらい埋っている。

ここで待つしかない。——何だか空《むな》しい気がしたが、仕方ない。

スクリプターは待つのに慣れている。それでも、薄暗い駐車場での一時間は長く感じられた……。

階段を下りて来る足音がして、亜矢子は他の車のかげに身を隠した。

「——いつも送ってもらって、悪いわね」

真愛の声だ。

「それぐらいは……」

橋田が、真愛の肩を抱いて、駐車場へ入って来た。

二人は何となく重苦しい様子で黙っていたが、突然真愛が橋田に抱きついてキスした。息づかいが聞こえるようなキスだった。

「——もう、無理なんだね」

と、橋田が言った。

「どこかで思い切らないと……」

「分ってるよ」

「あの人を今見捨てるわけにはいかないわ。あんなに苦しんだ人を……」

「もちろんだ。礼子ちゃんの父親なんだからな」

「ええ……。親子で暮せるんですもの」

真愛は涙を拭って、「でも、あなたと出会えて良かった……」

「うん、僕もだ」

「ただ……気が咎めるわ。亜矢子さんのことは」

「そうだな。申し訳ないことをしたよ。でもきっと彼女は分ってくれるさ」

「謝っておいてね」

「いや、何も言わない方がいい。亜矢子君も忙しさに紛れて忘れていくさ」

「そうかしら……。そうね、きっと」

――勝手なこと言って！

要するにカモフラージュに使われたってわけだ。

でも、今は、腹を立ててる場合じゃない。

「さあ、車に」

と、橋田がドアを開ける。

「だめですよ！」

と、亜矢子が声をかけると、真愛がびっくりして声を上げた。

「――亜矢子さん！」

「表で、お二人を狙ってカメラマンが待ってます」

橋田と真愛は言葉を失って、立ち尽くしていた。亜矢子は腰に手を当てて、

「ホテルを使うにしても、同じ所を使わないで下さいよ。いずれ目につきます」

「どうしましょう？」

と、真愛が橋田を見る。

「私が助手席に座ります」

と、亜矢子は言った。「真愛さんは後ろの席で身を伏せてて下さい」

「亜矢子君――」

「行きましょう」

亜矢子は助手席に座ってシートベルトをした。真愛が後部座席で横になる。

「それじゃ……」

橋田がエンジンをかける。車の外ではカメラマンがカメラを構えているだろう。

「行くよ」

と言うと、橋田が車を出した。

駐車場から出ると、パッと正面からストロボが光った。

橋田がスピードを上げ、ホテルを後にする。
五、六分走って、橋田は車を停めた。
「――今ごろ、撮ったカットを見て、カメラマンがびっくりしてますよ」

と、亜矢子が言った。「スクープと思ったのが、よそのグラビアと同じじゃね」

「亜矢子さん、ありがとう」

真愛が後ろの座席で起き上って言った。

「たまたまこの車に乗るのを見かけたんです。ラッキーだったんですよ」

亜矢子はそう言って、「どこか、タクシー拾えそうな所で降ろして下さい」

「いや、送って行くよ」

と、橋田が言った。

「いいですよ。お二人の、最後のドライブなんでしょ」

「彼女はこの近くで降りるんだ」

「ええ、礼子をお友達の所に預けてるから」

「でも、やっぱり……」

亜矢子は首を振って、「橋田さんには言いたいことがあるけど、二人のときに言います。その先で、広い通りに出ますよね。そこで」

「分った」

広い通りに出た所で、亜矢子は車を降りた。真愛が代って助手席にかけると、

「ありがとう、亜矢子さん」

と、もう一度言った。

「監督には内緒ですよ」

と、亜矢子は言った。

「ええ、分ってますわ」

「じゃ、おやすみなさい」

車が走り去るのを見送って、亜矢子は、

「私、怒ってもいいのよね」

と呟いた。

でも、これで映画にとってマイナスのスキャンダルが明るみに出なくてすんだ。そのことの方にホッとしている亜矢子だった。

「スクリプターは損な商売」

ちょうど空車が来て、亜矢子は手を上げた。

エピローグ

「やあ！　これはこれは！」

何だか、やたら大きな声で、その男は亜矢子たちのテーブルへやって来ると、「戸畑さん、すばらしいじゃないですか！〈坂道の女〉、見ましたよ！　いや、もう立派に一人前のシナリオライターですね。僕も嬉しいですよ！」

ホテルのラウンジでテーブルを囲んでいた面々は、みんな呆気に取られていた。

戸畑弥生に、なれなれしく声をかけて来たのは――。

「丸山さん」

と、戸畑弥生は呆れて、「何ですか、今ごろ。あなた、撮影現場に邪魔しに来たんじゃないですか」

弥生のシナリオを没にしたプロデューサーだ。

「いや、まあ色々ありましたが、水に流しましょう。映画の世界は、もともと水ものですからね、ハハハ」

「そうですか」

「これから他の仕事でご一緒することもあるかもしれませんからね。ま、よろしくお願いしますよ！」

何でも冗談にしてしまえば、それですむ。こういう人間が適当に泳いでいける世界でもあるのは確かだ。しかし、

「水ものですか」

と、弥生は言うと、水のコップを手に立ち上り、丸山の頭から一気にかけてやった。

丸山は目をパチクリさせて、

「いや、みごとな洗礼でした！　失礼！」

と、ラウンジを出て行った。

「真面目になるってことを忘れてるのね」

と、亜矢子が言った。

〈坂道の女〉は公開されて、上々の成績を上げていた。大ヒットとまではいかなくても、本間ルミにいくらかの利益をもたらす程度には入っていた。

今日は、新たに増えた上映館での舞台挨拶があって、その後、ここでケーキを食べている。

正木はもちろん、五十嵐真愛と橋田、そして戸畑佳世子も母親と一緒に参加していた。

亜矢子は、もちろん舞台には出ないが、挨拶の段取りを確認に来ていたのである。

「——私、まず大学を出てから、演技の基礎をやろうと思います」

と、佳世子は言った。

「うん、大学優先なのはいいことだ」

と、正木は言った。「ただ、夏休みとかに、ちょっとした仕事でもやっておくといい。現場の空気を忘れないためにもな」

「また監督の映画に使って下さい」

「まだ何も決ってない。そのときは考えるよ」

正木は上機嫌だ。〈坂道の女〉の成績なら、次の企画も通るだろう。

「——亜矢子、お前、次の仕事は決ってるのか」

「いいえ、少し休みます。私、映画の仕事だけじゃなくて、探偵までやってるので」

「本当に……」

真愛が言った。「亜矢子さんにはお世話に……」

「終ったことは忘れました。でないと、スクリプターはやってけないんです」

橋田は黙ってコーヒーを飲んでいた。

橋田と亜矢子の「密会」も、アッという間にワイドショーから消えた。

「三崎さんの裁判のやり直しも決ったんでしょ？」

と、佳世子が言った。

「ええ。とりあえず病み上りですから、三崎も」

真愛の笑顔には、もう迷いはなかった。

「亜矢子、どこか旅行でもして来たらどうだ？」

と、正木が言った。

「でも、今日子ちゃんがいますから。こっちの高校へ編入する手続きしてるんです」

正木は何となく亜矢子の「失恋」に気付いているようだった。

「監督、取材の申し込みが一件――」

と、亜矢子が言いかけると、

「亜矢子！」

と、呼ぶ声がした。

「お母さん！」

九州で仕事をしている母、東風茜がテーブルの間をやって来る。

「ちょっとお話しがあってね。正木さんに」

「どうしたの、急に？」

「私に？」

「ええ。話があるのは私じゃないんですが、ちょっと照れくさいって言うんでね」

少し遅れてラウンジに入って来たのは、大和田だった。

「どうもその節は……」

と、大和田はいつになく遠慮がちで、「座っても？」

「どうぞ」

と、正木は言った。「そちらの映画はどうなってます？」

若い妻の貝原エリを主役にSFファンタジー映画を撮る、という話になっていた。

エリは十八。大和田にとっちゃ可愛くてたまりないのだろう。

「いや、そのことで伺ったんです」

と、大和田が言った。「今、撮影はストップしてましてな」

「はあ」

と、亜矢子は眉をひそめて、「まさか大和田さん――」

「やはり、正木さんに撮ってもらいたいんです」

「無理ですよ」

と、亜矢子は苦笑して、「監督にそんな映画――」

「いや、どんな映画でもいい。任せます」

大和田の言葉に、誰もが面食らっている。

「どういう意味です？」

と、正木が訊くと、茜が代って、

「若い奥さんがおめでたなの」

と言った。

「え？」

と、亜矢子が思わず声を上げた。「じゃ、出られない？」

「スターになるのは後でもいい」

と、大和田は言った。「俺も若くない。ぜひあいつの子を抱いてみたい」

「それで……」

「実際、まだそう撮ってるわけじゃない。しかし、この映画のために、キャスト、スタッフはスケジュールを空けてる。このメンバーを使って、正木さんに好きなものを撮ってほしい。製作費はうちが出す」

大和田はファイルに入れた書類を正木の前に置いた。

「そんな突然に……」

と、亜矢子は言いかけたが、正木がそのスタッフ、キャストの表を本気で眺めているのを見て、「まさか……」

と、口の中で呟いた。

もちろん、製作中止となれば、役者もスタッフも困ってしまう。だからといって……。

正木が、キャストの表を弥生に渡して、

「どうだ」

と言った。「その役者たちにあてて、シナリオを書けるか」

弥生は緊張した面持ちでその表を見ていたが、

「――やってみます」

と言ったとき、目が輝いていた。「二週間下さい」

「十日で書け」

「はい」

「ありがたい！」

と、大和田がホッと息をついて、「これで俺の顔も立つ」

「おい、亜矢子」

亜矢子の方にスタッフの表が回って来る。「どう思う？」

「いつもの人が入らないと……。チーフ助監督とカメラは、少なくとも……」

「連絡してみてくれ」

「はい……」

ついさっき、「旅行に行け」とか言っといて、すっかり忘れてる！

しかし、こんな時代だ。なかなか撮る機会を与えられない監督も少なくない中、転り込んで来たチャンスは逃したくないだろう。

「電話して来ます」

亜矢子はラウンジを出ると、ロビーのソファにかけて、葛西と市原に連絡を取った。

「――じゃ、いいんですね？　具体的なスケジュールは追って知らせます。――え？　何を撮るのか、って？　――知りませんよ、そんなこと！」

向うで呆れている顔を想像して、亜矢子は通話を切ると、呟いた。

「用意――スタート！」

解説

山前　譲

オリジナル著書が六百冊を超えている赤川次郎氏だけに、映画化された作品は多数ある（テレビ放映のあとに劇場公開されたものは含まず）。

記録的なヒットとなった『セーラー服と機関銃』（一九八一　公開年・以下同）を皮切りに、『探偵物語』（一九八三）、『晴れ、ときどき殺人』（一九八四）、『トロピカルミステリー　青春共和国』（一九八四）、『愛情物語』（一九八四）、『いつか誰かが殺される』（一九八四）、『結婚案内ミステリー』（一九八五）、『早春物語』（一九八五）、『どっちにするの。』（一九八九）と、旬のアイドルが主演した映画がつづいた。

大林宣彦《おおばやしのぶひこ》監督による映画化で話題を呼んだ『ふたり』（一九九一）や『あした』（一九九五）、さらには『四姉妹物語』（一九九五）、『死者の学園祭』（二〇〇〇）、『セーラー服と機関銃―卒業―』（二〇一六）と製作されている。

本書『キネマの天使　メロドラマの日』はそんな映画の製作の世界で展開される、これぞ映画ミステリーと言いたい長編だ。そしてふと思ったのは、この長編を映画化したらエンドロールはかなり長いものになるだろうな、ということだった。

エンドロールとは映画の最後に、監督や脚本家、キャストやスタッフ、使われた音楽のクレジット、あるいは協力してくれた企業などが、スクリーンに次々と示されていくものだ。複雑な権利関係のせいなのか、近年はどんどんエンドロールが長くなっていく傾向にあるが、少なくともキャストに関しては、この長編のエンドロールはかなりの長さを要するに違いない。

冒頭の登場人物紹介はなんと二十八人！　フルネームが紹介されている人物はほかにも何人かいるし、ピザの宅配人などちらっと姿を見せるだけで名前を与えられていないキャストもいるのだ。赤川作品では珍しく登場人物紹介の宜《むべ》なるかな、である。そういえば、ミステリーの登場人物紹介を見ただけで犯人を当ててしまった友人がいたというエピソードを紹介した、赤川氏のエッセイがあるけれど……。

登場人物の多いことだけでもかなり複雑なストーリーが展開されると推理できることの長編は、二〇一七年十二月刊の『キネマの天使　レンズの奥の殺人者』でデビューした、赤川作品ではもっともフレッシュなシリーズキャラクターである、スクリプターの東風亜矢子が主演する第二作だ。

〝スクリプターは、監督にとっては確かに女房役と言えるかもしれない。タイトルでは〈記録〉として名前が出ることが多い。／ワンカットの長さから、役者の動き、服装……。映像に映るすべてを記録して、つないだときに矛盾が出ないようにする〟と、正木悠介監督の『闇が泣いている』の撮影がすでに始まっているところから物語が展開する第一作で紹介されていた。

しかし、亜矢子はそのスクリプターの枠から外れた活躍を見せるのだ。そしてこの第二作では、やはり正木監督が企画した映画の撮影がスタートするまでの、苦難の道がまず描かれていく。

製作費が確保されていない。現実生活を無視しないメロドラマだというのにシナリオは影も形もない。そして恋のしがらみに縛られた中年の男女のキャスティングもまだなのである。仮のタイトルさえない！

その日、ホテルのラウンジで出資交渉をする正木監督と亜矢子だが、にべもなく断られてしまった。相手の失礼な発言に、正木がいつ「キレる」かヒヤヒヤの亜矢子だ。しかしなんといってもまずお金である。キャストの出演料やスタッフへの手当、脚本家の原稿料や撮影での様々な費用などなど……。予算三百万円のインディーズ映画ながらヒットした『カメラを止めるな！』（二〇一七）のような例もあるけれど、「実力派映画監督」と言われている正木にその道はない。かといって企業が集《つど》って製作委員会を——という道もなかった。

気落ちしているそのふたりに、高級ブランドのスーツを着た女性が声をかけてきた。正木と高校で一緒だった本間ルミである。演劇部のスターだった彼女は今、会社経営者だという。その出会いが正木の新作映画に希望の光をもたらす。ルミが出資を申し出る。考えていた企画に合うシナリオと巡り合う。主演にふさわしい女優を偶然観た舞台で亜矢子が見つける。歯車が動き始めるのだ。

正木監督の無理難題としか言いようのない要求に、てんやわんやの亜矢子である。騙《だま》されたシナリオライターや映画監督志望の女性のフォローもしなければならない。しかしそれを克服していくのが亜矢子である。助監督ほか気の合った正木組のスケジュールも確保できた。相手役の男優も決まった。そしてついに製作発表——。

ここから物語はミステリーとしての興味をそそっていく。すでに判決が下されている殺人事件が見直されていくのだ。それは正木監督の新作映画の成功を左右する大きな課題だった。それをクリアしなければならないのである。撮影が始まってもスクリプターに専念できない亜矢子だ。身体が三つあっても足りない！

作中の映画のストーリーには興味をそそられるが、映画撮影のリアリティ豊かな現場に接していると、この『キネマの天使　メロドラマの日』が映画化されないだろうかという思いも湧《わ》き上がってくる。

もしそれが叶ったなら、鑑賞するときにはハンカチをけっして忘れてはならないと言いたい。亜矢子を中心とした人間関係に心の優しさが満ちているからだ。感動的な場面、感動的な言葉があまりにも多すぎるのだ。思わずハンカチを目に――というシーンがそこかしこにちりばめられている。

『三毛猫ホームズの映画館』（角川文庫／一九八九・六　初刊本のタイトルは『三毛猫ホームズ映画館』）の「あとがき」で、日本映画の旧作がなかなかソフト化されないことを嘆いたあと、こう述べている。

先日、NHKの衛星放送で録画して見た、渋谷実監督の「本日休診」（ソフトはない）に見る「貧しさの持つ気高さ」は、たぶん、今の日本映画に最も欠けているものではないかと思うからである。

原作・井伏鱒二《いぶせますじ》、脚色・斎藤良輔《さいとうりょうすけ》で一九五二年に公開された『本日休診』は、幸いなことに今ではＤＶＤやインターネット配信で観ることができるが、「貧しさの持つ気高さ」は本書にも通底している。

シナリオを担当することになった戸畑弥生の夫は、外に女を作ってほとんど家に帰ってこない。弥生はひとり娘と生活を自分で維持するために脚本家を目指しているのだ。小さな劇団に所属している五十嵐真愛の、七歳の娘を抱えての暮らしは楽ではない。しかし、ギャラが期待できなくても、養護施設での朗読会は引き受けている。母を殺され、父は行方不明という十六歳の落合今日子は、祖父とともにひっそりと暮らしていた村から東京に出てくる。そのはつらつとしたキャラクターが亜矢子を元気づけるのだった。

本間ルミや亜矢子の母の東風茜のような資産家も登場するけれど、より惹《ひ》きつけられ、共感を覚えるのは社会的弱者のたたずまいである。その姿を見ていると思わずハンカチに手が伸びてしまうのだ。そして正木監督渾身《こんしん》の新作がクランクアップしたとき、これまた思わず拍手してしまうのである。もちろん亜矢子の奮闘にも、である。

さまざまな視点から読むことのできる『キネマの天使　メロドラマの日』は、読書サイト「tree」に二〇二〇年二月二十七日から十二月二十二日まで連載され、二〇二一年五月に講談社より刊行された。二〇一八年と二〇一九年に赤川氏は読売演劇大賞の審査員を務めている。それが五十嵐真愛のキャラクター設定に生かされたのかもしれない。

そして東風亜矢子である。前作ではスタントマンならぬスタントウーマンとして〈危機一発〉の事態を迎えていたが、今回はどんな危機に直面するのか？　そんなことを期待しては亜矢子に悪いけれど、ミステリーと映画にはサスペンスが付きものなので、正木監督のためにも我慢してもらおう。

一方で、メロドラマ的な展開もあって、心をときめかせている三十二歳、独身の亜矢子である。ところで、彼女のギャラはいったいいくらなのだろうか。危険手当がたっぷり加算されていればいいのだが……。

本書は二〇二一年五月に単行本として刊行されました。

|著者| 赤川次郎　1948年福岡県生まれ。'76年に『幽霊列車』でオール讀物推理小説新人賞を受賞しデビュー。「四文字熟語」「三姉妹探偵団」「三毛猫ホームズ」など、多数の人気シリーズがある。クラシック音楽に造詣が深く、芝居、文楽、映画などの鑑賞も楽しみ。2006年、長年のミステリー界への貢献により、第9回日本ミステリー文学大賞を受賞。'16年、『東京零《ゼロ》年』で第50回吉川英治文学賞を受賞。

キネマの天使《てんし》　メロドラマの日《ひ》

赤川次郎《あかがわじろう》

© Jiro Akagawa 2024

講談社文庫

定価はカバーに
表示してあります

2024年5月15日第1刷発行

KODANSHA

発行者――森田浩章
発行所――株式会社　講談社
東京都文京区音羽2-12-21　〒112-8001
電話　出版（03）5395-3510
　　　販売（03）5395-5817
　　　業務（03）5395-3615

デザイン―菊地信義
本文データ制作―講談社デジタル製作
印刷―――株式会社広済堂ネクスト
製本―――株式会社国宝社

Printed in Japan

落丁本・乱丁本は購入書店名を明記のうえ、小社業務あてにお送りください。送料は小社負担にてお取替えします。なお、この本の内容についてのお問い合わせは講談社文庫あてにお願いいたします。

本書のコピー、スキャン、デジタル化等の無断複製は著作権法上での例外を除き禁じられています。本書を代行業者等の第三者に依頼してスキャンやデジタル化することはたとえ個人や家庭内の利用でも著作権法違反です。

ISBN978-4-06-535138-3

講談社文庫刊行の辞

二十一世紀の到来を目睫に望みながら、われわれはいま、人類史上かつて例を見ない巨大な転換期をむかえようとしている。

世界も、日本も、激動の予兆に対する期待とおののきを内に蔵して、未知の時代に歩み入ろうとしている。このときにあたり、創業の人野間清治の「ナショナル・エデュケイター」への志を現代に甦らせようと意図して、われわれはここに古今の文芸作品はいうまでもなく、ひろく人文・社会・自然の諸科学から東西の名著を網羅する、新しい綜合文庫の発刊を決意した。

激動の転換期はまた断絶の時代である。われわれは戦後二十五年間の出版文化のありかたへの深い反省をこめて、この断絶の時代にあえて人間的な持続を求めようとする。いたずらに浮薄な商業主義のあだ花を追い求めることなく、長期にわたって良書に生命をあたえようとつとめるところにしか、今後の出版文化の真の繁栄はあり得ないと信じるからである。

同時にわれわれはこの綜合文庫の刊行を通じて、人文・社会・自然の諸科学が、結局人間の学にほかならないことを立証しようと願っている。かつて知識とは、「汝自身を知る」ことにつきていた。現代社会の瑣末な情報の氾濫のなかから、力強い知識の源泉を掘り起し、技術文明のただなかに、生きた人間の姿を復活させること。それこそわれわれの切なる希求である。

われわれは権威に盲従せず、俗流に媚びることなく、渾然一体となって日本の「草の根」をかたちづくる若く新しい世代の人々に、心をこめてこの新しい綜合文庫をおくり届けたい。それは知識の泉であるとともに感受性のふるさとであり、もっとも有機的に組織され、社会に開かれた万人のための大学をめざしている。大方の支援と協力を衷心より切望してやまない。

一九七一年七月

野間省一

講談社文庫 最新刊

赤川次郎　キネマの天使
〈メロドラマの日〉
監督の右腕、スクリプターの亜矢子《あやこ》に、今日も謎が降りかかる！　大人気シリーズ第2弾。

堂場瞬一　ブラッドマーク
探偵ジョーに、メジャー球団から依頼が持ち込まれ……。アメリカン・ハードボイルド！

桜木紫乃　凍原
釧路湿原で発見された他殺体。刑事松崎比呂《まつざきひろ》は、激動の時代を生き抜いた女の一生を追う！

池永陽　いちまい酒場
心温まる人間ドラマに定評のある著者が描く、酒場〝人情〟小説。〈文庫オリジナル〉

高田崇史　QED
〈神鹿《しんろく》の棺《ひつぎ》〉
パワースポットと呼ばれる東国三社と「常陸《ひたち》」の国名に秘められた謎。シリーズ最新作！

吉川トリコ　余命一年、男をかう
コスパ重視の独身女性が年下男にお金を貸し、何かが変わる。第28回島清恋愛文学賞受賞作。

佐々木裕一　暁の火花
〈公家武者信平《のぶひら》ことはじめ(六)〉
ついに決戦！　幕府を陥れる陰謀を前に、信平の秘剣が冴えわたる！　前日譚これにて完結！

講談社文庫 最新刊

西尾維新
悲衛伝
人工衛星で宇宙へ飛び立った空々空《そらからくう》に、予想外の来訪者が――。〈伝説シリーズ〉第八巻！

秋川滝美
ヒソップ亭3〈湯けむり食事処〉
いいお湯、旨い料理の次はスイーツ！ 皆の「得意」を持ち寄れば、新たな道が見えてくる。

川和田恵真
マイスモールランド
繊細にゆらぐサーリャの視線で難民申請者の生活を描く。話題の映画を監督自らが小説化。

宮西真冬
毎日世界が生きづらい
小説家志望の妻、会社員の夫。メフィスト賞作家の新境地となる夫婦の幸せを探す物語。

レイチェル・ジョイス
亀井よし子 訳
ハロルド・フライのまさかの旅立ち
2014年本屋大賞（翻訳小説部門）第2位。2024年6月7日映画公開で改題再刊行！

講談社タイガ
白川紺子
海神《わだつみ》の娘〈黄金の花嫁と滅びの曲〉
自らの運命を知りながら、一生懸命に生きる若き領主と神の娘の中華婚姻ファンタジー。

講談社文芸文庫

石川桂郎
妻の温泉
石田波郷門下の俳人にして、小説の師は横光利一。元理髪師でもある謎多き作家が、「巧みな嘘」を操り読者を翻弄する。直木賞候補にもなった知られざる傑作短篇集。
解説=富岡幸一郎
いAC1
978-4-06-535531-2

大澤真幸
〈世界史〉の哲学 4 イスラーム篇
西洋社会と同様一神教の、かつ科学も文化も先進的だったイスラーム社会において、資本主義がなぜ発達しなかったのか? 知られざるイスラーム社会の本質に迫る。
解説=吉川浩満
おZ5
978-4-06-535067-6

芥川龍之介　藪の中
有吉佐和子　新装版 和宮様御留
阿刀田　高　ナポレオン狂
阿刀田　高　新装版 ブラック・ジョーク大全
安房直子　春の窓〈安房直子ファンタジー〉
相沢忠洋　「岩宿」の発見〈幻の旧石器を求めて〉
赤川次郎　偶像崇拝殺人事件
赤川次郎　人間消失殺人事件
赤川次郎　三姉妹探偵団
赤川次郎　三姉妹探偵団2〈キャンパス篇〉
赤川次郎　三姉妹探偵団3〈珠美・初恋篇〉
赤川次郎　三姉妹探偵団4〈怪奇篇〉
赤川次郎　三姉妹探偵団5〈復讐篇〉
赤川次郎　三姉妹探偵団6〈危機一髪篇〉
赤川次郎　三姉妹探偵団7〈駈け落ち篇〉
赤川次郎　三姉妹探偵団8〈人質篇〉
赤川次郎　三姉妹探偵団9〈青ひげ篇〉
赤川次郎　三姉妹探偵団10〈父恋し篇〉
赤川次郎　死が小径をやってくる〈三姉妹探偵団11〉

赤川次郎　死神のお気に入り〈三姉妹探偵団12〉
赤川次郎　次女と野獣〈三姉妹探偵団13〉
赤川次郎　心地よい悪夢〈三姉妹探偵団14〉
赤川次郎　ふるえて眠れ、三姉妹〈三姉妹探偵団15〉
赤川次郎　三姉妹、呪いの道行〈三姉妹探偵団16〉
赤川次郎　三姉妹、初めてのおつかい〈三姉妹探偵団17〉
赤川次郎　恋の花咲く三姉妹〈三姉妹探偵団18〉
赤川次郎　月もおぼろに三姉妹〈三姉妹探偵団19〉
赤川次郎　三姉妹、ふしぎな旅日記〈三姉妹探偵団20〉
赤川次郎　三姉妹、清く貧しく美しく〈三姉妹探偵団21〉
赤川次郎　三姉妹と忘れじの面影〈三姉妹探偵団22〉
赤川次郎　三姉妹、舞踏会への招待〈三姉妹探偵団23〉
赤川次郎　三人姉妹殺人事件〈三姉妹探偵団24〉
赤川次郎　三姉妹、さびしい入江の歌〈三姉妹探偵団25〉
赤川次郎　三姉妹、恋と罪の峡谷〈三姉妹探偵団26〉
赤川次郎　静かな町の夕暮に
赤川次郎　キネマの天使〈レンズの奥の殺人者〉
新井素子　グリーン・レクイエム〈新装版〉
安能務 訳　封神演義 全三冊

安西水丸　東京美女散歩
綾辻行人　殺人方程式〈切断された死体の問題〉
綾辻行人　鳴風荘事件 殺人方程式II
綾辻行人　十角館の殺人〈新装改訂版〉
綾辻行人　水車館の殺人〈新装改訂版〉
綾辻行人　迷路館の殺人〈新装改訂版〉
綾辻行人　人形館の殺人〈新装改訂版〉
綾辻行人　時計館の殺人〈新装改訂版〉
綾辻行人　黒猫館の殺人〈新装改訂版〉
綾辻行人　暗黒館の殺人 全四冊
綾辻行人　びっくり館の殺人
綾辻行人　奇面館の殺人(上)(下)
綾辻行人　どんどん橋、落ちた〈新装改訂版〉
綾辻行人　緋色の囁き〈新装改訂版〉
綾辻行人　暗闇の囁き〈新装改訂版〉
綾辻行人　黄昏の囁き〈新装改訂版〉
綾辻行人　人間じゃない〈完全版〉
綾辻行人ほか　7人の名探偵
我孫子武丸　探偵映画

我孫子武丸 新装版8の殺人
我孫子武丸 眠り姫とバンパイア
我孫子武丸 狼と兎のゲーム
我孫子武丸 新装版殺戮にいたる病
我孫子武丸 修羅の家
有栖川有栖 ロシア紅茶の謎
有栖川有栖 スウェーデン館の謎
有栖川有栖 ブラジル蝶の謎
有栖川有栖 英国庭園の謎
有栖川有栖 ペルシャ猫の謎
有栖川有栖 幻想運河
有栖川有栖 マレー鉄道の謎
有栖川有栖 スイス時計の謎
有栖川有栖 モロッコ水晶の謎
有栖川有栖 インド倶楽部の謎
有栖川有栖 カナダ金貨の謎
有栖川有栖 新装版マジックミラー
有栖川有栖 新装版46番目の密室
有栖川有栖 虹果て村の秘密

有栖川有栖 闇の喇《らっ》叭《ぱ》
有栖川有栖 真夜中の探偵
有栖川有栖 論理爆弾
有栖川有栖 名探偵傑作短篇集 火村英生篇
浅田次郎 勇気凜凜ルリの色
浅田次郎 霞町物語
浅田次郎 ひとは情熱がなければ生きていけない〈勇気凜凜ルリの色〉
浅田次郎 シェエラザード(上)(下)
浅田次郎 歩兵の本領
浅田次郎 蒼穹の昴 全四巻
浅田次郎 珍妃の井戸
浅田次郎 中原の虹 全四巻
浅田次郎 マンチュリアン・リポート
浅田次郎 天子《てんし》蒙塵《もうじん》 全四巻
浅田次郎 天国までの百マイル
浅田次郎 地下鉄《メトロ》に乗って〈新装版〉
浅田次郎 おもかげ
浅田次郎 日輪の遺産〈新装版〉
青木玉 小石川の家

天樹征丸 画・さとうふみや 金田一少年の事件簿 小説版〈オペラ座館・新たなる殺人〉
天樹征丸 画・さとうふみや 金田一少年の事件簿 小説版〈雷《いかずち》祭《まつり》殺人事件〉
阿部和重 アメリカの夜
阿部和重 グランド・フィナーレ
阿部和重 ABC〈阿部和重初期作品集〉
阿部和重 ミステリアスセッティング
阿部和重 IP/NN 阿部和重傑作集
阿部和重 シンセミア(上)(下)
阿部和重 ピストルズ(上)(下)
阿部和重 アメリカの夜 インディヴィジュアル・プロジェクション〈阿部和重初期代表作Ⅰ〉
阿部和重 無情の世界 ニッポニアニッポン〈阿部和重初期代表作Ⅱ〉
甘糟りり子 産む、産まない、産めない
甘糟りり子 産まなくても、産めなくても
甘糟りり子 私、産まなくていいですか
赤井三尋 翳《かげ》りゆく夏
あさのあつこ NO.6〈ナンバーシックス〉#1
あさのあつこ NO.6〈ナンバーシックス〉#2
あさのあつこ NO.6〈ナンバーシックス〉#3
あさのあつこ NO.6〈ナンバーシックス〉#4

講談社文庫　目録

講談社文庫　目録

麻見和史　女神の骨格〈警視庁殺人分析班〉
麻見和史　蝶の力学〈警視庁殺人分析班〉
麻見和史　雨色の仔羊〈警視庁殺人分析班〉
麻見和史　奈落の偶像〈警視庁殺人分析班〉
麻見和史　鷹《たか》の砦《とりで》〈警視庁殺人分析班〉
麻見和史　凪《なぎ》の残響〈警視庁殺人分析班〉
麻見和史　天空の鏡〈警視庁殺人分析班〉
麻見和史　賢者の棘《とげ》〈警視庁殺人分析班〉
麻見和史　深紅の断片〈警防課救命チーム〉
麻見和史　邪神の天秤〈警視庁公安分析班〉
麻見和史　偽神の審判〈警視庁公安分析班〉
有川　浩　三匹のおっさん
有川　浩　三匹のおっさん　ふたたび
有川　浩　ヒア・カムズ・ザ・サン
有川　浩　旅猫リポート
有川ひろ　アンマーとぼくら
有川ひろほか　ニャンニャンにゃんそろじー
荒崎一海　門前仲町〈九頭竜覚山　浮世綴㈠〉
荒崎一海　蓬莱橋雨景〈九頭竜覚山　浮世綴㈡〉

荒崎一海　寺町哀感〈九頭竜覚山　浮世綴㈢〉
荒崎一海　小名木川《おなぎがわ》〈九頭竜覚山　浮世綴㈣〉
荒崎一海　一色町雪花〈九頭竜覚山　浮世綴㈤〉
朱野帰子《かえるこ》　駅物語
朱野帰子　対岸の家事
東　浩紀　一般意志2・0〈ルソー、フロイト、グーグル〉
朝倉宏景　白球アフロ
朝倉宏景　野球部ひとり
朝倉宏景　つよく結べ、ポニーテール
朝倉宏景　あめつちのうた
朝倉宏景　エール〈夕暮れサウスポー〉
朝倉宏景　風が吹いたり、花が散ったり
朝井リョウ　スペードの3
朝井リョウ　世にも奇妙な君物語
有沢ゆう希　末次由紀 原作　〈小説〉ちはやふる　上の句
有沢ゆう希　末次由紀 原作　〈小説〉ちはやふる　下の句
有沢ゆう希　末次由紀 原作　〈小説〉ちはやふる　結び
有沢ゆう希　小説　パーフェクトワールド〈君といる奇跡〉
有沢ゆう希　原作：金田一蓮十郎　脚本：徳永友一　小説　ライアー×ライアー

秋川滝美　幸腹《こうふく》な百貨店
秋川滝美　幸腹な百貨店〈デパ地下おにぎり騒動〉
秋川滝美　幸腹な百貨店〈催事場で蕎麦屋呑み〉
秋川滝美　マチのお気楽料理教室
秋川滝美　ヒソップ亭〈湯けむり食事処〉
秋川滝美　ヒソップ亭2〈湯けむり食事処〉
赤神　諒　神遊の城
赤神　諒　大友二階崩れ
赤神　諒　大友落月記
赤神　諒　酔象の流儀　朝倉盛衰記
赤神　諒　空《うつせ》貝《がい》〈村上水軍の神姫《しんき》〉
赤神　諒　立花三将伝
彩瀬まる　やがて海へと届く
浅生　鴨　伴走者
天野純希　有楽斎の戦
天野純希　雑賀《さいか》のいくさ姫《ひめ》
青木祐子　コーチ！〈はげまし屋・立花ことりのクライアントファイル〉
秋保《あきう》水菓《すいか》　コンビニなしでは生きられない
相沢沙呼　medium《メディウム》　霊媒探偵城塚翡翠《じょうづかひすい》

講談社文庫 目録

講談社文庫　目録

逢坂　剛　新装版カディスの赤い星(上)(下)
オノ・ヨーコ　飯村隆彦編　ただの私《あたし》
オノ・ヨーコ　南風椎訳　グレープフルーツ・ジュース
折原　一　倒錯の帰結
折原　一　倒錯のロンド〈完成版〉
小川洋子　ブラフマンの埋葬
小川洋子　最果てアーケード
小川洋子　琥珀のまたたき
小川洋子　密やかな結晶〈新装版〉
乙川優三郎　霧の橋
乙川優三郎　喜知次
乙川優三郎　蔓の端々
乙川優三郎　夜の小紋
恩田　陸　三月は深き紅の淵を
恩田　陸　麦の海に沈む果実
恩田　陸　黒と茶の幻想(上)(下)
恩田　陸　黄昏の百合の骨
恩田　陸　薔薇のなかの蛇
恩田　陸　『恐怖の報酬』日記〈酩酊混乱紀行〉
恩田　陸　きのうの世界(上)(下)
恩田　陸　七月に流れる花/八月は冷たい城
奥田英朗　新装版ウランバーナの森
奥田英朗　最悪
奥田英朗　マドンナ
奥田英朗　ガール
奥田英朗　サウスバウンド
奥田英朗　オリンピックの身代金(上)(下)
奥田英朗　ヴァラエティ
奥田英朗　邪魔(上)(下)〈新装版〉
乙武洋匡　五体不満足〈完全版〉
大崎善生　聖《さとし》の青春
大崎善生　将棋の子
小川恭一　江戸の旗本事典〈歴史・時代小説ファン必携〉
奥泉　光　プラトン学園
奥泉　光　シューマンの指
奥泉　光　ビビビ・ビ・バップ
折原みと　制服のころ、君に恋した。
折原みと　時《とき》の輝き
折原みと　幸福のパズル
大城立裕　小説 琉球処分(上)(下)
太田尚樹　満州裏史〈甘粕正彦と岸信介が背負ったもの〉
太田尚樹　世紀の愚行〈太平洋戦争・日米開戦前夜〉
大島真寿美　ふじこさん
大泉康雄　あさま山荘銃撃戦の深層(上)(下)
大山淳子　猫弁〈天才百瀬とやっかいな依頼人たち〉
大山淳子　猫弁と透明人間
大山淳子　猫弁と指輪物語
大山淳子　猫弁と少女探偵
大山淳子　猫弁と魔女裁判
大山淳子　猫弁と星の王子
大山淳子　猫弁と鉄の女
大山淳子　猫弁と幽霊屋敷
大山淳子　雪猫
大山淳子　猫は抱くもの
大山淳子　イーヨくんの結婚生活
大倉崇裕　小鳥を愛した容疑者
大倉崇裕　蜂に魅《ひ》かれた容疑者〈警視庁いきもの係〉

講談社文庫　目録

大倉崇裕 ペンギンを愛した容疑者〈警視庁いきもの係〉
大倉崇裕 クジャクを愛した容疑者〈警視庁いきもの係〉
大倉崇裕 アロワナを愛した容疑者〈警視庁いきもの係〉
大鹿靖明 メルトダウン〈ドキュメント福島第一原発事故〉
荻原　浩 砂の王国 (上)(下)
荻原　浩 家族写真
小野正嗣 九年前の祈り
大友信彦 オールブラックスが強い理由〈世界最強チーム勝利のメソッド〉
乙　一 銃とチョコレート
織守《おりがみ》きょうや 霊感検定
織守きょうや 霊感検定〈心霊アイドルの憂鬱〉
織守きょうや 霊感検定〈春にして君を離れ〉
織守きょうや 少女は鳥籠《とりかご》で眠らない
おーなり由子 きれいな色とことば
岡崎琢磨 病弱探偵〈謎は彼女の特効薬〉
小野寺史宣《ふみのり》 その愛の程度
小野寺史宣 近いはずの人
小野寺史宣 それ自体が奇跡
小野寺史宣 縁《ゆかり》
小野寺史宣 ともかくにもごはん
大崎　梢 横濱エトランゼ
大崎　梢 バスクル新宿
太田哲雄 アマゾンの料理人〈世界一の美味しいを探して僕が行き着いた場所〉
小竹正人 空に住む
岡本さとる 駕籠屋《かごや》春秋 新三《しんざ》と太十《たじゅう》
岡本さとる 質屋の娘〈駕籠屋春秋 新三と太十〉
岡本さとる 雨やどり〈駕籠屋春秋 新三と太十〉
岡崎大五 食べるぞ!世界の地元メシ
荻上直子 川っぺりムコリッタ
小原周子 留子さんの婚活
海音寺潮五郎 新装版 江戸城大奥列伝
海音寺潮五郎 新装版 孫子 (上)(下)
海音寺潮五郎 新装版 赤穂義士
加賀乙彦 新装版 高山右近
加賀乙彦 ザビエルとその弟子
加賀乙彦 殉教者
加賀乙彦 わたしの芭蕉
柏葉幸子 ミラクル・ファミリー
勝目　梓 小説家
桂　米朝 米朝ばなし〈上方落語地図〉
笠井　潔 梟《ふくろう》の巨《おお》なる黄昏《たそがれ》
笠井　潔 青銅の悲劇〈瀕死の王〉(上)(下)
笠井　潔 転生の魔〈私立探偵飛鳥井の事件簿〉
川田弥一郎 白く長い廊下
神崎京介 女薫の旅 放心とろり
神崎京介 女薫の旅 耽溺《たんでき》まみれ
神崎京介 女薫の旅 秘に触れ
神崎京介 女薫の旅 禁の園へ
神崎京介 女薫の旅 欲の極み
神崎京介 女薫の旅 青い乱れ
神崎京介 女薫の旅 奥に裏に
神崎京介 I LOVE
加納朋子 ガラスの麒麟〈新装版〉
角田光代 まどろむ夜のUFO
角田光代 恋するように旅をして
角田光代 人生ベストテン
角田光代 ロック母

2024年3月15日現在